Pulpeuse fiction

SOPHIE NOËL

City
Poche

ISBN : 978-2-8246-1183-9
Code Hachette : 85 6130 4

Collection dirigée par Christian English & Frédéric Thibaud.
Catalogue et manuscrits : city-editions.com

Dépôt légal : Mars 2018
Achevé d'imprimer en Italie par Grafica Veneta SpA

À France,
ma sœur.

1

– Plus qu'un feu rouge... Respire... Il va avancer, l'escargot, devant ? Zen... Reste zen, Vic ! Ouf ! Le parking du collège. Pile à l'heure ! Je dois être écarlate.

Un coup d'œil dans mon rétroviseur me confirme que j'ai la couleur d'un poivron grillé. Quelques gouttes de sueur perlent sur mon nez. Je sors ma poudre de riz. Je suis en retard, d'accord, mais ce n'est pas une raison pour avoir l'air d'une folle. Je me tamponne le visage avec ma poudre. Au même moment, la sonnerie du collège retentit. Pile à l'heure. Enfin, *pile à l'heure*, c'est un euphémisme pour dire qu'en fait, je ne parviens jamais à être à l'heure, où que j'aille.

Après avoir garé ma voiture à la va-vite, je coince mes copies sous un bras, attrape mon panier avec mon repas de midi, mets mon sac en bandoulière (qui me saucissonne le buste), puis me dandine pour enfiler mes chaussures à talons. Je ne conduis jamais avec des talons. Non pas que j'aie peur de les abîmer ; simplement, je n'y arrive pas. Alors, j'ai des vieilles tatanes, hybrides de sabots de jardin et de charentaises, qui sont parfaites pour ça.

J'étrenne une nouvelle jupe, un peu moulante : lundi dernier, aux Weight Watchers, j'ai perdu un kilo deux cent cinquante. Pour récompenser mes efforts, je me suis acheté une jolie jupe. Je relève le menton, prête à affronter la dernière ligne droite jusqu'à l'entrée du collège, et démarre en trombe, sauf qu'à mi-chemin, je m'aperçois que j'ai gardé mes galoches à la main. Je fais demi-tour sur un pied, mais, dans le mouvement que j'ai pourtant voulu gracieux, des fois qu'Arnaud regarderait par la fenêtre de la salle des profs, mon talon glisse et je pars en grand écart. J'ai à peine le temps de sentir ma tête dodeliner et d'entendre un piaillement suraigu sortir de ma bouche, que je suis au sol, avec une douleur qui me vrille le genou. Et une vague impression de flottement. Au niveau de la jupe. Qui s'est fendue de bas en haut, dans le dos (enfin, les fesses), et ne tient plus sur moi que par la ceinture renforcée. Comme un joli petit tablier de soubrette, mais sans rien en dessous. Enfin, le strict minimum... Bien sûr, le parking du collège étant tout contre la cour, les élèves n'ont pas pu manquer d'assister à la scène. Ils ont beau être en rang, puisque ça vient de sonner, mon couinement grotesque ne leur a sûrement pas échappé et, malgré la douleur qui me fusille la jambe et la vue, j'en vois qui ricanent.

Comme je vois aussi parfaitement bien la fenêtre de la salle des profs qui s'ouvre grand. Arnaud passe sa (sublime) tête à l'extérieur et me crie :

– Ça va, Victoire ? Rien de cassé ?

Manquait plus que lui. Sans compter tous les autres profs qui s'agglutinent derrière avec des mines horrifiées.

– Ma pauvre, t'as pas dû te faire du bien...

– Faut dire qu'elle est glissante, cette cour !

– T'as besoin d'aide ?

Au même moment, deux surveillants accourent vers moi, qui gis entre les copies, les sacs, les tupperwares et les tatanes.

– Ça va, mademoiselle Sting ? Vous ne vous êtes pas fait mal ?

Non, non, bien au contraire ! J'ai la cheville tordue, le genou en sang et l'arrière-train encadré par les pans de ma jupe ouverts comme un rideau de théâtre sur un spectacle pathétique : mon collant et ma culotte Petit Bateau dont je tairai la taille par pudeur.

– Non, ça va, mais je veux bien que vous m'aidiez, car j'ai les jambes qui flageolent.

– Bien sûr, donnez-moi votre bras.

Le plus jeune des deux surveillants, Axel, un grand blond aux yeux bleu électrique, qui est l'idole des autres pionnes, des filles de troisième et de quelques profs, m'empoigne fermement pour me remonter. *Surtout, ne t'appuie pas de tout ton poids sur lui... Légère... Légère... Tu es légère...* Mais, au vacillement discret de ses longues jambes en jean, je sens bien qu'il accuse le coup. D'autant que se relever d'un grand écart quand on n'est pas danseuse au Crazy Horse ne va pas forcément de soi. Le treuillage me paraît interminable. Comme si les différentes parties de mon corps s'y prenaient à plusieurs reprises avant de se remettre dans l'axe. Une fois sur mes pattes, je bégaye un remerciement confus.

– Merci, c'est gentil. Je me suis fait mal, en fait. Heureusement que vous étiez là.

– De rien, c'est un plaisir de vous aider.

Axel me sourit gentiment. Si je n'avais pas si mal, je le trouverais vraiment beau.

– Tenez, mademoiselle Sting.

L'autre surveillant me tend mes affaires, dont mon livret Weight Watchers que j'emporte toujours pour cocher mes portions. Ce qui n'échappe pas à Axel-les-yeux-de-glacier.

Voilà ! C'est sûr, ça va faire le tour du collège. C'est bien ma veine. Trois semaines que je suis prof ici, et je suis déjà étiquetée : Victoire, nouvelle prof de sciences et vie de la terre, gaffeuse, jamais à l'heure, mal-en-patte.

Grosse.

Et adepte des culottes Petit Bateau aussi seyantes qu'un parachute.

– Vous pourriez prévenir la principale adjointe pour moi ? Je suis désolée, mais je dois absolument retourner à la maison me changer.

– Oui, me répond Axel en rabattant ses longs cils sur ses yeux superbes. Ça vaudrait mieux, parce que faire cours en culotte n'est pas forcément bien pour la réputation du collège.

Les deux surveillants éclatent de rire. Moi, je suis limite d'éclater en sanglots, mais je reste digne, leur souris et les remercie encore une fois. Puis je retourne à ma voiture en marche arrière et remonte dedans en calant au mieux les pans de ma jupe pour préserver ma dignité autant que faire se peut.

Heureusement, je n'habite pas très loin du collège et, arrivée chez moi, j'arrache en quatrième vitesse ce qu'il reste de mon collant sous l’œil surpris de Bigoudi, mon chat, qui doit se demander ce que je fais à la maison à cette heure. Je désinfecte mon genou qui a doublé de volume, repoudre mon nez et mes joues rougies par l’énervement et la honte, et enfile un jean. Douze pour cent d’élasthanne. Le pantalon extensible parfait pour les filles qui, comme moi, jouent souvent au yo-yo avec leur tour de taille. Tout en fermant le bouton de mon jean, je jette un œil dans le miroir de ma chambre : j’y vois une fille de taille moyenne, pleine de rondeurs – bien réparties, remarquez ! Je suis ronde de partout ! –, cheveux mi-longs et châtains, à la peau d’une couleur assez irrégulière, plutôt dans les tons rosés. Mon meilleur – et seul ? – atout, ce sont mes yeux. Vert foncé, toujours mobiles et pétillants. Enfin, c’est ce qu’on m’a dit. Parce que moi, j’ai du mal à me trouver quelque chose de bien. Je manque cruellement de confiance en moi, et ça se voit physiquement par ma tendance à rentrer un peu les épaules et baisser la tête quand je marche. Ça non plus, ce n’est pas moi qui l’ai constaté, c’est ma mère qui me l’a dit. Et qui ne se gêne pas pour me le répéter souvent. D’un geste de la main, je balaie les images négatives qui m’assaillent, range mes talons, enfile mes baskets et repars faire cours.

Évidemment, comme je m’y attendais, l’histoire a fait le tour du collège, et, à l’interclasse, la salle des profs est en ébullition.

– Bravo, Vic ! Bravo !

Tous m’applaudissent en se marrant. Je souris – jaune –, bafouille quelques mots inaudibles sans consistance – n'ayant aucun sens de l'à-propos – et vais me servir un café pour me donner une contenance.

– Tu veux un petit gâteau pour te remettre, Victoire ?

Je me retourne. Devant moi, beau comme un dieu, Arnaud, qui me tend un paquet de gaufrettes à la noisette. Mes préférées. Autant le dire tout de suite, un gâteau offert par Arnaud, ça ne se refuse pas, même si ça n'entre pas dans les cases Weight Watchers... Parce qu'Arnaud... Comment dire ?... Arnaud, le prof de musique, brun, les cheveux si romantiquement dépeignés, les yeux marron, des cils interminables, la peau mate.

Vous savez, ces hommes qu'on dit beaux bruns ténébreux. Eh bien, leur modèle, c'est Arnaud. C'est d'ailleurs pour lui que j'ai demandé ma mutation dans ce collège.

Je l'ai rencontré quelques mois plus tôt à l'école de musique où j'amenais mon petit frère Arthur à son cours de clarinette.

Arnaud y travaille, en plus du collège, et c'est le professeur d'Arthur. Quand j'ai laissé mon frère dans la salle, il était assis et nous a souri.

– Bonjour, je suis Arnaud, le professeur de musique d'Arthur. Vous allez bien ?

Mon Dieu, quelle voix ! Grave, sensuelle, qui vous foudroie instantanément !

– Vi... Et vous ?

Pour me donner une contenance, je me suis avancée bras tendu pour lui serrer la main. Il s'est levé et a planté ses yeux noisette dans les miens. Sans prévenir, mon cœur a fait un bond dans ma poitrine, et j'ai été frappée de plein fouet par le plus violent des coups de foudre de ma vie ! Je sais, c'est irraisonné, mais c'est bien le propre du coup de foudre, non ? J'ai gardé sa main dans la mienne un instant, il m'a adressé un sourire dévoilant des dents parfaites, ses yeux se sont plissés avec malice et il m'a dit :

– Je peux récupérer ma main ? Je vais en avoir besoin pour faire de la clarinette avec votre frère.

– Oh pardon ! Bien sûr... Alors, ça va, Arthur, il progresse bien ?

Il a penché la tête et répondu d'un ton enthousiaste :

– Arthur est doué et il adore ça ! Ça fait plaisir de travailler avec un élève comme lui.

– C'est familial. Nous sommes tous des passionnés de musique dans la famille !

Arthur, qui est le seul chez nous à jouer d'un instrument, m'a regardée avec des yeux ronds, et j'ai bien senti qu'il fallait que j'arrête de dire n'importe quoi, car le terrain risquait de devenir glissant.

– Eh bien, au revoir, je vous laisse travailler alors.

– Merci, et à bientôt.

À bientôt. Il m'avait dit « À bientôt »... Est-ce que je devais voir ça comme un signe ? Quoi qu'il en soit, après le cours, j'ai questionné mon frère, l'air de rien, pour qu'il m'en dise plus sur son prof.

– Mais pourquoi tu me poses autant de questions sur Arnaud ? T'es chiante, t'as qu'à le lui demander toi-même.

Mon ado de frère, toujours prompt à rendre service.

– Non, non, c'est comme ça, pour m'intéresser un peu à ce que tu fais. Ton prof, t'imagines bien qu'il ne m'intéresse pas ; je ne sais même pas qui c'est. Et d'ailleurs, qui c'est ?

– Pfff ! C't'un prof du collège qui fait des heures sup' en donnant des cours de clarinette. Voilà. Ça te va ?

Je m'en étais contentée et j'avais immédiatement fait une demande de mutation pour son collège. Je suis comme ça, moi : spontanée, fonceuse, instinctive. Selon les points de vue, on peut aussi penser que je suis irréfléchie, velléitaire et irresponsable. Quoi qu'il en soit, la chance a pour une fois été avec moi, et j'ai eu ma mutation à la rentrée. Rentrée que je viens de faire quelques jours plus tôt et qui est une vraie réussite dans la mesure où j'ai enchaîné les gaffes, les déboires et les gamelles.

Il faut dire que depuis trois semaines, c'est simple, j'ai les circuits grillés par la présence d'Arnaud. Déjà qu'en temps ordinaire, je ne suis pas toujours très dégourdie, mais, s'il est dans la même pièce que moi, ou à moins de cent mètres, je vire godiche.

– Tu ne m'avais pas dit que tu étais au régime, Victoire ?

La voix flûtée de Jennifer, ma collègue de français, me ramène à la triste réalité qui est la mienne. Jennifer, que les autres profs appellent J-Lo, châtain avec des reflets cendrés, les yeux en amande, mince, toujours irréprochablement habillée, à peine maquillée (mais quelle classe !), coiffure impeccable, belle. En plus, très cultivée, drôle et sportive. De ces filles qui vous font vous sentir misérable, qui ne mettent jamais de jean avec douze pour cent d'élasthanne, qui ne connaissent même pas Weight Watchers, transpirent à peine et ne savent pas ce qu'est la couperose. Et pensent que les culottes Petit Bateau sont réservées aux moins de huit ans.

– Allez, une petite gaufrette, insiste Arnaud avec un sourire qui ne me laisse pas le choix.

Comme si j'avais peur de changer d'avis, ou qu'on me la vole, j'attrape deux gaufrettes d'un coup et les fourre d'un trait dans ma bouche.

Mais pourquoi, pourquoi ai-je toujours des réactions pareilles, totalement disproportionnées à la situation ? Les grands timides ont le chic pour cumuler brusquerie et maladresse, ce qui n'arrange pas leur cas !

– Merfi, Arnaud, f'est très gentil.

Et pof ! Au passage, je postillonne une salve de miettes sur son pull. Il a un mouvement de recul instinctif et part avec un sourire gêné offrir ses gaufrettes à d'autres. Mon genou me fait mal, J-Lo déguste une gaufrette par petites bouchées élégantes, Arnaud ne fait plus attention à moi, et la déléguée syndicale me met le grappin dessus pour me parler revendications.

Quand la cloche sonne, j'ai déclenché l'hilarité de mes collègues, craché sur le plus beau mec de la terre et perdu cent trente euros d'adhésion à un syndicat dont je n'ai absolument rien à faire.

2

Sentimentalement, je suis au point mort depuis quelques mois. Mon dernier petit copain m'a quittée en avril dernier, et j'ai été anéantie. Pas parce qu'il m'a quittée. Il était loin d'avoir la carrure du prince charmant dont je rêvais. Non, j'ai été anéantie parce qu'il m'a laissée pour devenir prêtre... Qu'ai-je donc fait au bon Dieu pour réussir à dégoûter un homme de l'amour terrestre ? D'accord, je ne suis pas Doutzen Kroes, mais enfin, heureusement qu'il n'y a pas que les mannequins qui trouvent chaussure à leur pied, parce qu'on serait nombreuses à être pieds nus, non ? Même si je n'envisageais pas de faire ma vie avec lui, j'ai tout de même été très vexée qu'il me quitte pour faire vœu de chasteté. Depuis, un peu échaudée, je ne regardais plus les hommes, qui ne me regardent pas non plus, d'ailleurs.

Jusqu'à ce qu'Arnaud apparaisse dans ma vie.

À la suite de notre première rencontre, j'ai décidé d'emmener plus souvent Arthur à son cours de clarinette, et les conversations que nous avons eues, Arnaud et moi, même brèves, m'ont laissée palpitante et vibrante : non seulement il est beau, a une voix profonde et une façon de porter son jean qui me rend folle, mais il est aussi passionné, enthousiaste et gentil.

– Puisque toute votre famille aime la musique, venez donc voir le concert des élèves de notre école de musique. C'est toujours un moment sympathique.

– Ah oui ? Et c'est quand ?

– À la fin du mois. Nous avons même prévu une improvisation de jazz avec votre frère et d'autres jeunes musiciens, et je jouerai avec eux ! Ça risque d'être chouette !

– Ça risque d'être chouette, alors...

J'adore mon sens de la conversation. Arnaud, passionné, des étoiles dans les yeux, m'invite à voir son travail, et moi, je répète bêtement ses paroles comme une simplette !

– Attendez, je vous donne un flyer !

– Ah ! Un flyer !

Un vrai perroquet. Cela dit, je n'ai pas trop le temps de m'apitoyer sur la richesse de mon vocabulaire. En mettant le prospectus dans ma main, ses doigts effleurent les miens, et je me mets à rougir violemment. Sans attendre, je lui lance un « merci-au revoir » et fais demi-tour avant qu'il ne s'aperçoive que j'ai viré au concentré de tomates.

Quelques jours plus tard, nous étions, mes parents et moi, dans une grande salle transformée pour l'occasion en cabaret. Sortir avec ma mère et mon père ne m'amuse pas forcément, mais je n'ai pas eu le choix : Arthur est tout de même leur fils, et ils ont le droit de venir écouter ses prouesses musicales. Le début du concert a été assez enthousiasmant : des dizaines d'enfants très jeunes, plus ou moins doués, ont défilé sur la scène pour nous jouer des airs que seuls les parents, indulgents par nature, avaient l'air de reconnaître, et rythmaient de la tête, la mine ravie et le sourire béat. Puis sont venus les ados, et ça a été un peu mieux. Quand enfin Arnaud est venu sur scène avec Arthur et trois de ses camarades pour faire un bœuf, ça a été le délire.

Sincèrement, ce n'est pas parce qu'il y avait mon frangin et le plus bel homme de la terre que je vais être partiale : c'était tout bonnement génial !

Tandis qu'il jouait, j'ai pu observer Arnaud à loisir. Bien sûr qu'il est beau, mais en plus, il a quelques petits tics qui le rendent terriblement attendrissant, comme de passer souvent sa main dans ses cheveux rarement peignés, ou ses yeux qui se plissent quand il se concentre pour jouer de la clarinette. Et puis ce je-ne-sais-quoi qui émane de tout son corps, une force, une sensualité..., enfin..., un truc de dingue, quoi !

Oui, je sais, je ne suis pas très objective.

À la fin du concert, il est venu s'asseoir avec nous quelques instants. Fort heureusement, les lumières tamisées ont masqué la teinte rose qu'ont prise mes joues en le voyant arriver.

– Alors, ça vous a plu ? nous a-t-il demandé avec un sourire enthousiaste.

– Formidable, a répondu ma mère. Je suis tellement contente qu'Arthur suive ses cours de clarinette avec vous.

(Et moi, donc !...)

– C'est moi qui suis flatté. Il est très doué. Il doit faire honneur à votre famille de musiciens !

Mes parents l'ont regardé, étonnés. Paniquée, j'ai cherché comment détourner la conversation de mon mensonge :

– Bon, eh bien, trinquons à ce chouette concert, alors !

– Oui, c'est ça ! Tchin-tchin ! a fait mon père en servant du vin à Arnaud.

Arnaud a trinqué, bu quelques gorgées et s'est rapidement relevé.

– Je suis désolé, je dois vous laisser. Le concert est terminé, mais j'ai encore beaucoup de choses à faire.

Tandis qu'il s'éloignait, ma mère a remarqué :

– Vraiment charmant, ce jeune homme !

Pour une fois, j'ai été entièrement d'accord avec elle.

Ma rencontre avec Arnaud a également été le déclencheur de mon retour aux Weight Watchers. Ce n'était pas la première fois que j'y venais, mais c'était la bonne ! J'en étais persuadée. Si on ne se motive pas d'emblée, ça ne sert à rien de participer.

Ce retour a été mémorable : je suis arrivée – en retard – dans le sous-sol d'un hôtel qui à l'origine était une salle de conférences. La pièce sentait le reflux de canalisation. C'est sûr que vous dégoûter de la nourriture avec des odeurs de pisses-crottes peut être une façon efficace de vous faire maigrir. Des dizaines de femmes de toutes les tailles étaient déjà installées face à une animatrice survoltée, qui vantait les mérites des glucides.

– Et où trouve-t-on ces merveilles d'énergie pour notre corps, hein ? Hein ? Martine ?

– Non, moi, c'est Annie !

– Oui, Anniiiie ? Où ?

– Le riz ?

– Ouiiii !

– Les pâtes ?

– Ouiiiii

– Le pain ?

– Ouiiii ! Attention au pain ! On a tendance à le grignoter sans s'en rendre compte. N'hésitez pas à le PE-SER !

Je me suis dirigée à la queue de la file de pesée. Une dizaine de femmes, devant moi, attendaient, carnet à la main, de passer sur la balance, appareil ressemblant à un pèse-bestiaux à peine caché derrière un paravent à fleurs. La préposée à la pesée, dont le badge stipulait qu'elle s'appelait Michèle, encourageait chacune à sa façon, à voix basse pour ne pas gêner l'animatrice et ses glucides :

– Moins deux cents grammes, Armelle ! Bravoooo !

– Rôôô ! C'est pas beaucoup. Je m'attendais à mieux.

– Vous avez bien fait votre programme, cette semaine ?

– Pas trop, remarquez ! On a eu l'anniversaire du petit, et j'ai mangé plein de gâteaux. Mais je me suis rattrapée le lendemain en mangeant du chou toute la journée.

Et ça ne lui a pas déglingué les intestins ?

– Non, Armelle, après un écart, il vaut mieux

reprendre le programme. Du chou toute la journée, ça a dû vous irriter l'intestin.

Qu'est-ce que je disais !

– Ben oui, c'est pour ça que j'ai perdu deux cents grammes.

Michèle a regardé Armelle en ouvrant de grands yeux.

– Allez vite, vite parler de tout ça avec Simone.

Simone, notre animatrice, c'était la petite femme mince en tailleur ultra-cintré qui s'agitait devant son tableau, où elle avait dessiné du pain, des pâtes et des lentilles. Comme on distinguait mal les pâtes des lentilles, et que le pain ressemblait plutôt à un étron, elle avait pris soin de noter dessous de quoi il s'agissait et avait écrit *pattes* au lieu de *pâtes*. Remarquez, à y regarder de plus près, ça ressemblait en effet un peu à des traces de pattes d'oiseau.

J'en étais là de mes observations quand est venu mon tour de monter sur la balance. J'ai retiré mes chaussures et enfilé des chaussons poids plume. Je m'étais habillée avec des vêtements légers, afin que mon poids colle au plus près de la réalité.

– Bonjour, je suis Michèle, et vous ?

– Victoire.

– Combien mesurez-vous, Victoire ?

– Un mètre soixante-huit.

– Donc, votre fourchette de poids s'étale entre cinquante-six et soixante et onze kilos. Allez, allez ! Montez sur la balance, pour voir.

Ça allait être tout de suite vu : je savais déjà que j'étais bien au-dessus de la fourchette. Je suis montée du bout des pieds, me suis penchée en avant, en arrière, sur le côté, cherchant le point d'équilibre qui permettrait de peser le moins lourd. Et là, le choc : je faisais cinq kilos de plus que chez moi.

Les chaussons, sans doute !

– D'accord. Je note ça sur votre petit carnet ! Allez, allez ! Simone vous gardera à la fin de la réunion pour tout vous expliquer.

Comme une automate, je suis allée m'asseoir sur une chaise en regardant sans y croire le poids écrit sur mon carnet : je ne pouvais pas faire ce poids-là ! Ils avaient trafiqué leur balance pour qu'on pèse plus lourd. Ou alors quelqu'un avait déréglé ma propre balance. À moins que... Pour ôter les kilos de rétention d'eau et mes éventuels écarts, je retire toujours de ma balance deux ou trois kilos. Ça plus les deux kilos des chaussons et des vêtements, et on y était. Le chiffre effrayant que j'avais sous les yeux était bien le mien ; MON poids. MA masse. MOI ! Passé le premier émoi qui aurait pu se transformer en abattement, je me suis redressée sur ma chaise, j'ai tendu l'oreille comme une bonne élève et écouté avidement toutes les informations que je pouvais engranger sur les glucides. Je les connaissais déjà, mais là, énoncées par Simone-animatrice-survoltée, c'était forcément mieux.

Pour moi, il était grand temps de prendre une vraie résolution !

3

J'ai grossi sans m'en apercevoir. C'est venu à la suite d'une prise de conscience d'un autre problème : ma mère me harcelait parce que je fumais trop, mon médecin me mettait en garde parce que je faisais des bronchites à répétition, et mon dentiste me disait qu'avec mes gencives fragiles et mon goût pour la cigarette, mes dents n'allaient pas tarder à se déchausser, mais que de nos jours, on faisait de très beaux dentiers...

Alors, j'ai arrêté de fumer. Sans problème. J'assumais plutôt bien. Sauf qu'à chaque interclasse, le soir à la sortie des cours, devant la télé, et même la nuit, je m'envoyais compulsivement un paquet de palets bretons (beurre/sucre/farine : ça ne peut pas faire grossir) et une tablette de chocolat. Même en cours, parfois, je me tournais vers le tableau, faisant mine de relire un truc, pour m'enfiler discrètement un gros palet.

– Madame, on met sa copie où quand on a fini le contrôle ?

– Mgrmpf surf la mrmf mtable...

La honte.

Mes repas étaient sans fin (et sans faim, aussi), car je ne savais pas par quoi remplacer ma clope de fin de repas... Alors, je continuais à manger sans plus pouvoir m'arrêter.

Inutile de dire que j'ai accumulé les kilos à toute vitesse, mais au début, je ne m'en suis pas vraiment rendu compte. Puis il y a eu cette conversation avec ma nièce de huit ans, Charlotte, la fille de ma sœur aînée. Nous étions toutes les deux dans ma voiture, et Nino Ferrer passait à la radio.

Gaston y a l'téléfon qui son
Et y a jamais person qui y répond !

– Elle est chouette, cette chanson, tatie Vic. On la chante souvent à la maison, maman et moi.

Et là voilà de reprendre en chœur avec Nino :

– *Marie-Louise, elle est exquise, Marie-Thérèse, elle est obèse...* Vic, ça veut dire quoi, « obèse » ?

– Eh bien, ma chérie, « obèse », ça veut dire... Euh..., grosse...

– Ah, je croyais que ça voulait dire jolie...

– Non. Mais tu sais, on peut être obèse et jolie !

– Ah, un peu comme toi ?

– ...

Restons positifs : ma nièce me trouvait *quand même* jolie. On se rassure comme on peut. Il n'empêche, la vérité sortant de la bouche des enfants, je m'étais pris l'innocente remarque de Charlotte en pleine (grosse) poire. Deux jours plus tard, j'entamais le régime Dukan. LE truc miraculeux, celui qui vous fait perdre dix kilos à vitesse grand V... et en reprendre vingt à vitesse supersonique, mais ça, au début, je ne le savais pas. J'avais été séduite par la formule assortie d'une mention magique : « à volonté »... Toutes les grosses – je vais dire les *enrobées* pour rester politiquement correcte – adorent cette expression : « à volonté ». Elle a quelque chose de douillet. Et puis, elle nous permet de transgresser toutes les règles précédemment apprises en nous ôtant la culpabilité.

– Si, maman, je peux manger toutes ces frites. C'est le principe même de la méthode Dukan : « à volonté ».

Et de clouer le bec à ma mère qui est adorable, certes, mais un peu trop sur mon dos question régime (entre autres, elle aime aussi fourrer son nez dans le ménage de ma maison).

Le problème, c'est qu'il faut être honnête jusqu'au bout, et ne pas tronquer les informations. « À volonté », certes, mais SEULEMENT (eh oui) les aliments fondateurs de l'espèce humaine, ceux des premiers hommes. C'est ce qui est écrit dans le préambule à la méthode. Du coup, j'ai craint un instant de devoir revêtir une peau de bête et partir à la chasse au mammouth. Cela dit, les hommes préhistoriques n'étaient pas gros. C'est peut-être une idée à creuser.

Le tout étant de trouver un mammouth.

De le tuer.

De le traîner jusqu'à la maison.

De le dépecer.

De le couper en quartiers.

De le rôtir sur un grand feu de bois (feu qui chante..., joli feu de bois...).

Bon.

Mais non. Rien de tout ça. Je m'étais emballée. La suite de ma lecture m'a rassurée : pas de chasse au mammouth ni de ramassage de pissenlits sauvages. J'allais pouvoir trouver mes aliments au supermarché. Ouf !

Cent aliments autorisés (mazette !), dont soixante-douze protéines et vingt-huit légumes. Ah ! Adieu les frites *à volonté*... Et, cerise sur le gât... Euh..., pissenlit sur le mammouth (évitons tout de suite les expressions trop alléchantes), un coach qui nous suit à la culotte (Petit Bateau) pour nous motiver, nous conseiller, nous proposer des menus et même nous faire faire du sport. Que demander de plus. Ah si ! Le prix. J'y ai laissé une partie de ma paye pour débuter la phase d'attaque. Quelques jours à effet immédiat. Phase courte, percutante, où l'on ne s'alimente qu'avec des protéines. Naturelles, pas en poudre.

J'ai entamé la méthode avec une énergie et une motivation que je ne me connaissais pas. Œuf, poulet, cabillaud, jogging ! Œuf, poulet, cabillaud, jogging ! Œuf, poulet, cabillaud, jogging ! Œuf, poulet, cabillaud !... Œuf, poulet, chocolat !... Hamburger, *potatoes*, coca, quiche lorraine, éclair au chocolat, nuggets !...

Moi, c'est sur la distance que je ne tiens pas. Pour finir, la phase d'attaque m'a bien attaqué les intestins, le moral et le porte-monnaie.

J'ai relégué le régime Dukan avec les régimes soupe au chou, mayo et Slim-Fast, et j'ai repris ma phase d'attaque à moi : palets Roudor, Milka.

Un très bon cru !

4

Malgré nos petites conversations lors des cours de musique de mon frère, je ne connais pas grand-chose d'Arnaud. J'ai demandé ma mutation pour ses beaux yeux, comme ça, sur un coup de tête, mais je ne sais même pas s'il est célibataire. Il n'a pas d'alliance, mais cela ne veut rien dire.

Sa classe est juste avant la mienne. La partie haute de la porte de la salle de musique est une vitre. Chaque fois que je passe devant, je m'attarde et jette un œil, l'air de rien. Arnaud est toujours debout, et son enthousiasme face aux élèves fait plaisir à voir. D'ailleurs, les filles du premier rang ne s'y trompent pas, et je suis sûre que leur air hébété est plus dû à son charisme qu'aux sept notes de la gamme !

Mais l'espionner par la vitre de sa classe, m'attendrir sur la fossette de son menton, sa main qui passe dans ses cheveux noirs, ses cils infiniment longs, sa façon cool de s'habiller et ses grandes qualités de musicien, ça ne m'en dit pas plus sur sa vie privée, et j'ai décidé d'aller un peu plus loin.

Il est huit heures trente quand je me pointe au collège. Deux heures avant mon premier cours. Je sais qu'Arnaud commence tôt aujourd'hui.

Pour une fois, je suis en avance. J'ai mis au point un plan extra : profiter qu'il est en cours pour fouiller son casier, dans la salle des profs. Oui, je sais, c'est moche, mais je n'ai pas le choix. La difficulté est de me procurer les clés, mais j'ai ma petite idée là-dessus. Georges, l'agent technique du collège, a un double de toutes les clés de l'école, dont les casiers, et il m'a à la bonne.

Pour commencer, je démonte l'un des robinets d'une paillasse de ma salle de classe et introduis un vieux mouchoir en tissu dans la tuyauterie. Puis je vais trouver Georges dans son atelier pour lui signaler le problème. J'y ai repéré le tableau des clés ; il suffit que je le distraie un peu et hop ! Je lui emprunte son trousseau. Ni vu ni connu, c'est simple comme tout.

– Bonjour, Georges, lui dis-je d'une voix marilyn-monroesque. Vous allez bien ?

Georges se retourne et plonge son nez dans le décolleté extravagant que j'ai mis pour l'occasion. L'avantage d'être enrobée, c'est que, souvent, les seins bénéficient aussi de l'enrobage.

– Oui, mademoiselle Sting ?

– J'ai un problème, Georges. Je suis venue tôt exprès pour vous voir, car ça m'ennuie : un des robinets de ma salle de classe est bouché, je ne sais pas ce qu'il a.

– Attendez, je prends mes outils et je suis à vous tout de suite !

Comme il se retourne pour prendre sa caisse à outils, je saute sur le panneau des clés et pique le trousseau CASIERS SALLE DES PROFS. Je n'en reviens pas moi-même de la facilité avec laquelle ça se passe. Je sors ensuite, précédant Georges et me trémoussant un peu sur mes talons, pour donner de la motivation.

– Voilà, c'est ce robinet. Je vous laisse. J'ai des copies à corriger. Je vais en salle des profs. Merci mille fois, Georges.

– Mais de rien, mademoiselle Sting. Je ne fais que mon travail !

– Oui, mais quand même... Hu, hu, hu !

Malgré mes talons, je file ventre à terre dans les couloirs glissants jusqu'à la salle des profs. Personne. La chance est avec moi. Sans reprendre mon souffle, je commence à tester toutes les clés. La galère, c'est qu'elles ne sont pas marquées et que je ne sais pas quelle clé correspond à quel casier ! Vingt-deux profs, vingt-deux casiers, vingt-deux clés à essayer ! Je n'ai pas de temps à perdre. Ces scrogneugneu de clés sont toutes un peu tordues. Une vraie calamité. Je les essaie l'une après l'autre tout en faisant le moins de bruit possible pour guetter une arrivée impromptue.

– Bonjour, mademoiselle Sting !

Râââ ! La principale adjointe ! Je ne l'ai même pas entendue arriver ! Je me retourne après avoir jeté le trousseau en vrac dans ma poche. Je pose la main sur mon propre casier, comme si je le refermais, d'un air angélique. Elle me gratifie d'un sourire absent, dépose quelques papiers sur une table et repart comme elle est venue. Elle n'a rien vu, mais moi, dans la précipitation, j'ai balancé les clés en désordre. J'en avais déjà essayé quinze. Ça commence à me chauffer les oreilles, mais, comme je ne suis pas sûre d'avoir une autre occasion, je reprends tout à zéro avec une patience que je ne me connais pas.

La chance est avec moi : au bout du cinquième essai, la porte du casier d'Arnaud s'ouvre. Je me mets à rougir violemment : je suis en train de violer un espace privé. Ça me fait peur et m'excite à la fois. Sans perdre de temps, je commence à fouiller. Des partitions, du courrier administratif, un paquet de gaufrettes (*Résiste !*), des copies, quelques livres et... une enveloppe. Sur laquelle est inscrit à la main : *Juliette.* Juliette ! Juliette ! C'est qui, cette Juliette ? De rage, je prends l'enveloppe, la fourre dans mon sac quand j'entends un souffle dans mon dos. Une bouffée de chaleur torride m'envahit quand je me retourne et me trouve face à Axel-les-yeux-de-glacier qui me regarde avec un sourire narquois. Comment est-il entré ? À quel moment ? Je ne l'ai même pas entendu ! Panique totale ! C'est pas vrai ! Au secours ! Reprends ton calme, Vic ! Une excuse, il me faut une excuse :

– Je..., je... j'étais en train de récupérer une copie que j'avais glissée par erreur dans le... mauvais casier...

En plus, je me justifie. À l'éclat de son regard bleu, je sais qu'Axel n'est pas dupe. Il me fait un clin d'œil, récupère les documents que la principale adjointe a laissés quelques instants plus tôt et se dirige vers la porte en riant.

– Oui, oui, bien sûr, mademoiselle Sting, bien sûr.

J'ai envie de me cacher dans un trou de souris. Je suis démasquée. La honte ! Qui sait ce que va faire ou dire Axel ? Mais il y a plus urgent : je dois remettre le trousseau de clés dans l'atelier. Je reprends mes affaires sous le bras, entame une course vers ma salle de classe. Georges est toujours en train d'essayer de réparer mon robinet. Je repars à fond de train jusqu'à son atelier, repose le trousseau à sa place, remonte les marches quatre à quatre jusqu'à ma salle, me disant que le bon côté de la chose, c'est que j'ai perdu deux cents grammes à cavaler comme ça, et me pointe dans ma classe au moment même où Georges sort le tissu blanc roulé en boule que j'avais mis dans le tuyau pour le boucher.

– Mais qu'est-ce que les gamins vont pas inventer là pour faire leurs bêtises ! Regardez-moi ça, mademoiselle Sting ! C'est pas possible !

Avec horreur, je découvre qu'en fait de mouchoir, j'ai bouché la tuyauterie avec une culotte Petit Bateau que Georges est en train de brandir au-dessus de sa tête dans ses grosses mains noircies.

5

Cette journée est une catastrophe. Comme par hasard, alors que je fais tout mon possible pour éviter les surveillants, je croise Axel à chaque tournant de couloir. Et chaque fois, il arbore un sourire goguenard qui me liquéfie. En plus, je me sens coupable d'avoir fouillé le casier d'Arnaud et volé sa lettre... Je suis sans-gêne, immature et cruche, et même pas capable de ne pas me faire prendre.

C'est dans cet état d'esprit que j'accueille les élèves de troisième pour deux heures de cours l'après-midi. Une classe que j'ai découverte trois semaines plus tôt et dont tous les profs parlent avec effroi : la classe des trois « entes » – turbulente, insolente, feignante ! Mes collègues m'ont conseillé de m'imposer dès le début de l'année, et j'ai tout de suite pris mon air de prof de sciences autoritaire et revêche pour les impressionner... Ce qui est sans compter avec les effets de l'adolescence sur la façon d'envisager les adultes.

– Bonjour, les troisièmes, entrez !

– B'jour, m'dame !

Arrivée sur les chapeaux de roue devant ma classe, je reprends mon souffle. Comme les regards appuyés d'Axel m'ont filé des bouffées de chaleur, qui ont elles-mêmes coloré mes joues d'un rose insistant que ma couche de fond de teint ne parvient plus à atténuer, je suis allée dans le minuscule cabinet de toilette mal éclairé de la salle des profs avant de me rendre en cours. J'en ai profité pour me poudrer abondamment le museau avec un produit de beauté que j'ai découvert récemment : une poudre composée de pigments à la teinte de votre carnation mêlés à du vert. Le vert étant la couleur complémentaire du rouge, c'est l'idéal, paraît-il, pour masquer la couperose. Me sachant sujette au problème, j'en ai acheté trois boîtes. C'est enfin l'occasion de le tester.

Quand j'arrive en classe, tous les regards se tournent vers moi. Dans un silence absolu. Mon teint frais ainsi que mon autorité naturelle, probablement. Tandis que je m'assois à mon bureau, un bourdonnement monte crescendo parmi les élèves, dont je ne perçois pas bien l'origine.

– Tou dou dou dou dou douuuuu...

On dirait l'air d'une chanson.

– Tou dou dou dou dou douuuuu...

Je tends l'oreille, sourire diplomatique aux lèvres malgré la peau qui tiraille un peu. Le bruit se fait plus fort.

– Tou dou dou dou dou douuuuu...

X-Files ! Ils sont en train de fredonner la musique d'*X-Files* ! Tout en me regardant avec intensité. Il y a quelque chose qui cloche sur moi. À voir leurs regards, j'en suis convaincue. Je dois absolument trouver un miroir ! D'une voix de fausset, je leur ordonne de sortir leur cahier et de relire la dernière leçon en vue d'un petit contrôle-surprise.

– Revoyez-moi attentivement la leçon de la semaine dernière sur la définition du caractère héréditaire chez l'homme. Je vous interroge ensuite.

Dans le brouhaha et les ricanements à peine voilés, ils sortent leurs cahiers. La perspective du contrôle est toujours une bonne chose – pour le prof : ça les calme un tantinet. Et puis ça me laisse un peu de répit. Je me précipite au fond de la classe (mais pas trop vite non plus, pour ne pas – en plus – me tordre la cheville avec mes talons).

À mon passage, Martin Garneville, LE pire élève de tout le collège, marmonne assez clairement pour que je l'entende :

– En tout cas, y en a ici qu'ont les caractères héréditaires des Zinzins de l'espace !

J'adore l'humour des ados. Toujours si fin. Si à propos. Si juste, aussi... Car, en effet, en arrivant face au miroir du fond de classe, j'ai l'impression d'avoir devant moi un postulant pour le casting de *Mars Attacks !* Verte ! Je suis verte ! Dans tous les sens du terme ! Ah ! Sûr ! J'ai réussi à me débarrasser de la couperose, ça oui ! Mais qu'est-ce que c'est que cette poudre de riz qui vous fait la tête à E.T. ? Je dois absolument me débarrasser de ça ! Les élèves étant de dos (enfin, normalement, car Martin a une fâcheuse tendance à girouetter), j'empoigne rapidement quelques feuilles d'essuie-tout que je mets en boule pour me frotter énergiquement le visage. Dernier coup d'œil discret au miroir : je ne suis plus verte. J'ai même récupéré ma jolie couleur rouge. Mais au moins, je ne ressemble plus aux Zinzins de l'espace. Je repars aussi dignement que possible à mon bureau avec la désagréable impression d'avoir été grattée à la toile émeri. Sans perdre un instant, pour ne pas leur donner le temps de réagir à ma nouvelle couleur faciale, j'enchaîne sur le contrôle :

– Et vous avez vingt minutes, pas plus !

De l'autorité ! De la détermination ! Pour redresser la barre après l'épisode *Alien*.

Le contrôle a l'effet escompté, et plus personne ne parle d'extraterrestres. Ce n'est qu'à la fin des deux heures de cours que j'ai à nouveau matière à rigoler.

Alors que je leur explique le brassage des caractères génétiques de deux individus par la reproduction sexuée (j'ai l'habitude des ricanements à ce moment de la leçon) et que je leur demande s'ils ont des questions, une élève – le pendant féminin de Martin – me demande d'un air faussement gentil :

– Et comme on en parle, madame, on se demandait quand vous alliez être en congé maternité.

– …

Le choc. Rien à dire. Ce matin, j'ai remis ma nouvelle jupe. Comme la ceinture roulotte un peu sur ma taille qui tend plus vers le bourdon que la guêpe, j'ai mis en haut une blouse un peu ample. Je devrais regarder plus souvent les émissions de relooking vestimentaire, car je ne suis pas sûre que ce genre de tenue soit adapté aux morphologies comme la mienne : taille de bourdon, poitrine proéminente, fesses callipyges, blouse bouffante, le joyeux cocktail qui donne à croire à des ados soucieux de se débarrasser de moi que je suis enceinte. Mais je suis sauvée par la sonnerie et le boucan qui va systématiquement avec. Ce qui me dispense de répondre. Et d'ailleurs, qu'aurais-je pu répondre ?...

Réaliste :

– Euh, non, les enfants, je suis juste grosse...

Utopiste :

– Oui, mais l'accouchement n'est pas prévu avant trois ou quatre ans, le temps que votre professeur de musique daigne jeter un œil sur moi !

Ou jubilatoire :

– Et toi, p'tite peste, si je suis aussi grosse que tu es mal élevée, je dois être effectivement pas loin de l'accouchement !

Bien sûr, pas de ça quand on est prof. On reste sur son quant-à-soi, digne, et on ravale sa fierté.

– Au revoir, les troisièmes, à la semaine prochaine !

– Au revoir, (grosse-verte-rouge) madame ! (Et la semaine prochaine, vous serez de quelle couleur ?)

Je file dans la salle des profs pour souffler un peu. Me consoler avec quelques gaufrettes. Arnaud n'y est pas, je ne l'ai pas vu de la journée, et ça me rend maussade. Et pas seulement pour les gaufrettes. Je bois mon café en écoutant d'une oreille distraite – et envieuse – les exploits de J-Lo qui raconte comment elle canalise ses élèves, qui n'ont qu'à se tenir à carreau, non mais ! Même Martin Garneville est sage, avec elle. C'est sûr que ce n'est pas elle qu'on traiterait de Martien ou de boudin : d'une part, ses élèves ne s'y risqueraient pas, mais, surtout, jamais elle ne se mettrait en situation pour que cela lui arrive. Pas comme moi.

À la fin de la journée, je rejoins la sortie, vidée et un peu déprimée. Les couloirs sont vides et sombres. J'ai les bras encombrés de mes nombreux sacs et paniers et de copies à corriger : quelle idée j'ai eue de faire un contrôle surprise. Soudain, je sens une présence dans mon dos. Une main frôle mes fesses. Empêtrée que je suis, je n'ai pas le temps de réagir qu'une voix me susurre à l'oreille :

– Alors, jolie petite Victoire, qu'est-ce que tu me donnes pour que je taise ton expédition dans le casier du prof de musique ?

Paniquée, je me retourne d'un bloc, faisant face à Axel-les-yeux-de-glacier qui vient de se métamorphoser en Axel-œil-de-crapule.

Quand on est une fille comme moi, bien élevée, gentille, mais surtout timide et sans aucune confiance en elle, l'à-propos ne va pas de soi. Dans l'état de confusion où je me trouve, je lui balance une remarque bien sentie :

– Ah bah, ah ! Non, alors !

Puis, de façon très mature, je tourne les talons et m'enfuis en courant, comme une gamine prise en faute, avec une conscience aiguë de l'image surprenante que je dois donner de dos, en sautillant sur mes talons, avec mes sacs, mon panier et mes kilos en trop. La fuite ! Ce fabuleux instinct de survie. Comme un animal face au feu, je fuis en cavalant aussi vite que je peux sans pouvoir me contrôler.

Je réfléchirai un autre jour à la situation !

6

– Mademoiselle Sting, on a apporté un recommandé pour vous. Comme vous n'étiez pas là, je l'ai pris. Ça vient de la préfecture. C'est pas des bonnes nouvelles, ça, en général, la préfecture !

– Merci, madame Narcisse ! C'est très gentil à vous.

Je lui arrache presque la lettre des mains : qu'est-ce que j'ai *encore* fait pour avoir un recommandé de la préfecture ?

– Ouvrez-le vite, on ne sait jamais !

– Oui, oui, merci encore, madame Narcisse, mais je verrai ça chez moi. Au revoir.

Madame Narcisse, très contrariée que je n'ouvre pas le recommandé devant elle, fait demi-tour et passe la porte de sa maison en marmonnant. Je n'ai pas envie de faire d'efforts aujourd'hui ; ma journée a été assez pénible comme ça ! Je rentre en vitesse, des fois qu'il prendrait à ma chère voisine l'envie de ressortir me dire quelque chose.

Il y a trois ans, j'ai acheté une petite maison au cœur d'un agréable village des Yvelines, dans une copropriété. J'ai fait une affaire : ma maison n'est pas très grande, au bas mot soixante-dix mètres carrés, mais le couple qui y vivait avant se séparait dans de mauvaises conditions et voulait s'en débarrasser rapidement. Ils ne l'ont pas vendue très cher, dans une région où, pourtant, les prix sont exorbitants. On entre directement dans une vaste pièce avec une cuisine à l'américaine, j'ai une chambre, une pièce qui me sert de bureau et une grande salle de bain géniale. J'ai encore quelques travaux à faire ici et là, mais globalement, j'ai aménagé ma maison comme j'en avais envie, et c'est très chouette. Avec une belle cour au centre, nous sommes trois dans la copropriété : un jeune couple de cuisiniers, madame Narcisse et moi. Ça ne se passe pas trop mal, si ce n'est que madame Narcisse a une forte tendance à la curiosité. Elle est aussi adepte des commérages, et, comme je ne sais pas toujours couper court aux conversations, je me farcis souvent les potins du quartier sur des gens dont je ne connais rien et qui ne m'intéressent pas. En revanche, madame Narcisse, elle, semble se passionner des détails de la vie de tout le monde.

J'ouvre le recommandé : amende pour excès de vitesse ! Le fameux jour où je me suis étalée sur le parking du collège et où j'ai déchiré ma jupe. J'ai dû forcer sur l'accélérateur en rentrant chez moi me changer. Ils n'ont pas tardé ! Soixante-huit euros et un point en moins ! Voilà qui clôture ma journée en beauté !

Je ressens soudain le besoin irrépressible d'oublier, de me ressourcer : je balance mes talons, quitte mes fringues, enfile mon jogging avec un vieux tee-shirt déformé, saute sur mon ordi, allume Deezer et mets MA chanson : celle qui me calme ou me file la pêche, celle qui me fait du bien, me motive, qui me réveille le matin avec entrain... bref, THE chanson : *It's not Unusual*, de Tom Jones. Ouais, je sais, c'est pas récent, récent, mais j'adore ! Je me mets à chanter et à danser comme une folle, à me tortiller les fesses, à faire de grands moulinets avec les bras, à tournoyer ma tête et ma chevelure de lionne (hum, hum !) pour en extraire toutes les galères de la journée et, miracle ! Ça marche au-delà de mes espérances : Georges, le trousseau de clés, le casier, Arnaud, le robinet bouché, la poudre de riz, Martin Garneville, Axel, madame Narcisse, le PV pour excès de vitesse..., tout s'envole – momentanément, je ne suis pas dupe. Après avoir remis la chanson plusieurs fois, épuisée, pantelante, le rouge aux joues, je m'écroule sur mon canapé pour ne plus bouger, me laissant aller à mes rêves. Parce que oui, je suis une méditative. J'ai l'esprit cartésien de tous les profs de sciences, que compense une forte propension à me faire des plans et des scénarios sur ce que pourrait ou devrait être ma vie.

J'arrive au collège, dans une robe cache-cœur rouge, qui souligne ma taille fine et laisse deviner une poitrine en poire, un ventre plat et des fesses rondes et fermes joliment enveloppées dans un shorty sexy. Deux longues jambes un peu hâlées se terminent par des talons qui mettent en valeur mes pieds fins aux ongles vernis. Mon visage frais et mat est rayonnant. Mes yeux pétillent, ma bouche sensuelle garde un sourire énigmatique et gourmand. Mes longs cheveux châtains balancent en liberté au gré de mes mouvements félins, et tous les hommes se retournent sur mon passage : Tall and tan and young and lovely. The girl from Ipanema goes walking. And when she passes, each one she passes. Goes « A-a-a-h »...

J'arrive dans la salle des profs. Jennifer, mal peignée, traits affaissés, mine revêche, cheveux en pagaille, fringues avachies, me regarde jalousement. Arnaud, sublime, une mèche brune devant ses yeux rieurs, jean taille basse et pull noir à col roulé, est appuyé contre le mur avec décontraction. Il porte négligemment une petite gaufrette fourrée noisette à sa bouche en me lançant des œillades langoureuses. Je m'approche de lui de ma démarche de panthère. Troublé par ma présence, il laisse tomber son paquet de gaufrettes. Je le rattrape au vol, pleine d'à-propos et de dextérité, les lui tends. Il me sourit, entrouvre les lèvres pour me parler, se ressaisit, ébloui par la force de mon aura qui le laisse sans voix. Il tend la main vers moi, qui balance ma chevelure de droite et de gauche en fermant les yeux avec sensualité. Sa bouche s'approche de mon visage. Attiré par mes phéromones, il ne peut défaire son regard des courbes de mon oreille, dans laquelle il se prépare à me susurrer quelques mots doux :

– POURQUOI T'AS FOUILLÉ DANS MON CASIER !

La vache, je ne m'y attendais pas ! C'est du violent ! Dans le sursaut qui me ramène à la réalité, prise d'un flush incontrôlable, j'envoie mon chat valdinguer à deux mètres. Ce qui est d'ailleurs le propre du flush, charmante manifestation cutanée se caractérisant par un érythème congestif rouge intense survenant sans prévenir, sur un mode paroxystique (si !), dont les filles comme J-Lo ne sont jamais atteintes. Mais dont je suis, moi, très coutumière.

Je file dans la salle de bain, me mets un gant de toilette frais sur le visage, me regarde dans la glace : l'œil poché au mascara, les joues rouge carmin, le tee-shirt gondolant, je n'ai plus rien de la *girl from Ipanema*...

7

Heureusement, c'est le week-end. J'ai deux jours pour me remettre et trouver une stratégie pour l'affaire Axel. En *procrastinatrice* professionnelle, j'ai tendance à penser que j'ai la vie devant moi pour tout accomplir. *J'y penserai demain* est mon proverbe préféré. D'ailleurs, dans mes meilleurs moments de méditation scénarisée, je me transpose dans *Autant en emporte le vent* : une gironde Scarlett Ohara déclamant son *Taratata, j'y penserai demain*, comme un défi au temps. Mais il me manque encore mon Rhett Butler, et c'est pourquoi je décide de ne pas tarder, pour une fois, et me mettre tout de suite à réfléchir à la question.

Tout en donnant à manger à Bigoudi qui n'arrête pas de piailler depuis un quart d'heure, je me dis qu'il est hors de question que je laisse Axel dévoiler mon secret à Arnaud. Je n'ai rien à dire pour ma défense. Comment justifier que j'aie fouillé dans son casier et pris sa... ? Mince ! La lettre ! J'avais failli l'oublier. Je tire de mon sac l'enveloppe où est écrit *Juliette*, d'une écriture ronde et féminine, qui n'est pas celle d'Arnaud. À l'intérieur, je découvre la photo floue d'une jeune femme souriante, tout à son bonheur d'être aimée par le mec le plus beau de la terre. J'ai du mal à bien la voir. Le selfie a dû être pris avec un appareil de mauvaise qualité. J'attrape une loupe et je détaille : les joues rondes, elle a aussi le nez un peu fort et les yeux tombants. Tiens, on dirait un petit défaut sur la bouche aussi, une sorte d'irrégularité dans le sourire. Je m'approche plus près. Et ses cheveux... Sort-elle de la piscine ou sont-ils gras ?

Au final, une fille quelconque.

Il n'empêche que je tremble en dépliant la lettre.

Cher Arnaud,

Je suis tellement heureuse que tu m'aies choisie, que nous nous soyons trouvés.

Je suis si excitée (allons bon !) de ce qui nous arrive.

Comme une alliance divine, une union sacrée, le projet d'une vie...

Ta Juliette

Alliance, unions, projet de vie... Ça résonne comme un espoir de mariage ! NON ! Ce n'est pas possible. J'arrive dans la vie d'Arnaud quelques semaines trop tard ! Quelle injustice ! Je viens enfin de trouver l'homme qu'il me faut, et il m'échappe déjà. Le drame de toute une vie !

D'un geste de dépit, je jette la lettre sur ma table basse et me dirige vers la cuisine. Je viens de dîner, mais mon corps – le fourbe – semble ne plus s'en souvenir. Je sors le beurre, le camembert et me fais un sandwich. Il est trop tard pour aller à la boulangerie m'acheter une tartelette au citron – mon péché mignon –, mais le camembert, c'est bien, aussi. J'ai une manie, d'ailleurs, avec le fromage : je dois toujours m'en couper trois parts. Trois petites parts. Comme si mon cerveau enregistrait plutôt le mot « petite » que le mot « part ». Comme ça, j'ai l'impression de moins manger. Ça s'explique sûrement...

Le salé appelant le sucré (appelant lui-même le salé), je prends également une glace au chocolat. J'aurais tout aussi bien pu prendre une pomme. Pourquoi diantre ai-je préféré une glace ? Je retourne m'asseoir dans mon canapé en croquant dans mon sandwich avec bonheur. La culpabilité viendra après : où y a de la gêne, y a pas de plaisir et, pour profiter pleinement de mon sandwich, je préfère remettre les émotions négatives à plus tard.

Je reprends la photo de ma concurrente, mon ennemie, ma rivale. Non ! C'est tout bonnement impossible ! Je dois empêcher ça. Boostée d'un coup (l'effet du camembert, peut-être ?), je prends une décision : il faut que j'assure ! À fond ! Ne pas lâcher le morceau : faire en sorte qu'Arnaud se rende compte que je suis la femme de sa vie.

Je cours chercher un cahier et un crayon. Ce cahier sera celui de ma réussite. J'y consignerai ma *to do list* de vie, tout ce qui concerne les grands changements indispensables à la nouvelle Victoire que je dois..., je VAIS... devenir ; il sera l'instrument du tournant de ma vie. Tom Jones tourne en boucle et me motive. Je commence par les grandes lignes, sans ordre, logique ni préférence. Je laisse aller le crayon, en rythme, et parler mon subconscient :

- Maigrir (à détailler).
- Être féminine (mais naturelle).
- Faire du sport (à détailler).
- Faire de la méditation ou du yoga.
- Me monter une vraie garde-robe.
- Jeter mon vieux jogging informe (courage !).
- Ne surtout rien dire à ma mère.
- Mettre Elsa, Agathe et Louise dans la confidence.
- Lire des sites ou des livres de coaching personnel pour gagner de la confiance en moi, de la zénitude, de la motivation...

Voilà. C'est un premier jet ; il me reste à dégrossir tout ça, mais je viens de coucher sur le papier l'ébauche de ma future métamorphose.

Pour fêter ça, j'empoigne ma glace au chocolat et mords dedans avec toute l'ardeur dont je suis capable !

8

– Vic, ça te dit, un petit resto ce soir ? me demande Elsa au téléphone.

Elsa, c'est une de mes meilleures amies. Avec Louise et Agathe. Elsa et moi, nous nous connaissons depuis l'enfance et avons passé une partie de notre scolarité ensemble, depuis la petite section de maternelle jusqu'à la troisième. Elle est ma grande amie, ma confidente, le témoin de toutes mes premières fois, comme je l'ai été pour elle aussi. Même si Elsa n'a pas eu autant de premières fois que moi en matière de garçons : à l'âge de quinze ans, elle a rencontré Robin et, depuis, ils ne se sont pas quittés. D'ailleurs, ils vont se marier dans quelques semaines. Elsa, c'est la plus sérieuse d'entre nous. Après de très brillantes études, elle est devenue ingénieur agronome et est chargée de mission à la direction de l'Agriculture et du Développement rural. Elle a gardé son visage de fillette, avec de belles joues rondes entourées de boucles blondes. Je sais que je peux indéniablement compter sur elle, c'est mon amie fidèle, depuis toujours et pour toujours.

Louise est la plus âgée de nous quatre. Elle a trente-cinq ans. Elle est aussi grande qu'elle est gentille. Sa silhouette androgyne et longiligne lui a fait tester le mannequinat. Mais elle n'a pas supporté la pression de la première séance photo pour un concours d'agence, et le projet s'est arrêté aussi vite qu'il avait commencé. Après ça, elle a fait plusieurs petits boulots qui lui laissaient le temps de s'adonner à sa grande passion : la peinture. En fait, Louise, c'est l'artiste du groupe. Elle est journaliste dans un grand magazine de loisirs créatifs et est un génie du *Do it yourself* ! Elle est depuis plusieurs années avec Charles, un homme plus âgé qu'elle, dans une relation très libre et surtout épisodique puisqu'il est grand reporter et donc toujours en voyage. Je ne l'ai d'ailleurs vu qu'une seule fois, mais il m'a fait une sacrée impression. C'est le genre même du baroudeur : beau, barbu, viril et toujours bronzé.

Agathe, c'est la rigolote. Une vraie joie de vivre. Nous nous sommes rencontrées en fac, où nous avions en commun le cours de neuro-anatomie, moi pour mes études de sciences, elle pour ses études d'orthophoniste. Très petite et toute fine, elle a la silhouette d'une jeune fille fragile, mais il ne faut pas s'y fier, car elle déborde d'idées et d'énergie, et est bien plus forte qu'il n'y paraît (elle me bat facilement au bras de fer !). Elle collectionne les hommes, les aimant tous passionnément et les oubliant aussi vite qu'elle les a aimés.

Toutes les quatre, depuis plusieurs années, nous formons un groupe uni et, franchement, je ne sais pas ce que je ferais sans elles ! Un de nos rites favoris, c'est d'aller régulièrement au restaurant ensemble. Même si j'adore, c'est devenu depuis peu un cruel dilemme pour moi, parce que j'en meurs d'envie et, en même temps, je sais que ça va être une entorse monstrueuse à la réadaptation des mes habitudes alimentaires (il ne faut plus dire régime, ont-ils expliqué aux WW).

– Mais avec de la volonté, tu peux très bien y aller et manger raisonnablement, me serine ma mère, à qui je rends visite pour m'en plaindre, alors que c'est la dernière personne à qui je devrais en parler, conformément à mon cahier de métamorphose.

Ma mère qui m'imagine toujours en superwoman capable de résister aux tequilas sunrise, aux gâteaux apéritifs, aux plats en sauce et aux crumble-crème fraîche !

– Oui, oui, maman ! Je vais tenter de résister.

– Non, tu ne tentes pas, tu le fais !

– Mais enfin, maman, si c'était si facile que ça, y aurait plus de problème de surpoids dans le monde !

– Enfin, toi, tu es intelligente ! À vingt-neuf ans, tu es quand même capable de faire preuve d'un peu de volonté et de raison !

Convaincre ma mère que je ne suis pas la fille digne et raisonnable qu'elle croit avoir mise au monde est aussi improbable que convaincre un Breton qu'on peut tartiner sur son pain un autre beurre que du beurre salé.

– Un toast rillettes-cornichons, mademoiselle ?

– Non, merci ! Vous voyez bien que je suis quelqu'un de digne et raisonnable qui surveille son poids !

– Une autre part de petit salé aux lentilles ?

– Sûrement pas ! Je suis quelqu'un de digne et raisonnable qui surveille son poids !

– Vous reprendrez bien un peu de mousse au chocolat !

– Que nenni ! Je suis quelqu'un de digne et raisonnable qui surveille son poids !

Je ne me fais donc pas trop d'illusions quant au restaurant avec les copines. Sauf que, dans l'élan de motivation qui m'a assaillie la veille, je décide tout de même de mettre quelques stratégies en place pour limiter les dégâts : à commencer par le jean. Bien serré, surtout à la ceinture. Comme j'ai dans ma garde-robe un panel de plusieurs tailles de vêtements, en fouillant bien dans mes placards, je ressors un pantalon une taille au-dessous de la mienne. Ça me comprime bien le ventre, même si l'élasthanne et quelques contorsions me permettent d'entrer dedans malgré tout. Puis j'avale d'un trait un bol de soupe multi-légumes (sans pommes de terre) et, enfin, juste au moment de partir, j'engloutis trois grands verres d'eau. L'idée me vient même de manger une éponge afin qu'elle occupe mon estomac en se gonflant d'eau, mais je ne suis pas sûre que ce soit judicieux. Point de vue santé, je veux dire ! En tout cas, je suis suffisamment ballonnée pour ne pas me laisser aller à trop manger. Malin, non ?

Quand j'arrive au restaurant – en retard – les filles sont déjà là, à siroter leur mojito.

– On a commencé sans toi, hein, Vic ! Tu ne nous en veux pas ? me lance Elsa.

– Ben non, désolée, les filles, mais il a fallu que je cherche mon chat qui s'était coincé sous la baignoire entre les canalisations et ne voulait plus sortir.

– Mais comment un truc pareil est possible ? me demande Louise en se marrant.

Je n'en sais rien. Mais c'est une sorte de règle immuable : en fait, je suis toujours en retard, c'est vrai, mais j'ai toujours de *vraies* bonnes raisons de l'être.

Comment font les autres pour ne pas avoir autant de dysfonctionnements quotidiens de dernière minute que moi ? C'est incompréhensible ! Ou alors, je suis maudite : le chat qui se coince dans un endroit improbable, la chaussure qui perd sa moitié, la crotte de dentifrice qui tombe sur le chemisier propre, le coup de brosse à mascara noir sur l'aile du nez, la baleine de soutien-gorge qui se casse en deux, la voiture qui ne démarre pas, les travaux sur la route, le feu rouge en panne… C'est toujours, et presque exclusivement, pour moi. Mais j'ai décidé de ne plus y penser, car ma nouvelle vie commence, et j'ai l'intention de l'expliquer à mes copines, puis de fêter ça !

– Une tequila sunrise, s'il vous plaît, dis-je à l'intention de la serveuse qui passe près de moi.

– Euh, moi, madame, je fais aussi partie de la clientèle...

– Oh ! Excusez-moi, madame...

– Et moi, c'est « monsieur », pas « madame »...

Les filles pouffent comme des pintades, tandis que je me confonds en excuses auprès de la petite chose asexuée et mal identifiée que j'ai prise pour la serveuse. Il s'assoit quelques tables plus loin, aussi rouge que moi, et pique le nez dans son assiette. J'avise le vrai serveur et lui demande ma tequila.

– Vous ne buvez pas de mojito, comme vos amies ?

– Non, non, je suis allergique à la menthe !

– Allergique à la menthe ? Eh ben, c'est pas de chance, quand même !

– Oui, mais, de toute façon, j'adore la tequila sunrise ; alors, ça ne me pose pas vraiment de problèmes.

– Je continue à penser que c'est dommage !

De quoi il se mêle, celui-là ! J'ai le droit d'être allergique à ce que je veux ! Il finit par m'apporter ma tequila, que je bois d'un trait pour rattraper les copines qui en sont à leur deuxième apéritif.

– Quelques cacahuètes salées, Vic ? me demande Louise.

(Sûrement pas ! Je suis quelqu'un de digne et raisonnable qui surveille son poids !)

– Ouais ! Passe-moi le ramequin !

Et je plonge la main dedans.

– Les filles, j'ai quelque chose d'hyper important à vous dire ! Un grand changement s'annonce !

– Quoi, tu te maries ?

– Nonnnn !

– Tu pars faire du macramé dans une communauté ?

– Pfff !

– Tu changes de métier pour devenir dresseuse d'ours !

– N'importe quoi !

Et je leur explique tout ce qui est arrivé dans ma vie ces derniers jours. Agathe, subrepticement, ôte la coupelle de cacahuètes de ma vue.

– C'est bien beau, tout ça, me dit-elle. Et tu as raison de prendre ta destinée en main, mais comment tu vas faire, pour Axel ?

– Oui, ça, c'est THE problème. Vous feriez quoi, vous ?

– Il est mignon ? demande Louise.

– Bah oui, plutôt !

– Fonce, alors ! reprend-elle. Ça rendra Arnaud jaloux !

– Ne lui donne pas de mauvaises idées, intervient Elsa, qui est la plus posée d'entre nous. Si Arnaud est près de se marier, Vic ne l'intéresse pas. Et si elle a un mec, ça l'intéressera encore moins.

– Je n'suis pas d'accord ! affirme Agathe. Il y a des mecs qui ne sont intéressés que par les copines des autres !

– Ouais, enfin, faut pas généraliser.

Agathe gonfle ses joues et arrondit ses bras sur le côté :

– Si, je t'assure, c'est leur côté macho, conquérant, homme préhisto, « il me les faut toutes » !

Comme on commence à avoir de l'avance, côté apéro, le coup de l'homme préhisto déclenche un fou rire qui, comme chaque fois que nous sommes toutes les quatre, prend de l'ampleur et de l'intensité. Le problème, c'est que les ondulations du fou rire gagnant mon ventre, je suis soudain prise d'une irrépressible envie de faire pipi !

– Excusez-moi, les filles, j'ai bu un peu trop d'eau avant de partir, et...

Je file aux toilettes. En me tortillant, je commence à nettoyer la cuvette et dispose tout plein de papier dessus avant de m'asseoir. Puis j'entreprends de baisser ma braguette. Coincée. Impossible de la faire descendre. L'enfer. Mon ventre est gonflé comme une outre, entre la soupe, les verres d'eau et les tequilas. Je n'en peux plus. Je tire sur mon pantalon pour tenter de le baisser sans retirer la fermeture : je n'y arrive pas ; il est bien trop serré. Je sens que je ne vais pas pouvoir me retenir plus longtemps. Il faut que je trouve une idée. M'allonger, peut-être ? Oui, c'est bien, ça : m'allonger par terre, pour donner du lest au tissu ! Mais la cabine est trop petite ! J'ouvre la porte. Les toilettes sont vides. Sans perdre une seconde, je me couche sur le sol et j'entreprends à nouveau de baisser ma fermeture. Ce n'est pas simple, mais ça commence à bouger un peu... quand soudain la porte s'ouvre sur le petit monsieur que j'ai pris pour une serveuse. Grand moment de solitude. Je lui souris bêtement, les deux mains sur ma braguette, cherchant à toute vitesse une explication à lui donner. Il s'avance vers moi avec un sourire en coin :

– Vous vous sentez bien ? Je peux vous aider ?

– Non, merci, tout va bien.

Quoi de plus normal, en effet, que d'être couchée par terre dans les toilettes d'un restaurant. Mon cerveau est en surchauffe pour trouver une explication qui tienne la route. L'homme me regarde de biais.

– Vous êtes sûre ?

Je lui lance la première idée qui me vient à l'esprit :

– J'ai glissé en voulant entrer dans les toilettes et..., et...

Et à ce moment-là, le bouton de mon pantalon saute, la fermeture s'ouvre d'un coup, je pousse un cri suraigu en regardant la porte derrière mon interlocuteur, qui se retourne aussi sec. J'en profite pour me relever d'un coup et disparaître dans la cabine des toilettes. Vexée, je l'entends ricaner avant de se rendre dans les toilettes pour hommes. Mon jean l'a vengé de mon affront de tout à l'heure.

Sous les rires des copines, je continue mon repas avec la fermeture éclair défaite, pantalon maintenu à la taille par un morceau de ficelle alimentaire qu'Elsa est allée demander pour moi en cuisine.

– Bon, soyons sérieuses, dit-elle en riant. La stratégie Axel, c'est pas gagné : tu vas faire quoi ? Moi, je pense vraiment que tu devrais l'ignorer.

– Et s'il va trouver Arnaud pour tout lui raconter ? fait Louise. Non, moi, je pense que Vic aurait tort de se gêner.

– S'il te plaît, n'hésite pas et demande-lui de rester discret avec votre relation, c'est tout, propose Agathe comme si ça allait de soi.

– C'est pas très honnête, tout ça, reprend Elsa.

– Et lui, il est honnête, tu trouves, à me faire du chantage ?

– Une toute petite liaison, qui te remettra sur les rails, qui te fera du bien, moi je vote pour !

– Pareil que Louise, affirme Agathe.

– Tu en as envie ? me demande Elsa.

– Ben, pour tout dire, oui, il ne me déplaît pas... Même si... pour Arnaud... Enfin...

– Allez, lance-toi, va !

Et sur ces bons conseils, je décide de parler à Axel. Enfin, d'essayer, car là aussi, je ne suis pas sûre d'être capable de m'exprimer correctement, Vic-timide prenant systématiquement le dessus quand je suis avec un homme. Nous terminons le repas joyeusement et copieusement, aussi, parce que, du coup, je peux manger tout mon saoul, n'ayant plus aucune retenue, côté ventre, pour me rappeler à la dure réalité de mes kilos en trop ! Et puis subir une telle humiliation comme ce que je viens de vivre dans les toilettes du restaurant, ça me donne le droit à une petite compensation, non ?

9

Allongée sur mon canapé, dans mon vieux jogging que je n'ai pas encore eu le courage de jeter (demain), mon ordinateur portable sur les genoux et mon chat sur les pieds, je surfe sur les sites de vente de vêtements : l'épisode du jean a été assez humiliant pour que je me décide à renouveler ma garde-robe.

On trouve vraiment de tout sur Internet. Au début, je tombe sur des vêtements à l'ancienne. Le genre de truc que mettait ma grand-mère au siècle dernier (ou le précédent). Je déniche ensuite une marque allemande extrêmement joyeuse, dont la tendance est de superposer des lambeaux de tissu de toutes formes et de toutes couleurs, pas forcément bien assorties, censés dissimuler les rondeurs. Ça me fiche le blues. Ce n'est pas parce qu'on est ronde qu'on doit s'habiller comme une mémère ou comme un abat-jour !

Ma propre garde-robe est assez simple : des jeans, de grandes chemises ou des blouses larges et longues, et voilà. Le tout, bien sûr, dans les tons noirs ou bleus, histoire de passer inaperçue.

– Regarde les émissions de relooking, me propose ma mère au téléphone.

– Quoi ? De quoi tu me parles ?

– Mais tu sais, cette grande femme aux cheveux courts qui choisit des filles un peu tartignoles et les rhabille de pied en cap !

– Mais, maman, je ne suis pas une fille tartignole et je n'ai pas besoin d'être relookée !

– Je ne te demande pas d'aller à l'émission, mais de la regarder un peu pour te donner des idées.

– OK, je vais voir ça...

– Bon, et sinon, ma chérie, ça s'est bien passé, ton repas au restaurant, hier soir ?

– …

– Tu as été raisonnable ?

– Oui, oui !

– Je suis contente : tu vois, quand tu veux... Tu viens déjeuner avec nous ? J'ai fait du poulet basquaise. Ton père et moi, on aimerait bien te voir de temps en temps !

– Non, maman, je suis fatiguée et j'ai plein de copies à corriger. Ça ne m'arrange pas vraiment.

Et puis j'ai besoin de cuver ma tequila...

– Tu es toujours fatiguée. Ton père trouve que tu ne viens pas souvent nous voir, ces derniers temps.

Non, c'est sûr, je n'y vais *que* trois fois par semaine ; je pourrais faire plus d'efforts ! Mais je tiens bon (miracle !) et la force d'inertie de mon canapé me happe et m'empêche de bouger.

– J'ai tellement de travail en ce moment, je t'assure...

– Alors, repose-toi, ma chérie, et passe me voir demain.

Je raccroche le téléphone, attrape la télécommande et me mets à chercher mollement les rediffusions des émissions de relooking. Dans ma recherche, je tombe sur les *replay* de *Game of Thrones* : question vestimentaire, ce n'est pas forcément ce qui est le plus adapté à mon cas ; en revanche, pour la détente, c'est juste ce qu'il me faut !

Comme toujours, le lundi matin arrive à vitesse grand V. Comme c'est le jour de pesée aux WW, j'essaie de m'habiller le plus léger possible... Mais en octobre, difficile de se mettre en robe de plage. D'autant que je n'en ai pas. Je mets un caleçon, plus léger que le jean, une longue chemise d'été et j'arrive au collège estivale, aérienne et... la boule au ventre. Comment vais-je m'en sortir avec Axel ? C'est la grande préoccupation de la journée. Ça relègue même Arnaud au second plan. Momentanément.

Je n'ai pas à attendre bien longtemps : après ma première heure de cours, j'ai un trou d'une heure et, seule dans ma salle de classe, j'en profite pour corriger des copies quand Axel entre. Monstrueuse décharge d'adrénaline ! Je relève la tête en le regardant avec tout le *self-control* dont je suis capable, c'est-à-dire aucun.

– Bonjour, Victoire, tu as passé un bon week-end ?

– Voui...

(Purée ! La réponse percutante !)

Il avance lentement mais sûrement vers mon bureau avec un sourire carnassier. Qu'est-ce qu'il est beau ! Plus il approche, plus je sens, à la fois subjuguée et déconcertée, des picotements partout dans mon corps. Il faut dire qu'il sait se mettre en valeur : un jean et une chemise à carreaux bleue, ses cheveux blonds négligemment dépeignés et ses yeux... Mon Dieu, ses yeux d'un bleu si pur.

– Tu as pensé à ce que je t'ai dit, vendredi, avant de partir ?

– ...

– Allez, ne fais pas ta timide, voyons !

– Je ne vois pas de quoi vous voulez parler...

J'ai décidé de ne pas céder tout de suite, non plus ! Je ne veux pas passer pour une fille facile ! En même temps, son comportement m'ébranle un peu : j'ai vraiment l'air de l'intéresser, et Vic-qui-se-dévalorise se demande comment elle a pu plaire à un mec aussi canon. Je ne suis pas Barbie, et pourtant Ken veut sortir avec moi : pas possible de louper une occasion pareille !

Il s'approche encore et attrape une mèche de mes cheveux qu'il enroule lentement. Il baisse sa voix, qui prend une tonalité très grave. Je le soupçonne d'être un brin comédien.

– Tu me plais, Victoire...

– Hihihihihi !

Ricanement niais ! Je vous jure, être timide à ce point me donne toujours l'impression d'être en lice pour un championnat de cruches.

Il me caresse les cheveux. J'ai bien fait de me faire un brushing ce matin. J'essaie mollement de m'échapper, mais n'en ai aucune envie. Ses caresses me font un effet invraisemblable, surtout là, dans ma salle de classe, où nous pourrions être surpris à tout moment par un autre prof, la principale adjointe ou – pire – par un élève. Axel me prend le bras pour me mettre debout. Je me redresse d'un bond un peu brusque, ce qui fait tomber ma chaise avec un fracas épouvantable. En sursautant, Axel me tire les cheveux, et je pousse un cri étranglé.

– Aaarghh !

Je n'ai pas le temps d'en dire plus : fasciné par la profondeur de mes propos, il pose sa bouche sur la mienne et m'embrasse comme un fou furieux. Ce qui me change sacrément de mon dernier amoureux, dont les baisers timorés laissaient déjà entrevoir qu'il n'allait pas tarder à faire vœu d'abstinence. Bien sûr, je lui rends son baiser... Impossible de résister à ça ! Progressivement, je fonds, me transforme en loukoum, mou et sans volonté, tout à mon plaisir..., mais alors, quel plaisir !... Quel plaisir !

Malheureusement, la sonnerie retentit, et nous devons nous séparer. Axel, qui a sûrement noté mon emploi du temps avant de venir, sait qu'une classe de cinquième va débarquer d'un instant à l'autre. Il me prend doucement le visage dans sa main, et me sourit :

– Toi..., toi...

(Oui ? C'est moi...)

– On se revoit bientôt, hein ? Donne-moi ton numéro de téléphone.

– Ah oui ! Mon numéro. Je... Je ne le connais pas par cœur.

– Passe-moi ton portable, je vais te le trouver rapidement.

Je fouille dans mon sac qui n'est pas vraiment bien rangé. Après avoir déballé la moitié de son contenu sur mon bureau, je finis par trouver mon téléphone. Axel s'en empare, fait quelques manipulations et me le tend en un rien de temps.

– Voilà, je me suis envoyé ton numéro sur mon propre portable. Je te laisse, ma beauté, je file.

Il passe à nouveau sa main dans mes cheveux en plongeant ses yeux magnifiques dans les miens et disparaît au moment où se fait entendre dans le couloir le doux bruit des premiers élèves qui arrivent. Je suis complètement sous le charme, bien qu'un peu contrariée d'être passée pour une gourde incapable de tenir une conversation (entre « Voui... », « Aaarghh ! » et « Hihihihihi ! »), mais ce n'est sûrement pas pour faire causette qu'Axel a jeté son dévolu sur moi ! Les cinquièmes – c'est une classe de gentils – se rangent calmement à la porte, quand une petite mignonne, qui est devant, s'avance vers moi et me dit à voix basse :

– Madame, vous devriez vous repeigner, parce que je ne sais pas ce qui vous est arrivé, mais on dirait que vous avez une choucroute sur la tête !

Du plat de la main, je tâte le désastre : Axel y est allé un peu fort dans le massage crânien, et tout mon brushing a migré vers le haut, me donnant l'air de Riquet à la houppe. J'aplatis le désastre du mieux que je peux tout en constatant que la mousse que j'ai mise ce matin en me peignant a la particularité de garder aux plis les derniers mouvements qu'on leur a imprimés.

Je rentre en classe derrière mes élèves en gardant une main posée sur ma tête pour contenir le désordre. Ce n'est qu'au moment où je veux m'asseoir à mon bureau alors que j'ai oublié que le siège était renversé que je suis bien obligée de lâcher mes cheveux pour me rattraper, et me retrouve assise sur la tranche de la chaise. Vu de la salle, le spectacle doit être curieux : un front surmonté d'une choucroute qui affleure tout juste de la table !

Enfin, en tout cas, les gentils petits cinquièmes ne m'en font aucune remarque, même si je constate de-ci de-là quelques yeux ronds où pointent des lueurs amusées...

– Coucou, Vic, je t'attends pour aller boire un café en salle des profs ?

Alors que la sonnerie vient d'indiquer la fin du cours, Arnaud passe la tête par la porte de ma classe avec un large sourire.

– Ben, écoute, oui, pourquoi pas ?

– Tu as une nouvelle coiffure ? C'est sympa !

Je n'ose imaginer en quoi s'est transformé l'agglomérat de cheveux et de gel coiffant sur ma tête, car j'ai renoncé à me repeigner pendant mon heure de classe, voulant profiter de la récréation pour le faire. Ce qui est sans compter sur ma chance naturelle, mais je suis Arnaud avec un petit pincement au cœur, tout de même : il est venu me chercher pour que nous allions ensemble en salle des profs. Bon, sa classe est juste à côté de la mienne et c'est sur son chemin, mais rien ne l'y obligeait. Je suis contente ! Mal peignée, mais contente !

– Ça se passe bien alors, ton nouveau poste ? Y a certains élèves qui ne sont pas faciles. Tu ne regrettes pas d'avoir changé de collège ?

Ben non, tu parles... Surtout dans un moment pareil, où je suis seule avec lui, dans les couloirs sombres du collège, échangeant de façon presque complice... Sa seule présence pulvérise tous les Martin Garneville de France !

– Non, c'est très bien ici. Je pense que je vais m'y plaire. Et toi, tu y es depuis longtemps ?

– C'est ma septième année ! Tu verras, c'est un collège vraiment sympa ! Je ne ferai peut-être pas toute ma carrière ici, mais pour l'instant, ça me va. En plus, c'est juste à côté de chez moi et de l'école de musique où je donne mes cours de clarinette, alors...

Je n'ose évidemment pas lui demander où il habite. Et encore moins avec qui, bien sûr, même si j'en crève d'envie. Arnaud reprend :

– En plus, c'est un collège où ils favorisent les projets extrascolaires et j'en ai toujours un paquet en tête...

– C'est chouette, ça, d'avoir des projets de classe...

– Ouais ! D'ailleurs, j'ai une idée depuis quelque temps… Je vous en reparlerai bientôt...

– Comment ça, nous ?

– Ben, les profs... Mais je ne t'en dis pas plus tant que je ne suis sûr de rien... C'est une idée géniale !

– Ah ? J'ai hâte de savoir, alors...

– Tu verras, tu verras...

Arnaud a un petit rire qui me rendrait folle amoureuse de lui si je ne l'étais déjà. Il tourne vers moi ses yeux plissés ; instinctivement, je plaque ma main sur mes cheveux : les bougres ont profité de la situation pour se dresser de plus en plus sur ma tête. Il va falloir que je trouve une solution avant d'arriver dans la salle des profs pleine de baies vitrées et de lumière crue !

– Excuse-moi, j'ai oublié mon sac à main dans ma classe. Je reviens tout de suite...

– OK ! Je nous prépare un bon café en attendant !

– Oui, oui, merci, je reviens.

Tandis que je fais demi-tour pour aller me faire une queue de cheval et tenter de discipliner le désastre, j'ai le cœur qui bat la chamade. Je suis vraiment complètement dingue de lui !

10

La pesée du soir est lamentable. J'ai eu beau mettre des tongs ultralégères, rentrer mon ventre et retirer tous mes bijoux, j'ai bel et bien repris un kilo sur le kilo deux cent cinquante perdu.

Bilan, deux cent cinquante grammes en moins. En quinze jours. À ce rythme-là, je ne suis pas arrivée. Mais je n'ai pas encore sorti ma botte secrète, car ma motivation est toujours intacte et je suis encore dans la période des résolutions qu'on tient. Je ne veux plus penser négatif, ni même me dire *Si j'arrive à maigrir*, mais *Quand j'aurai réussi à maigrir.*

Parce que partir perdante, autant ne pas partir du tout ! Non ?

Une partie de ma botte secrète réside dans le sport. Dans mon jeune temps, j'étais plutôt sportive : natation, tennis, équitation, volley... J'aimais ça, mais j'avais dû arrêter – en même temps que la cigarette – parce que monter à cheval, courir après une balle ou smasher au filet quand on se traîne un paquet de kilos en trop, faut pas y penser. Et je ne parle pas de la piscine. Mais tout cela, c'est du passé, et je vais m'y remettre. Pas forcément ces sports-là. Je les reprendrai sûrement *si* je maigris..., euh..., *quand* j'aurai maigri. En attendant, je me suis concocté un petit programme alléchant. Pour commencer, je me suis inscrite dans un club de sport nommé Fitness pour tous, ce qui me convient bien. Surtout le côté « pour tous ». La salle se trouve dans la même ville que mon collège, à quelques kilomètres de chez moi, ce qui est pratique et surtout suffisamment proche pour ne pas me décourager.

J'arrive fin prête, déterminée, pour une première séance dédiée à la découverte des appareils, m'explique le responsable, un homme charmant un peu sur le retour, musclé à bloc, bronzé orange et cheveux mi-longs blond gris.

– On se met en selle tout de suite, car y a pas de temps à perdre.

Que sous-entend-il donc par là ?

– D'accord, fais-je d'une voix chevrotante en avisant la salle de sport gigantesque, aux murs blancs immaculés, aux miroirs démesurés et aux machines à perte de vue qui me font penser aux robots de *Terminator*.

– Ici, tout le monde s'appelle par son prénom. Moi, c'est Mickaël, comme Michael Jackson.

– Ah. Moi, c'est Victoire, comme... Victoire !

– Bien, Victoire. Hihihi ! C'est un prénom prédestiné, ça. On sent qu'avec toi, on va gagner ! C'est un signe, hihihi !

On ne me l'avait jamais faite, celle-là...

– Alors, Victoire – hihihi ! –, pour commencer, voilà l'AOC, *Abdominal Oblique Crunch*.

Vous allez dire que je suis obsédée par la nourriture, mais « AOC » pour moi, c'est un label d'origine des produits alimentaires, et *Crunch*..., je ne vous fais pas un dessin. Quoi qu'il en soit, mon subconscient est déjà en train d'associer la peine à la récompense. Il va falloir que je le canalise, le bougre.

Docile mais déterminée, je monte maladroitement sur l'AOC, une machine un tantinet perverse avec un siège qui bascule et pivote. Ça surprend, la première fois qu'on monte dessus et, dans mon empressement, je manque retomber de l'autre côté. Fort heureusement, mon ami Mickaël me retient par le bras, et je m'installe dignement, les pieds coincés sous des boudins de mousse et la tête encadrée par des tiges de métal.

– Muscles ciblés : abdominaux ! me dit-il en riant.

– Très bien !

– J'ai cru comprendre que ton objectif était de maigrir, c'est bien ça ?

– Euh... Oui, si c'est possible… (*Positif ! Pense positif !*) Enfin, oui, c'est ce que je veux !

– C'est bien, tu as l'air déterminée. On va pouvoir y aller franchement, alors !

Ouh là ! Sa dernière remarque ne me dit rien qui vaille. Toute pleine de bonne volonté que je suis, mon objectif n'est pas non plus de devenir Schwarzenegger.

– Allez, pour la première journée, je vais te suivre et te montrer les machines, puis je te préparerai un programme aux petits oignons selon ce que tu veux muscler. Tu as l'intention aussi d'assister à des cours ?

Je n'avais pas pensé à ça.

– Des cours de quoi ?

– De tout. Au choix. Ou combinés. *Bodyattack*, *bodypump*, *bodycombat*, *bodybalance*, *bodysculpt*, *abdos-flash*, *fessiers-flash*, zumba et plein d'autres encore.

– Ah...

– C'est intéressant, niveau rendement : cinq cents calories perdues en une heure.

Mon Dieu. Quelle torture peut permettre à un corps humain de perdre cinq cents calories en une heure ?

– Dans un premier temps, je vais m'en tenir aux machines, et j'irai voir plus tard un cours ou deux pour me rendre compte (de l'horreur).

C'est tout de suite vu. Ce genre d'exploit sportif, c'est la meilleure façon de vous coller au mieux une entorse, au pire une crise cardiaque. Non, merci. Ou en tout cas, pas tant que j'aurai trente kilos en trop.

– Allez, tu attrapes les tiges avec tes bras. Voilààà ! Tu cales ta tête et tu te penches en avant en emmenant le poids arrière avec toi. Voilààà. Ça va ? T'es toute rouge ! N'oublie pas de respirer : important, la respiration.

– Haaannn !

– Et tu remon-on-on-ontes ! Lentement, tu vas te faire mal, sinon !

Non, pas du tout. Mon ventre et mes seins viennent de s'écraser sur mes cuisses avec cinquante kilos sur le dos, mais tout va bien.

– Quand tu auras fait quinze fois ce mouvement, tu pourras recommencer en pivotant ton siège pour travailler les transverses et les obliques. C'est intéressant, non ?

– Ah oui, c'est une bonne nouvelle, ça !

Il va me falloir une sacrée dose de motivation, parce que, si j'en ai quinze à faire, et qu'au bout de un, je suis déjà percluse...

– Allez, suis-moi, je vais te montrer la suite. Tu veux muscler les fessiers et les jambes, j'imagine.

– Faut voir...

– Je te présente le *Linear Leg Press*. Tu te couches sur le dos, tu lèves tes jambes à la verticale, tu coinces tes pieds sous le plateau, ouiiii ! Voilààà ! Et tu pousses de toutes tes forces pour le remonter.

– …

– Allez ! Pousse !

– Rrrmmmpppff…

– Ben, qu'est-ce que t'attends ? Pousse !

– Peux pas...

– Ah ! Oui, je vois ! Pardon. Il est mis à bloc. Huit cents kilos. Je vais te retirer quelques poids, pour commencer.

– Oui, je préfère.

Huit cents kilos ! À part Hulk, qui peut soulever un truc pareil ? Mickaël règle la machine, et me voilà à pousser une petite dizaine de kilos avec plaisir. Je note que cet exercice, les pattes en l'air, est plutôt plaisant à faire. Et facile. Je mémorise mentalement de faire souvent du *Linear Leg Press*.

La visite-essai se poursuit, de *Standing Calf* pour les mollets, au *Leg Extension* pour les quadriceps, en passant par l'iso-latéral *Shoulder Press* pour les épaules, où je manque de me démettre un bras.

– Fais attention à toi, me conseille mon super coach. Ton programme te permettra d'en faire de plus en plus, mais en attendant, mesure tes efforts. Tu veux voir d'autres appareils ?

– Eh bien, je pense qu'on va arrêter là, parce que j'en

ai vu déjà pas mal, et que, comme tu dis, il faut savoir y aller mollo la première fois, non ?

Mickaël en convient, et je le remercie chaleureusement pour ses conseils avisés. Je file sous la douche avec une terrible sensation de délivrance et me prépare à ramener chez moi mes épaules rouillées, mes jambes flageolantes, mes fesses en coton et mon dos en compote. Au moment où je vais quitter le club, Mickaël me rattrape.

– Je sens qu'on va bien travailler, tous les deux. Pour la prochaine fois, je te prépare ton programme spécial... Aux petits oignons ! Et attention, tu dois être régulière : trois, voire quatre fois par semaine ! C'est impératif !

– Oui, oui ! Promis ! Je me libère du temps pour ça.

– Oui, tu dois avoir conscience que, pour que le sport fasse effet, il ne faut pas ménager sa peine, comme on dit.

– Je m'en doute bien. Merci encore, et à bientôt !

– À *très* bientôt, Victoire !

À titre préventif, en rentrant à la maison, je prends deux comprimés de paracétamol. Puis, écrasée de fatigue, je m'affale sur mon lit. Mes yeux se ferment tout seuls, et je sens que je m'assoupis, malgré quelques soubresauts musculaires, résidus des efforts surhumains que je viens d'accomplir.

Je n'ai même pas dîné. Cool : c'est toujours ça de pris.

11

Quand j'arrive le lendemain au collège, je marche comme si j'avais fait l'exode sur un camion-citerne, je n'arrive plus à rapprocher mes bras de mon torse et j'ai l'impression d'avoir été battue comme plâtre. Mon corps n'est que douleur. Je n'ai pourtant fait qu'essayer les machines. Il va me falloir beaucoup d'assiduité pour m'habituer à la torture. Malgré cela, ma détermination est intacte et je suis bien décidée à aller trois fois par semaine voir mon copain Mickaël-comme-Michael-Jackson.

Marchant à petits pas mesurés tout en tâchant de garder l'air digne, j'arrive dans la salle des profs. Là, à ma grande surprise, règne une ébullition rare pour un matin. Arnaud, au centre d'un groupe d'autres professeurs, distribue ses gaufrettes avec enthousiasme.

– C'est un super projet, Arnaud ! Moi, ça me branche bien ! lance J-Lo avec un sourire enjôleur.

– Eh bien, ouais, je suis partante aussi, ajoute Marie, une des profs de maths.

– Moi, ça me plairait bien également, d'autant qu'à cette période, c'est mon ex-mari qui a la garde des enfants. Ouais, ça me dit bien, renchérit Isabelle, la prof d'histoire-géo.

Comme je suis – encore – en retard, je n'ai pas assisté au début de la conversation, je ne sais pas de quoi ils parlent et ça me met en colère. J'ai vraiment l'impression de passer à côté de beaucoup de choses à cause de ça. Tandis que je m'apprête à aller dans mon casier planquer mon repas Weight Watchers tout en tendant l'oreille, Arnaud m'interpelle. De surprise, je lâche mon tupperware de poisson-brocolis qui tombe sur une table sans s'ouvrir. La chance est avec moi.

– Victoire, ça te dirait, toi ?

– Excuse-moi, je viens juste d'arriver ; je n'ai pas entendu de quoi il s'agissait.

Arnaud a un grand sourire, et ses yeux pétillent encore plus que d'habitude.

– J'ai une opportunité géniale pour les élèves de troisième : un stage de chant choral en Irlande en juin. L'association qui organise ça propose aussi des stages pour adultes lors de vacances scolaires, et je pourrais bénéficier de tarifs défiant toute concurrence pour notre hébergement dans le manoir où se déroule le stage. L'idée, c'est de monter une chorale de profs, de répéter ici une fois ou deux par semaine, puis d'aller finaliser notre travail en Irlande pendant la deuxième partie des vacances de Noël. On en profiterait pour fêter le Nouvel An sur place. Qu'en penses-tu ?

C'était donc ça, le projet dont il m'avait parlé dans les couloirs ! Il avait raison : c'était une idée géniale ! Mieux : l'idée du siècle ! Le trait de génie ! L'opportunité à ne surtout pas louper ! L'occasion en or !

– Je ne sais pas... Il faut que je réfléchisse...

Mais nunuche, c'est tout réflèchi, enfin ! Pourquoi

t'as répondu ça ? Je me ficherais des baffcs ! Comme toujours, je suis capable de faire des trucs dingues complètement irréfléchis, mais je suis incapable de m'embarquer dans les projets qui me plaisent vraiment. C'est pénible, à force. Faudra que j'ajoute à ma liste de trouver un bouquin sur la gestion de la timidité, parce que ça commence à me fatiguer.

Arnaud a l'air déçu.

– T'as tort, me susurre la peste J-Lo. Ce serait l'occasion rêvée...

L'occasion rêvée de quoi ? De la regarder se pavaner dans le manoir irlandais en sous-vêtements avec son corps de rêve ? Elle se retourne vers Arnaud :

– Il n'y aura pas de fantômes, au moins, dans ton manoir ? C'est peut-être ça qui effraie Victoire...

Très drôle.

– Victoire, je t'assure que c'est un super plan. L'endroit est génial, j'y suis déjà allé il y a quelques années avec des élèves. Ça vaut le coup, je t'assure.

Arnaud me fait un si beau sourire que je cherche quelque chose de sympa à lui répondre :

– Oui, non..., mais je ne dis pas... Enfin, oui, ce serait une bonne idée, ce stage.

Il s'approche de moi et baisse légèrement la voix pour me rappeler :

– Surtout que tu m'as dit que vous étiez tous passionnés de musique, dans ta famille. C'est forcément un projet qui va te plaire !

Ouh là ! C'est vrai ! La famille mélomane ! Comment ai-je pu lui raconter un bobard pareil ? Je m'empresse de changer de sujet :

– Et il y aurait qui à ce stage ?

– Je dois déjà savoir qui aimerait monter une chorale avec moi, fait Arnaud.

– Pour moi, c'est d'accord, intervient J-Lo. Depuis le temps que je rêve de chanter...

– Moi, ça dépend quand, mais je veux bien participer, répond Marie.

Trois autres profs, Philippe, professeur d'arts plastiques, Hélène, de maths, et Jérôme, de français, approuvent le projet.

– Ouais, moi, ça me branche, fait Jean, un prof de techno avec qui je m'entends pas mal. Mais je vous préviens, je chante comme une casserole.

Tout le monde rit. Moi, plutôt jaune, parce que je ne suis pas sûre d'être très au point, niveau tessiture. Surtout que, question musique, j'en suis toujours à brailler les chansons de Tom Jones sans me demander si je suis bien dans le ton. J'ai bien peur que Jean et moi soyons bons pour monter une batterie de cuisine à nous deux ! Arnaud explique :

– Parlez-en autour de vous. Je vais lister les profs qui seraient intéressés pour monter la chorale. Je pourrais même demander aux surveillants si ça les intéresse.

Oh non ! Pitié ! Pas les surveillants ! Je ne peux m'empêcher de bafouiller :

– Ah ouais, quelle charmante idée !... Mais tu crois qu'il faut demander à tout le monde ? On ne sera pas trop nombreux ? Ça risque de compliquer l'organisation si on est beaucoup... et...

Je m'empêtre...

– On verra bien ! Et puis, c'est une occasion de faire

connaissance ! Moi, les surveillants, je ne les croise pas souvent, et c'est dommage !

Parle pour toi ! Moi, je les croise un peu trop, je trouve...

– Ah !... En ce qui me concerne, je dois d'abord vérifier s'il n'y a rien de prévu pour les vacances de Noël. Je te dirai ça après.

Ben non, il n'y a rien de prévu. Juste Noël avec ma famille. Sinon, morne plaine. Ça fait des années que je passe Noël en famille ET le jour de l'An avec mes sœurs... Non, il n'y a rien de prévu. Mais allez savoir pourquoi, d'un coup, j'ai envie de donner l'impression d'être très demandée. Arnaud penche la tête et plisse ses yeux en me regardant :

– Ça serait bien que tu t'arranges pour être avec nous, Vic.

C'est à moi qu'il parle, là ? Je n'en reviens pas et me mets à bafouiller :

– Moui, je vais faire mon possible, je..., oui...

– Et pour la chorale, je vous envoie rapidement un *doodle* avec plusieurs jours de répétition et vous vous inscrirez selon vos disponibilités pour en choisir un, d'accord ?

Purée, il va falloir que je case ça en plus des WW et de la salle de gym. J'ose une réflexion :

– Moi, le soir, j'ai pas mal de choses à faire. Sans compter les copies à corriger.

– Comme nous tous, fait J-Lo.

M'énerve, la fille parfaite !

– Je vais voir s'il est possible de faire ça un samedi

ou un dimanche matin, répond Arnaud. On en reparle plus tard, parce que là, je vous signale que ça a sonné.

Tous les profs quittent la salle avec la pêche. Moi, je me dirige vers ma classe, toute légère (moralement), emplie de ce projet qui me rapproche de l'homme de ma vie, avec en apothéose la semaine dans un romantique manoir en Irlande. C'est inespéré, ma bonne étoile est avec moi. Cela dit, il va falloir que je mette le turbo, question métamorphose : ça me laisse à peine trois mois pour perdre trente kilos et me sculpter un corps de rêve. C'est possible. Peu réaliste, mais possible. Avec une motivation de dingue, une cure d'« Abominable » *Oblique Crunch* et une savante combinaison de *bodyattack*, *bodypump* et *bodysculpt*, sans oublier le *bodycombat* pour m'entraîner à affronter la J-Lo ! Et puis, juste avant de partir, je m'achèterai des super fringues, dont une robe fourreau noir (ou rouge) pour la soirée du jour de l'An, où j'apparaîtrai telle une...

– Bonjour, Vic, tu vas bien ?

– Aaaahhhh ! Purée, tu m'as fait une de ces peurs !

– Oui, tu avais l'air dans tes pensées. Alors, quand est-ce qu'on se voit ?

– Ben, là, on n'est pas en train de se voir ?

– Ne fais pas l'innocente, Vic, tu sais très bien ce que je veux dire... Se voir, chez toi..., de façon plus... intime...

En disant ça, il passe lentement le revers de sa main sur mon sein gauche, ce qui a pour effet de me filer un flush de la mort. On ne peut pas dire qu'Axel n'ait pas des arguments percutants.

– J'ai... J'ai cours, Axel. On en reparle après. À plus...

D'un mouvement souple de la tête, il remet en arrière une de ses mèches blondes qui lui était tombée dans les yeux.

– Oui, ma belle, à tout à l'heure.

Je me présente devant mes élèves avec le rouge aux joues, que je préfère assumer depuis l'épisode des Zinzins de l'espace (de toute façon, j'ai jeté la poudre de riz à la poubelle). Tant pis ! En plus, c'est très pédagogique d'apprendre aux élèves la différence !

Axel a un sacré culot, tout de même. À mon avis, il a bien compris mes faiblesses et sait en tirer profit. C'est évident que je vais finir dans son lit (ou lui dans le mien). Ce n'est pas forcément pour me déplaire, mais cela ne doit pas nuire à ma relation (enfin, mon *éventuelle* relation) avec Arnaud. Et pour cela, il n'est vraiment pas possible qu'Axel soit du voyage en Irlande, sinon, je peux dire au revoir à mes rêves avec mon professeur de musique ! Quel casse-tête ! J'ai hâte de rentrer chez moi et de noter tout ça dans mon cahier de métamorphose pour tout poser à plat et tenter de démêler les nœuds ! D'autant que j'ai ajouté une nouvelle idée à ma liste : je vais tenter l'hypnose, car j'en ai lu beaucoup de bien... Avec mon imagination débordante, j'ai même tendance à en espérer un peu de magie !

En attendant, je dois quand même terminer ma journée de classe, sous l'œil acéré et moqueur de Martin Garneville qui s'est dessiné sur les joues deux ronds à la craie rouge.

12

Cette vidéo de présentation va vous prouver que vous pouvez maigrir de façon naturelle, facile, rapide, saine et durable. Je m'appelle Maxence, je suis hypnothérapeute et je suis très heureux de vous faire part de ma méthode pour maigrir...

Rien qu'à entendre ta voix de gourou, Maxence, ça donne moyennement envie...

Vous vous regardez dans la glace et ce que vous voyez ne vous convient plus. Vous êtes en surpoids, vous avez du mal à vous habiller, vos traits sont affaissés, vous faites plus vieille que votre âge, vous en avez assez de votre corps et de l'image négative que vous renvoyez...

Voilà un homme qui sait parler aux femmes.

J'ai LA solution. Regardez attentivement cette vidéo jusqu'au bout, et vous ne le regretterez pas !

Quelque part au fond de moi, une image surgit : celle de Kaa hypnotisant Mowgli dans *Le Livre de la jungle.*

Pour commencer, je vous propose une expérience : fermez les yeux. Vous êtes en été, il fait chaud, vous avez soif. Vous vous dirigez vers votre réfrigérateur, et là, vous prenez un citron que vous coupez en deux et mordez dedans à pleines dents. L'expérience est terminée : qu'avez-vous ressenti ? Oui, à l'évocation du citron, vous vous êtes mise à saliver activement. Je vous ai prouvé la force de la suggestion. Ma méthode est basée sur ce principe : le pouvoir de la suggestion. Vingt pistes, sur mon CD Hypnose et amincissement, *qui vous mèneront à la réussite...*

Moi, j'ai visualisé la tartelette citron, et ça marche très bien aussi !

Vous avez pris la bonne décision. Ma méthode est simple : deux fois par jour, à l'heure que vous voulez, dans les conditions que vous voulez, pendant quinze minutes, écoutez une des pistes sonores de mon CD Hypnose et amincissement...

Trente minutes par jour ? C'est pas rien, quand même !

Vous n'êtes pas encore tout à fait convaincue ? Alors, écoutez quelques témoignages de femmes qui, après avoir hésité, ont franchi le pas, pour leur plus grand bonheur :

– Bonjour, je m'appelle Marie-Bernadette et j'habite en Eure-et-Loir. J'ai gardé des kilos en trop après mes deux grossesses. J'ai tout essayé, les gélules d'ananas, les poudres protéinées, rien n'y faisait ! Jusqu'à ce que je trouve votre méthode. En deux mois, j'ai perdu dix kilos. Je n'en reviens pas, car je ne les ai pas repris. Cette méthode marche et je la conseille à toutes les femmes qui ont du poids à perdre. Merci, Maxence.

– Je suis Lucette, de Meurthe-et-Moselle. À la ménopause, j'ai pris du poids. Mon corps s'est épaissi, et je m'étais fait une raison, pensant que c'était normal. Jusqu'à ce qu'une amie me parle de la méthode Hypnose et amincissement. *En peu de temps, j'ai retrouvé mon*

corps d'avant. Je n'y croyais plus. Merci, Maxence, qui m'a redonné une nouvelle jeunesse...

Ouais, enfin, moi, je ne suis ni en post-partum ni en ménopause !

Bien sûr, cette méthode est valable quelles que soient les raisons et l'ancienneté de votre prise de poids...

Ah ! Voilà qui est mieux... Et ça coûte ?

Pour vous prouver ma bonne foi, je vais faire quelque chose pour vous. Avez-vous déjà calculé combien vous avez dépensé pour vos régimes, achats de crèmes amincissantes, inscriptions dans les clubs de gym, investissements dans les appareils soi-disant miracles et tous les produits liés ?

Il vaut mieux pas...

Des centaines et des centaines d'euros. Si ce n'est plus. Selon ces éléments, j'ai évalué ma méthode à trois cents euros. (Fichtre !) *Puis je me suis mis à votre place : se sentir bien dans son corps et retrouver sa santé ne devrait pas avoir un coût. J'ai alors décidé une chose extraordinaire : je vous laisse ma méthode révolutionnaire pour dix-neuf euros quatre-vingt-dix-neuf...*

Rôôôôô ! Qu'il est chou !

Mais ce n'est pas fini ! Pour six euros quatre-vingt-dix-neuf de plus, je vous offre le livre – qui à lui seul vaut pourtant beaucoup plus – complémentaire de la méthode, Apprendre à gérer ses émotions au quotidien, *que j'ai écrit pour que vous puissiez en finir avec le stress, la peur, le manque de confiance, la timidité, tout ce qui bloque votre développement personnel, et nuit donc aussi à votre amincissement...*

Quelle générosité !

Et comme une bonne nouvelle ne vient jamais seule, j'ai une troisième surprise pour vous : pour trois euros deux de plus, vous pourrez acquérir le guide que j'ai créé exprès pour vous : Boostez votre féminité. *Ce qui fait que pour seulement trente euros, vous avez une méthode complète et sûre pour changer durablement et faire émerger la nouvelle femme qui est en vous et ne demande qu'à sortir...*

J'éteins l'ordinateur, déprimée. Ce qui ne demande qu'à sortir, ce sont les euros du porte-monnaie. Autant je suis convaincue que l'hypnose peut aider à arrêter de fumer ou à maigrir, autant je suis sûre que ces méthodes par CD, avec une voix d'homme suave sur fond de vagues ou de bêlements de mouton, n'est que du charlatanisme. Mais la pub était très attirante, incitant à regarder la vidéo qui allait changer ma vie !

Je n'abandonne pas pour autant l'idée d'hypnose et, dans la foulée, je prends rendez-vous avec un hypnothérapeute, un vrai, un sérieux... Enfin, j'espère.

Je fonde beaucoup d'espoir en cette méthode.

Ça a bien marché sur Mowgli !

J'en suis là de mes réflexions, mon cahier de métamorphose devant moi, quand on sonne à ma porte. Je n'attends personne. Les seules qui peuvent débarquer à l'improviste, c'est Elsa, Louise ou Agathe. Sûrement l'une d'elles.

– Bonsoir, Vic, je ne te dérange pas ?

Le choc. Devant moi, beau comme un dieu, une bouteille de rouge à la main, Axel.

– Non, non, j'allais prendre une douche, mais entre.

– On peut la prendre ensemble si tu veux.

Prendre une douche ensemble. Il ne m'a pas regardée ou quoi ? Me mettre nue devant lui dans ma salle de bain éclairée au néon, ça ne pardonnera jamais !

– Hihihihi ! Axel, voyons !

– Non, c'était une blague. On attendra après.

Je déglutis. Après... Après quoi ? Mon subconscient m'envoie des messages d'alarme... *Après quoi, à ton avis ? Hé ! patate !*

Oui, je ne suis pas idiote, j'ai compris.

– Allez, on se la boit, cette bouteille de vin ?

Oh et puis zut à la fin ! Je ne vais pas faire la mijaurée tout le temps. Il est beau et, surtout, je l'intéresse : pour une fille comme moi qui n'a aucune confiance en elle, le pourquoi de la chose reste un mystère, mais ouais ! Stop ! Arrête de te poser des questions et laisse-toi aller !

– OK, je vais chercher le tire-bouchon et les verres.

– C'est mignon chez toi.

– Ah ? Merci. (Et encore, t'as pas vu ma chambre... Rôôô ! Vic ! Doucement ! C'est pas parce que t'as décidé de te lâcher qu'il faut t'la jouer facile.)

– Tu aimes le bordeaux ?

Je préfère le bourgogne, mais peu importe le flacon, pourvu qu'on ait l'ivresse, non ?

– Ouais, ouais, drôlement !

Quand je reviens de la cuisine avec un plateau sur lequel j'ai posé aussi des noix de cajou, Axel s'est mis à l'aise, sur le canapé, les pieds sur la table basse. Son côté conquérant m'énerve un peu, mais ce n'est pas le moment de faire la chochotte.

– Allez, ma belle, tchin-tchin ! À nous !

– Oui, huhuhu ! À... nous ! (Mon Dieu !)

Tout en buvant, il me regarde avec les yeux brillants.

– Tu sais ce que j'aime chez toi, Vic ?

Ouh là !

– Non, mais est-ce que j'ai vraiment envie de le savoir ?

Il ne m'entend pas.

– Tu es une gourmande. Une vraie gourmande. Ça se voit, ça se sent. Une gourmande sensuelle.

Je ne me voyais pas ainsi, mais si Axel le dit... Il poursuit :

– Et moi, les gourmandes, ça m'excite !

Bon, ben ça, c'est dit. Et vous prendriez quelle contenance, vous, si on vous disait ça ?

– Huhuhu !

Oui, je sais, vous ne pensiez pas à un ricanement bête. Si j'avais le sens de la répartie intelligente, ça se saurait.

– Oh, Axel !

Il se rapproche de moi et me caresse la joue. Inévitablement, je me mets à rougir.

– Et tes joues roses, quelle fraîcheur ! Ça m'excite encore plus.

C'est une façon de voir la chose. Il m'attrape le bras et me tire tout contre lui :

– Viens près de moi.

Je me tortille.

– Et si on reprenait un verre ? (Pour se donner du courage...)

– Avec plaisir. Il n'est pas mauvais, mon médoc, tu ne trouves pas ?

Sans attendre ma réponse, il nous ressert généreusement. J'avale mon vin d'un coup. Ce ne sera pas la première fois que l'alcool servira à me décoincer avec un mec.

Axel s'approche encore de moi, m'ôte mon verre des mains et le pose sur la table basse. Il penche sa tête ; ses cheveux blonds me chatouillent le front lorsqu'il m'embrasse.

La dernière chose que je vois avant de tomber à la renverse sur mon canapé sont ses immenses yeux bleus qui me dévorent déjà.

13

Estime de soi, confiance en soi, amour de soi : les trois piliers de la réussite.

Petit cahier d'exercices pour attirer à soi bonheur et réussite.

La confiance en soi pour les nuls.

Trente jours pour changer sa vie en profondeur.

Comment passer à l'action, développer son estime et gérer ses émotions.

En finir avec la timidité.

Je sors de la librairie les bras chargés de bouquins. J'ai passé deux heures à choisir ceux qui me semblaient pertinents. Et surtout qui me correspondent, le plus urgent étant de parvenir à gérer cette scrogneugneu de timidité qui me fait souvent faire n'importe quoi : je ne compte plus le nombre de fois où je me suis retrouvée dans des situations abracadabrantesques à cause de mon impulsivité. En fait, j'ai en moi comme une force inconnue qui retient les vannes en permanence et qui, d'un coup, les relâche occasionnellement à cause d'un stimulus mal identifié, de préférence quand il ne faudrait pas. C'est ainsi que je me suis vue faire des choses que les gens normaux ne font pas : par exemple, quand j'étais étudiante, à une soirée, j'avais embrassé à bouche que veux-tu la moitié des garçons présents (j'avais bu, certes, mais tout de même...) ou encore, une autre fois, j'avais repéré un superbe mec à la bibliothèque de l'université et j'avais discrètement glissé un mot dans le livre qu'il avait emprunté, avec un message évocateur *Vous me plaisez...* et mon numéro de téléphone. (Il ne m'a jamais appelée, notez...) Ou bien encore la fois où, en terminale, j'avais fait une scène théâtrale à ma prof de philo qui réfutait la philosophie du droit des animaux et où, d'un coup, je m'étais improvisée avocate de la SPA (larmes aux yeux, rouge aux joues, voix chevrotante).

Le problème de ces pulsions incontrôlables, c'est que, dès que la main invisible referme la vanne, on se sent tellement honteux et mortifié qu'on entrerait dans un trou de souris pour ne pas avoir à faire face aux conséquences que cela engendre inévitablement. Et puis, les personnes qui en sont témoins sont d'autant plus étonnées que l'éclat non maîtrisable dont on a fait preuve est complètement disproportionné avec le tempérament qu'on laisse paraître : gentille fille calme, un peu insipide, docile.

Alors, forcément, ça surprend.

Tranquillement installée chez moi, je profite de cet après-midi où je n'ai pas cours. Après avoir corrigé quelques copies, je me lance dans la lecture de mon premier guide de personnalité, quand mon ordinateur émet le bruit de l'arrivée d'un mail.

Ding !Arnaud !Arrggh !

Comme convenu, je vous envoie un doodle pour le choix du jour de répétition de la chorale. J'ai hâte que nous commencions. Je vous joins égale-

ment les informations concernant notre séjour en Irlande. On en reparle au collège.
À plus,
Arnaud

Arnaud... qui m'enlace la taille (fine) enserrée dans une belle robe rouge. Il se penche pour m'embrasser dans le cou, au cœur du manoir, alors que dehors tombe une pluie fine terriblement irlandaise et romantique. Je lui prends la main, nos doigts s'entrecroisent, il me sourit, je lui souris, nous formons un couple idyllique que J-Lo (cheveux gras et survêtement crado) envie, nous regardant avec aigreur descendre l'escalier gigantesque du hall vers la salle où nous attendent...

Ding ! Tiens, un autre mail.
Axel.

Superbe idée ! Je participe avec plaisir. Chorale et séjour, je suis partant. Merci d'avoir pensé aux pions.
À bientôt,
Axel

Tremblement de terre sous le manoir : l'Irlande est rayée de la carte du monde !

Pourquoi est-ce que j'accumule toujours les galères ? J'ai la possibilité d'être seule (enfin, presque) avec Arnaud pendant une semaine dans un manoir en Irlande, et voilà qu'Axel y sera aussi. Je suis maudite ou quoi ?

Je m'en veux de ne pas avoir acheté en prime, à la Fnac, un livre qui pourrait être intitulé *Comment fabriquer des poisons pour se débarrasser des importuns*. D'accord, Axel me plaît et je n'ai pas du tout à me plaindre de la nuit que nous avons passée ensemble. Loin de là, même. Fougueux et expert en amour, il n'est pourtant pas l'homme que j'aime. L'homme que j'aime, sans trop savoir pourquoi, d'ailleurs, c'est Arnaud. Mon cœur fond, mes rêves en sont pleins et, le plus révélateur, c'est que, face à lui, je suis envahie par le côté nunuche de la force. Plus un homme me plaît, plus je suis godiche en sa présence. Je ne m'y trompe jamais : la godichité est l'unité de mesure la plus probante en la matière.

J'ouvre le *doodle* et choisis deux dates compatibles avec mes séances de sport : le dimanche matin me paraît une bonne date, d'autant qu'Axel ne l'a pas choisie, et le lundi soir, après la séance WW.

Je me lance ensuite dans un petit mail de réponse à Arnaud, histoire de me manifester de façon plus personnelle que le *doodle* :

Très cher Arnaud,
Ça y est, mon choix est fait. J'espère que nous trouverons une date commune qui satisfera tout le monde. Merci beaucoup de ton investissement dans ce magnifique projet auquel j'adhère à fond.
Bien à toi,
Vic

Non, ça fait trop pompeux.

Arnaud – Stop – Voilà – Stop – Choix fait – Stop – Merci – Stop – Vic

Non, trop concis. Pas assez investi.

Arnaud,
Je ferai ce que tu voudras, aux dates que tu voudras. Vivement que nous soyons dans notre manoir en Irlande. Et si on se débarrassait des autres pour n'y aller que tous les deux, en amoureux ?
Ta Vic

Ne rêvons pas !

Arnaud,
J'ai complété le doodle. Chouette projet, vivement que nous commencions.
Bien à toi,
Vic

J'envoie ce dernier message en me disant que je ne suis vraiment pas originale, ni même drôle..., puis, déprimée, je remise mes bouquins dans ma table de nuit et appelle Agathe pour aller boire un thé avec elle. J'ai besoin qu'on m'aide pour démêler tout ça et de prendre un peu l'air.

Dans la voiture, je mets mon CD favori et pousse le son à fond en dodelinant de la tête et des épaules et en m'époumonant sur *It's not Unusual.* Quand j'arrive chez Agathe, j'ai retrouvé la pêche grâce à Tom Jones !

14

– Tu devrais tenir un journal, me dit Agathe. Ça t'aiderait à te poser.

– Ben, c'est déjà ce que je fais un peu, avec mon cahier de métamorphose, où j'ai listé pas mal de choses. Ça m'aide à y voir clair.

– C'est génial ! Tu as toujours des dizaines d'idées, le tout étant de les canaliser...

– Oui, c'est bien ça, mon problème, c'est que j'm'éparpille par petits bouts façon puzzle...

Agathe éclate de rire !

– Tiens, y a longtemps qu'on s'est pas regardé *Les Tontons flingueurs*. Ça te dirait pas, une soirée PVP ?

Nos soirées PVP... Ça, c'est sacré. Depuis plusieurs années, régulièrement, pour consoler le chagrin d'amour d'une d'entre nous, pour fêter une promotion, un examen ou une nouvelle robe, mais le plus souvent sans aucune raison valable, on se fait une soirée pizza-vidéo-pinard.

– Ouais ! Chouette idée ! dis-je. On le fait chez toi, cette fois-ci ?

– Pas de problème !

– Super ! Tu organises, et moi j'apporte le vin. Je vais nous trouver un p'tit cru qu'on n'a pas encore goûté...

– Ben, je te fais confiance, non ? T'aurais pas un père œnologue, des fois ?

– Il paraît, oui !

Question vin, j'ai hérité de quelques dons de mon père, et c'est toujours moi qui les choisis pour nos soirées. Je lui demande parfois conseil, mais je parviens de plus en plus à avoir mon goût et mon avis sur la plupart des vins que je goûte. Malheureusement, je n'aime pas le vin blanc, qui me rend malade, et ne peux juger que des rouges, mais vu la variété et la diversité des vins rouges, c'est déjà énorme.

– OK, c'est parti pour un bon petit pinard pour fêter..., ben, pour rien fêter du tout, d'ailleurs !

– On n'a pas besoin de raisons, mais dis-moi : on pourrait quand même boire en ton honneur...

– Comment ça ?

– Ben... Enfin, Vic... Tu t'es quand même trouvé un super mec, non ?

– Oui, oui : Axel ! Oui ! Allez, fêtons ma relation avec Axel ! Après tout..., même si ça risque de ne pas me simplifier la tâche...

– Tu vas pas te plaindre, tout de même ! Le plus beau mec du collège, non ? Celui que toutes les profs et les élèves regardent avec envie... C'est toi qui l'as eu ! Tu te rends compte ? C'est génial, quand même !

– Mouais, enfin, c'est plutôt lui qui m'a eue...

– Eh bien, profite un peu ! On dit donc vendredi soir, soirée PVP en l'honneur d'Axel ! Ça te va ? Et, au fait, pendant qu'on en parle, moi, je ne l'ai jamais vu… Tu ne pourrais pas t'arranger pour le prendre en photo ?

– Ouh là ! J'en suis pas encore là... Je ne sais pas si j'y arriverai !

– Allez, fais un petit effort ! Louise et Elsa ne l'ont pas encore vu, non plus, hein ?

Je fais non de la tête.

– Alors, ce sera ton devoir pour vendredi : en plus du vin, tu nous apportes une photo de ton don Juan ! Tope là ?

– Tope là !

Agathe est *la* spécialiste des défis qui, à moi, paraissent insurmontables. En même temps, elle me motive et me provoque. Après tout, pourquoi ne pourrais-je pas prendre Axel en photo ? Où est le mal ? J'ai juste monstrueusement peur qu'il croie que je m'imagine des choses sérieuses avec lui... Faire une photo de son mec, c'est quand même désirer se l'approprier, non ? Et si je prenais la vie un peu plus à la légère et arrêtais de me poser des tas de questions sur tout ? La plupart des filles ne s'en poseraient pas autant, feraient un selfie avec leur mec et basta... Il y a juste maintenant un problème technique : faire des portraits ou des selfies, c'est pas vraiment mon truc. Je les rate tout le temps, ayant tendance à cadrer de travers ! Je vais essayer de m'entraîner sur Bigoudi, mais... sans garantie de succès !

En rentrant chez moi, j'allume mon ordinateur pour voir si j'ai des e-mails. Mon cœur fait un bond en voyant qu'Arnaud m'a répondu :

Super, Vic ! Ça me fait plaisir que tu en fasses partie.

À demain au collège.
Arnaud

Il m'a répondu ! Il m'a répondu ! Et ça lui fait plaisir que je fasse partie de la chorale. La rêveuse en moi veut y voir un signe, tandis que Vic-rébarbative (celle qui n'a pas confiance en elle) y voit une simple formule de politesse. Qu'elle est pénible, celle-là ! Cela dit, ce simple petit message suffit à embellir ma soirée, et je vais à la salle de gym pleine d'entrain et de fort joyeuse humeur.

Mickaël m'a concocté un chouette programme de supplice. Disciplinée, je m'y mets avec enthousiasme à peine arrivée. Alors que j'enjambe l'« Abominable », une apparition vient troubler mon plaisir (enfin, si on peut appeler « plaisir » le fait de se supplicier le corps ainsi) : J-Lo ! La surprise est de taille, car je ne l'imaginais pas du tout dans un tel lieu. À peine couverte d'un shorty moulant en lycra et d'un débardeur sans manches, son corps mat et sculptural fait se retourner tous les hommes de la salle. Les femmes aussi, mais sans doute pas pour les mêmes raisons. Elle passe devant moi sans me voir. Avec mon caleçon noir un peu détendu aux genoux et mon large et long tee-shirt cache-misère, je tente de passer le plus inaperçue possible. Ma voisine, une petite rondelette joviale en train de faire des abdos sur un plan incliné, tête en bas, me dit en riant :

– Tiens, voilà Fesses d'acier.

Je me marre, tandis qu'elle me précise :

– C'est comme ça qu'on l'appelle, ici. Elle vient tous

les jours, a un programme très spécial avec Patrick qui la marque à la culotte, et alterne à la fin des séances entre la cabine UV et le jacuzzi.

Ah ! C'est donc ça, la peau mate en permanence et le corps si parfait !

Patrick (comme Patrick Bruel ?), c'est l'associé de Mickaël (comme Michael Jackson). Dans un genre différent, il est grand, mince, sculpté à la pompe à vélo. Ses cheveux sont coupés très court, et il arbore en permanence un sourire carnassier. Il regarde les filles d'un air grivois que je n'aime pas trop. Et d'ailleurs, en marchant derrière J-Lo, il mate ses fesses d'acier sans aucune retenue. Ils vont très bien ensemble, je trouve. Lorsqu'ils sont arrivés vers le fond de la salle, il pose sa main sur le bras de Jennifer et lui présente un appareil qu'on ne m'a même pas montré. Un bidule indescriptible qu'elle enfourche et qui se balance à droite et à gauche, en avant et en arrière, à un point qu'il est difficile d'en comprendre les bienfaits. Comme si elle avait lu dans mes pensées, ma voisine me renseigne :

– C'est une machine spéciale abdos. Très efficace. Elle bosse tous les muscles ! C'est leur dernière nouveauté. Pour l'instant, ils ne la font essayer qu'aux initiés, comme Fesses d'acier. À propos, moi, c'est Coline, et toi ?

– Vic, enchantée ! Il y a longtemps que tu viens ici ?

– Ça va faire trois mois. Je suis contente, parce que les résultats commencent à se voir.

Je ne veux pas lui faire de peine, mais, en la regardant, j'ai du mal à déterminer où se situent les résultats. Des fois, les muscles, c'est très intérieur ! Je quitte ma nouvelle copine pour aller me faire les mollets. J'aime bien cet appareil, même s'il me chauffe tellement l'arrière des jambes qu'on pourrait y faire cuire un œuf au bacon. Je me concentre à fond sur mon travail, quand une voix que je connais bien m'interpelle :

– Viiiiic ! Je ne savais pas que tu venais ici ! C'est bien, ça ! Tu te lances dans le sport ! Tu vas voir, ça va te faire du bien !

Jennifer est parfaite, à peine quelques gouttes de sueur sur son décolleté, aucune rougeur sur le visage, le souffle un peu court, la queue de cheval impeccable. Moi, je transpire à grosses gouttes, souffle comme un bœuf, suis cramoisie comme un poivron grillé et n'ose imaginer l'état de ma coiffure.

– Eh bien, c'est tout récent, fais-je de mauvaise grâce, sans m'arrêter de tirer ma jambe en arrière pour faire très affairée.

– Ah, c'est pour ça...

Je ne sais trop ce qu'elle veut dire par là et je préfère ne pas le savoir. M'ignorant, Patrick l'attrape par le bras et l'entraîne vers l'autre bout de la salle.

– Continuons, Jennifer ! C'est pas fini.

– Bye, Victoire, à demain au collège !

– Oui, oui, c'est ça ! À demain !

Du coup, bien décidée à me rattraper, je me démène comme une malade sur mon programme ! Je fais même du zèle et trois séries de plus sur chaque appareil. Fesses d'acier ! Fesses d'acier ! Je t'en ficherai des fesses d'acier ! Il est temps que Fesses molles se réveille et passe le turbo.

En arrivant chez moi, j'accuse tout de même le coup et me laisse tomber sur le canapé, triste, avec l'amer constat que la nature ne répartit pas toujours bien les atouts sur chacune d'entre nous.

Bigoudi, qui s'en fiche, s'étire et vient se rouler en boule sur mes genoux. C'est trop mignon, et je n'ai pas le cœur de le chasser, mais qu'est-ce que j'ai mal aux jambes !

15

– Ni ! Ni, ni, ni, ni, niiiiiiiii !

– Voilà ! Ça vient ! Allez, encore une fois !

– Ni ! Ni, ni, ni, ni, niiiiiiiii !

– C'est mieux !

Franchement, on a l'air benêts, en rang d'oignons, tout droits, sans bouger la tête, à brailler « Ni, ni, ni ! » soi-disant pour nous chauffer la voix.

Que je vous brosse le tableau : onze professeurs de collège, un dimanche matin, réunis pour faire une chose que probablement aucun n'a jamais faite : monter une chorale. À part Arnaud et moi, bien sûr, il y a Hélène et Marie, toutes deux profs de maths, Isabelle, prof d'histoire-géo, Philippe, prof d'arts plastiques, Jérôme, prof de français, tout comme mon amie Jennifer (la fameuse J-Lo), Jean, prof de techno, Rosemary, prof d'anglais, et Vincent, prof d'EPS. Axel n'est pas à cette première et mémorable séance. Je ne sais pas pourquoi, mais tant mieux !

Arnaud a commencé par un petit cours sur la posture et la respiration. Comme des élèves attentifs que nous ne sommes pas (rien de pire que les profs quand ils redeviennent élèves), nous ricanons tandis qu'il essaie de nous faire adopter un maintien convenable.

– Votre corps doit être aligné dans sa position la plus normale. Il doit être détendu..., le plus détendu possible.

Vincent, le professeur de sport, se transforme alors en une espèce de chiffe molle sous les rires des autres.

– Pas autant, Vincent, reprend Arnaud qui a une patience d'ange (entre autres). Vous vous relâchez à fond, sauf les muscles nécessaires pour maintenir votre position. C'est à vous de doser : vous ne devez jamais être crispés, mais toniques et détendus.

– Ça va pas être simple, souffle Hélène, qui a l'air aussi souple qu'un verre de lampe.

– Comme ça ? demande Isabelle, qui est dans un état de stress permanent.

Arnaud se passe la main sur le visage.

– Alors, on va changer de technique, propose-t-il. Vous allez vous allonger sur le sol, parce que tout le monde m'a l'air bien tendu. C'est surprenant, pour un dimanche matin, après une bonne nuit de sommeil !

– Non, non, moi ça va...

Tout le monde se retourne sur J-Lo, qui a pris une position ferme et lascive. Évidemment, la fille parfaite réussit toujours tout du premier coup. Ce qui me rassure un peu, c'est que ça a l'air d'énerver les autres profs. Bien fait. Sans plus s'intéresser à elle, nous nous allongeons au sol, dans la salle de l'école de musique où Arnaud enseigne la clarinette et où passent des dizaines d'adolescents aux baskets pas toujours entretenues. Visiblement, le ménage n'a pas été fait depuis longtemps, et j'époussette sous et autour de moi. Comme un fait exprès, je me suis habillée et pomponnée dans la perspective d'être, autant que faire se peut, à mon avantage, tout ça pour me vautrer sur le sol froid et poussiéreux. Je ne peux évidemment pas refuser et m'étends à côté des autres.

– La vache, c'est froid, fait Rosemary.

– Et pas nickel, nickel, renchérit Hélène.

– Hé, les filles ! Faites pas les chochottes, se marre Vincent, qui, lui, est en survêtement.

– Allez, ne perdons pas de temps, on y va !

Arnaud prend une voix d'outre-tombe, un peu comme celle de l'hypnotiseur au citron. On se croirait dans un cours de yoga.

– Vous êtes calmes... Très calmes... Votre corps est détendu, vos épaules tombent librement, votre cou est décontracté.

– Moi, j'ai une laryngite et j'arrive pas à me détendre le cou.

– Oui, Rosemary, mais tu essaies quand même... Vous êtes calmes..., reposés... Votre poitrine se soulève et s'abaisse avec votre respiration, tranquille. Vos poumons doivent pouvoir se mouvoir librement à l'intérieur de votre cage thoracique...

– Bah, ça va pas être simple...

– Comment tu fais ça, toi ?

– C'est une image ! Concentrez-vous sur mes paroles, fermez les yeux, si vous préférez, et détendez-vous...

– J'peux pas, y a un truc qui me pique le dos, là !

Arnaud lève les yeux au ciel, tandis que Jérôme sort une punaise plantée dans sa chemise.

– Rôô ! C'est pas cool !

Jérôme soulève ses vêtements, et on s'approche tous à quatre pattes pour voir sa grosse blessure.

– T'as rien du tout, lui assure J-Lo. Allez, on continue ?

Tout le monde se rallonge, non sans scruter le sol au cas où il y aurait d'autres punaises qui traînent. J'ai bien fait de faire un peu de ménage sous moi.

Après cinq bonnes minutes, nous parvenons enfin à nous détendre vraiment. Arnaud semble soulagé (ça se sent à sa voix), quand soudain on entend un ronflement.

– Bah, c'est Philippe : il s'est endormi.

Et en effet, Philippe roupille en ronflant comme un sonneur !

– Y en a au moins un qui est détendu !

– T'es mauvaise langue, Arnaud. On a tous quand même plus ou moins réussi !

– Ouais, plus ou moins. Allez, levez-vous, maintenant, avant que tout le monde ne s'endorme !

On réveille Philippe, qui s'excuse et prétexte un coucher un peu tardif la veille. Une fois debout, Arnaud commence à nous échauffer la voix avec les fameux « ni, ni, ni » qui me font penser au « chevalier qui fait Ni » dans *Sacré Graal*.

– Ça me fait penser aux Monthy Python, ton truc, dit Jean.

Ah, tiens ! Je ne suis pas la seule à avoir ces références cinématographiques.

– Surtout, pensez à garder votre tête bien droite et ne la bougez sous aucun prétexte.

– C'est-à-dire ?

– Comment veux-tu qu'on ne bouge pas la tête quand on chante ?

– Non, ce que je veux dire, c'est pas de mouvements parasites !

– Oui, mais moi j'ai mal à la gorge, alors, quand je tousse, ça risque de me faire bouger la tête.

– Prends des pastilles !

– Je pourrai pas chanter si j'ai des pastilles dans la bouche !

– Fais au mieux, Rosemary ! Je te fais confiance.

Pédagogue, Arnaud ! Et patient, surtout.

Ce qui est bien, c'est que, comme c'est lui notre chef de chœur, j'ai tout loisir de le regarder sans que cela paraisse suspect. Et je ne m'en prive pas. Il est vraiment canon ! Dans un tout autre genre qu'Axel, mais aussi canon : brun, la peau mate avec un début de barbe, des yeux noisette très vifs, une bouche charnue, pas forcément très grand mais mince, une façon de bouger tellement décontractée et ...

– Vic, à toi !

– Hein ? Quoi ? Pardon ?

– C'est à toi de faire un essai de voix que je puisse déterminer dans quel registre tu te situes.

– Dans quel registre je... Ah ouais... Et je chante quoi ?

– Ce que tu veux !

Mon Dieu ! À part *Au clair de la lune* ou *It's not Unusual* en play-back, je n'ai aucune idée de ce que je pourrais chanter. Pressée par tous les autres, je débite la première chose qui me passe par la tête :

C'est une maison bleue
Adossée à la colline

On y vient à pied
On ne frappe pas
Ceux qui vivent là ont jeté la clé
On se retrouve ensemble
Après des années de route
Et on vient s'asseoir
Autour du repas
Tout le monde est là
À cinq heures du soir
Quand San Francisco s'embrume
Quand San Francisco s'allume
San Francisco
Où êtes-vous
Liza et Luc
Psylvia
Attendez-moi...

Grand silence dans la salle. Tout le monde, les bras ballants, me regarde avec des yeux écarquillés. Soudain, ce sont les ovations ! Mes collègues se mettent à m'applaudir à tout rompre, ce qui me fait rougir violemment, alors que, jusque-là, j'avais réussi à maintenir ma couperose en alerte minimale.

– C'est pas mal du tout, Vic ! Pas mal ! Tu as une belle voix grave, presque alto, qui demande à être travaillée, mais c'est un très bon début. Tu utilises plutôt ta voix de poitrine (comment pourrait-il en être autrement avec mon 95C ?), il y a la puissance à porter davantage, mais bravo ! Vraiment, bravo !

Arnaud me regarde avec un air que je ne lui ai jamais vu. Du coup, je rougis encore plus. Comme toujours quand il ne faut pas. J'ignorais moi-même que je savais chanter, beuglant toujours sur mes musiques préférées sans vraiment m'entendre. C'est une sacrée chouette surprise !

Soulagée et heureuse, je laisse la place aux autres. Comme il nous l'avait dit, Jean chante faux, mais alors, le pauvre, ça fait presque mal à entendre. Cela dit, dans la chorale, comme le lui explique Arnaud, il peut fredonner et chanter doucement, ce n'est pas trop grave. Rosemary chante rauque à cause de sa laryngite, mais ça donne un petit air sympa à sa prestation. Les autres se débrouillent. Grosso modo, on a matière à monter une chouette chorale.

Arrive le tour de Jennifer, et je m'attends, comme d'habitude, à être dépassée par la fille parfaite. Sauf que là, colossale découverte, la J-Lo, elle chante encore plus faux que Jean. Une vraie batterie de casseroles à elle toute seule ! Et la différence avec Jean, c'est qu'elle n'a aucune conscience de sa voix insupportable et s'époumone à chanter *Je t'aime* de Lara Fabian comme une marchande de poisson à la criée. J'en ai honte pour elle.

Arnaud ne peut s'empêcher de faire une grimace, puis se ressaisit. Il interrompt Jennifer pour faire cesser notre calvaire. Tous les autres, qui retenaient leur souffle d'effroi, soupirent de soulagement.

– OK, OK ! Bon, les enfants, on a du travail, hein ? Deux fois par semaine, ça ne sera pas du luxe, parce que je ne vous l'ai pas dit, mais à la fin de notre stage de musique en Irlande, je nous ai engagés à chanter lors de la réception du Nouvel An, dans une petite église près du manoir. Alors, va pas falloir faiblir, on va bosser à fond, et, tiens, la semaine prochaine, on commencera par s'enregistrer pour apprendre à s'entendre et découvrir ses petits défauts ! D'accord ?

Une onde de douce chaleur envahit la Vic-revancharde que je ne peux m'empêcher d'être à ce moment-là : la J-Lo, elle va avoir une sacrée surprise en s'écoutant !

– Tu crois que c'est une bonne idée ? fait Vincent, diplomate. De toute façon, on chantera tous, pour le concert, non ? Il suffit sûrement d'inciter certains à chanter un peu moins fort...

– Oui, tu as raison : ne perdons pas de temps avec des enregistrements. On va dédier tout notre temps aux répétitions, c'est mieux. Au besoin, enregistrez-vous chez vous si vous voulez.

Merde ! Vic-revancharde est déçue : on n'aura pas d'enregistrements de la marchande de poisson.

C'est toujours les mêmes qui ont de la chance.

16

Je dois jongler avec un emploi du temps de plus en plus chargé. Pour les répétitions, Arnaud a retenu deux dates : le mardi soir assez tard et le dimanche matin assez tôt. A priori, ça ne m'arrange pas trop, car le mardi, en fin d'après-midi, je vais à la salle de sport et je risque d'arriver à la chorale assez peu à mon avantage, le sport ayant la fâcheuse tendance à me colorer en vermillon. Quant au dimanche matin, c'est mon moment à moi, celui où je fais la grasse matinée, où je me fais un plateau petit-déjeuner au lit, où je lis ou surfe sur le Net, où je traîne en pyjama jusqu'à midi.

Tout choix étant un renoncement, je décide que, dans la perspective de ma métamorphose, il est indispensable d'arrêter de faire le loukoum le dimanche matin. D'ailleurs, la première séance de chant a plutôt été une réussite : je suis parvenue à me lever tôt sans dommages, j'étais fraîche après une bonne nuit de sommeil, et ma petite victoire sur J-Lo a validé la chose. À partir de maintenant, par l'effet « petite madeleine de Proust », tous les dimanches matin du monde seront associés à *ça*, et je ne peux manquer d'en faire un jour où il fait bon se lever tôt !

Curieusement, je n'ai pas revu Axel de la semaine, après l'expérience plutôt réussie – enfin, il me semble – de notre première nuit ensemble. Je l'ai croisé au collège, où il ne manque pas de me frôler, de m'effleurer les fesses ou de me faire un clin d'œil. De ce côté-là, je n'ai pas à m'inquiéter.

L'esprit humain est tout de même curieusement fait : bien que je sois tout entière conditionnée pour aimer Arnaud, je ne suis pas du tout indifférente à Axel et développe même quelques petits sentiments pas désagréables pour lui. La Vic-sans-confiance se persuade que c'est probablement de la gratitude, mais la Vic-positive renchérit que, tout de même, je le mérite tout autant qu'une autre. Ça, c'est le résultat de mes lectures, et je dévore les livres, relisant les conseils, faisant les tests plusieurs fois par jour, au cas où je me serais un peu métamorphosée entre le petit-déjeuner et le déjeuner. Et puis je suis devenue adepte des phrases-clés : j'en ai choisi quelques-unes, pour commencer, que je rabâche sans cesse, de préférence en me regardant dans une glace et en prenant l'air pénétré de circonstance :

- *Je cultive l'autobienveillance.*
- *Je me permets d'être pleinement moi-même, dans mes actes, dans mes choix, mes pensées et mes émotions.*
- *J'affirme mon droit d'exister, j'ai ma place dans ce monde.*
- *J'identifie mes objectifs et les étapes pour y parvenir.*
- *Je suis en harmonie entre le dire et le faire.*
- *Je suis authentique envers moi et envers les autres.*

C'est un bon début, clair, concis, encourageant, moteur... et, pour renforcer les concepts, j'ai fait encore mieux : à la manière de Léonard de Vinci, j'ai pris des post-it (oui, je sais, Léonard de Vinci n'avait pas de post-it), j'ai écrit mes phrases-clés dessus et les ai collés partout dans la maison. Je ne peux manquer de croiser en tous lieux et à tout moment ces petits condensés de la banalité ordinaire de la construction de soi. Quoi de plus efficace, par exemple, que de lire *Je suis en harmonie entre le dire et le faire* depuis la cuvette des toilettes ?...

À un moment, il faut s'interdire d'intellectualiser. Si cela nécessite de subir quelques lieux communs pour m'aider à changer, eh bien, soit ! Je suis prête à devenir la reine du cliché.

La semaine débute bien. Après le dimanche matin où je suis apparue aux yeux d'Arnaud comme la papesse du chant choral (oui, oui, je suis dans la peau de Vic-positive), j'arrive le lundi matin avec une pêche d'enfer. D'autant que, le succès aidant, j'ai été raisonnable, question alimentation, et la séance WW du soir s'annonce favorablement. Il faut mettre de côté notre soirée PVP de vendredi avec les copines. J'ai dégoté un excellent gevrey-chambertin, que nous avons dégusté en mangeant de l'époisses à la petite cuiller et en regardant *Les Tontons flingueurs*. Au passage, si vous trouvez une soirée plus franco-française que celle-là, faites-moi signe ! Alors, j'ai un brin de culpabilité dû aux soixante pour cent de matières grasses de l'époisses, mais, ma prestation vocale m'ayant coupé l'appétit dimanche, ça compense.

D'ailleurs, à propos de la soirée, je n'ai pas pu tenir parole, concernant la photo d'Axel, puisque je ne l'ai pas revu de la semaine. Agathe, ne lâchant pas le morceau aussi facilement, a relancé le pari.

– Et si tu nous le présentais, tout simplement ? me demande Elsa, dont la maturité lui fait toujours envisager la vie de façon rationnelle et évidente.

Mon degré de maturité à moi étant loin d'être au niveau du sien, j'ai bougonné un « Non, mais ça va pas ? T'es pas bien nette... » qui a clos le sujet.

J'ai promis une photo pour bientôt et ça a suffi à mes meilleures amies qui connaissent mes faiblesses.

Profitant de ce lundi ensoleillé (dans mon cœur et dans ma tête), je marche, légère et gaie dans les couloirs du collège. Je suis même un peu en avance ! Si, si ! Les couloirs sont encore vides, les élèves n'étant pas encore arrivés. Cela m'arrive tellement rarement que je savoure ces instants magiques des lieux pédagogiques sans le public censé l'habiter. Soudain, en passant près du local de ménage, quelqu'un m'attrape par le bras et me tire violemment dans la pièce sombre.

– J'ai envie de toi, j'ai envie de toi, j'ai envie de toi !

– Hein, quoi, ici ? T'es pas bien net !

Axel plaque sa main sur ma bouche et commence à déboutonner mon jean.

– Non, mais là, Axel, ça va pas être possible, quoi ! Arrête !

– Me dis pas que t'as pas envie... On a un quart

d'heure, largement le temps, ma belle ! Et ici, dans le collège, c'est encore plus excitant.

À ma grande surprise, je dois admettre qu'il n'a pas tout à fait tort : la situation étant très flippante, ça donne du piquant et ajoute au désir. Je fais mine de résister encore un peu, pour le principe, mais pas trop longtemps – on n'a pas de temps à perdre – et je m'abandonne finalement entre les balais et les serpillières en essayant surtout de ne pas trop cogner en cadence contre le mur afin qu'on ne nous entende pas depuis le couloir, n'importe quel prof pouvant passer à proximité. Un quart d'heure plus tard, la sonnerie de début de cours retentit, et j'arrive sur les chapeaux de roue dans ma classe, le cheveu en pagaille, les habits en désordre, l'air ravi... Je ne m'en inquiète plus. Mes élèves doivent commencer à avoir l'habitude de mes excentricités vestimentaires, capillaires et dermatologiques.

Décidément, oui, la semaine commence bien !

17

Je suis quand même emmouscaillée par cette histoire de photo. Mais j'ai promis et – faut-il l'avouer ? –, je ne serais pas peu fière de montrer à mes copines le superbe mec qui est devenu mon amant. Souvent, même, quand je le regarde à la dérobée, je me dis que, mince, c'est sur moi qu'il a jeté son dévolu, et, même si la façon de faire a été un peu cavalière, je lui plais. Indéniablement. Les filles ont bien ri quand je leur ai raconté ma scène d'amour torride dans le cagibi du ménage.

– Et si une femme de ménage était arrivée ? m'a demandé Elsa, toujours pragmatique.

– Il n'y a aucune chance, elles sont en pause à cette heure-là !

– Quand même, t'as pris de sacrés risques, a-t-elle insisté.

– Joue pas les rabat-joie, Elsa ! a fait Louise, qui est aussi spécialiste des situations peu ordinaires, voire qui les recherche un peu...

Ce qui n'est pas mon cas : moi, ça me tombe dessus sans que je n'aie rien à demander.

– Et on avait fermé la porte à clé, tout de même. Enfin, Axel l'avait fait dans mon dos. Je m'en suis aperçue en ressortant.

– Ah ! tout de même !

– Ohhh ! Faites pas les chochottes, les filles. Ça ne vous est jamais arrivé de faire l'amour dans des endroits insolites ?

– Ah si, moi, dans un ascenseur ! a commencé Agathe. Mais c'était pas terrible, parce que j'avais le mal de mer et la trouille que l'ascenseur tombe en panne.

– Moi, c'était au cinéma, a expliqué Elsa. On était allés voir *Enemy*. Pourtant, le film n'incitait pas vraiment à ça, mais c'était justement peut-être parce qu'on s'ennuyait, Robin et moi. Techniquement, ça a été un peu sportif, je vous passe les détails. J'ai le souvenir qu'on ne s'en est pas trop mal sortis... Et puis, y avait pas foule dans la salle, et personne à côté de nous, ça a aidé !

– Je me souviens, c'était dans un grand restaurant d'Avignon, où j'étais avec des amis en vacances. Il y avait une soirée costumée, et les serveurs étaient en habit médiéval. L'un d'entre eux m'a regardé durant tout le repas, a frôlé ma main chaque fois qu'il me servait, touché mes cheveux ou mes épaules quand il passait derrière moi. Ça m'avait rendu folle. À la fin, il m'a suivie quand je suis allée aux toilettes, et là, on s'est sauté dessus comme des fous furieux. Ça n'a pas été très loin – on s'est juste embrassés férocement –, car quelqu'un est arrivé, et on s'est séparés sans rien se dire, mais je crois que je n'ai jamais plus vécu une situation aussi excitante que celle-là !

On a toutes regardé Louise. Nous nous connaissons depuis toujours, et jamais elle ne nous avait raconté cette histoire.

– Voilà pour moi..., a-t-elle conclu, presque embarrassée des regards ronds braqués sur elle.

– Ne sois pas gênée, c'est génial, ton truc ! J'aurais adoré vivre une situation pareille !

– Ouais, mais tu te rends compte ? Je ne le connaissais même pas !

– C'est pas grave ! C'était une expérience plus sensuelle que sexuelle.

– Oui, ça, tu peux le dire, j'avais les sens complètement dévastés !

Je veux bien le croire et, en repensant à mon histoire de cagibi, je leur lance :

– Ah bravo ! Et c'est moi que vous traitez de dévergondée !

Ce qui est bien, avec les filles, c'est qu'on se dit tout, et ça décomplexe à mort. J'ai d'ailleurs l'occasion de me lancer pour faire *la* photo un peu plus tard dans la journée, quand la sonnette de la porte retentit.

– J'aimerais que tu me téléphones avant de venir, Axel ! Je pourrais très bien ne pas être là...

Ça me gêne, quoi. Un petit coup de fil m'aurait permis de prendre le temps de me pomponner un peu avant qu'il n'arrive. Au lieu de ça, je l'accueille pas peignée, pas maquillée, en caleçon et vieux tee-shirt. Il rit et me prend dans ses bras.

– J'adore te surprendre, te voir au naturel. (Ben, là, il est gâté !) Ça m'émoustille, tu sais...

Je me demande ce qui peut ne pas l'émoustiller. Il ne lui faut pas grand-chose. Tant mieux pour moi, remarquez !

– Attends ! J'aimerais tout de même avoir ton numéro de téléphone, aussi, tu me le donnes ?

– Ben, je t'ai appelée, l'autre jour. Tu n'as pas enregistré mon numéro ?

– Euh... Non, j'ai dû oublier. Tu sais, je suis étourdie...

J'attrape mon portable, le lève à sa hauteur et fais semblant de saisir le numéro qu'il me dicte, alors qu'en fait, je le mitraille en photo. Nulle, la ruse, mais je n'ai pas trouvé d'autres idées. Je repose mon téléphone, prends une petite voix pleine d'innocence et lui demande :

– Ça te dirait qu'on dîne ensemble ?

– Non, non, je n'ai pas le temps. Je fais une partie de tennis avec des copains, ce soir.

Charmant. Si je comprends bien, il passe entre deux pour recharger (si l'on peut dire) les accus avant le match.

– Mais, ma petite poule, j'ai tellement envie de toi... Et je sais que toi aussi, hein ? Je te promets que, bientôt, on se fera un dîner en amoureux, tous les deux, rien que toi et moi, et on passera la nuit ensemble.

Quel honneur !

Sans me laisser le temps de me morfondre, il plonge la main sous mon tee-shirt, ôte mon soutien-gorge avec dextérité et m'allonge direct sur le sol. Décidément, avec lui, pas la peine de s'encombrer d'un lit : les murs, les placards à balais et les parquets font amplement son affaire. Quand il repart, quelques minutes plus tard, je suis encore sur le sol, au grand étonnement de mon chat qui n'a pas l'habitude de me voir aussi bas.

– Ouais, il a un beau torse, je trouve !

– Et sa chemise, ouaaah ! La belle chemise.

– On devine tout de même des épaules un peu carrées, non ?

– Vous moquez pas, les filles ! Les risques que j'ai pris pour faire cette photo, vous n'imaginez même pas !

– Si, si, on en a conscience ! T'as au moins risqué ta vie !

J'ai mitraillé six photos, et sur aucune d'entre elles je n'ai réussi à prendre son visage. Mais j'ai de jolis détails de son buste et de sa chemise à carreaux.

– J'vous avais dit que j'étais nulle pour cadrer les photos !

– C'est le moins qu'on puisse dire...

– Si tu continues, on va débarquer au collège et demander à le voir !

– Ouaip ! Comme ça, on l'aura en chair et en os. Une valeur sûre, quand on voit comment tu fais tes photos !

– Si ça se trouve, elle veut le garder pour elle toute seule et elle fait tout pour qu'on ne puisse pas le voir !

– Arrêtez, les filles, vous savez bien que non...

– T'arrêtes pas de nous le décrire comme un canon atomique ; alors, on aimerait bien le voir, nous !

– OK ! Je veux bien réessayer. Mais pour ça, il faudrait qu'il me laisse un peu plus de temps à la verticale !

18

Entre la salle de sport, les répétitions de chorale, les soirées entre copines et les visites éclair d'Axel qui ne reste jamais plus d'une demi-heure à la maison, le temps de tirer son coup comme un lapin (eh oui, je me fais de moins en moins d'illusions sur ce qu'il attend de moi), les semaines passent vite, et les vacances de la Toussaint arrivent.

Comme je n'ai toujours pas réussi à prendre Axel en photo, j'ai tenté de le représenter en le dessinant. Ce n'est pas une réussite non plus : habituée au dessin scientifique, je schématise une espèce d'hominidé blond assez peu ressemblant.

– Ah oui, il est canon, en effet. Pour un orang-outan.

– Tu l'as dégoté dans la savane ?

– Tiens, si on se regardait *King Kong* à notre prochaine séance PVP ?

Vexée comme un pou, je jette mon œuvre à la poubelle, devant admettre, en effet, que j'avais dû être plus inspirée de *La Planète des singes* que de la réalité.

En revanche, j'excelle dans la tenue de mon cahier de métamorphose, qui se remplit bien, et – vous n'allez pas me croire – je commence à avoir quelques résultats, question silhouette. Dans la perspective du stage au manoir, j'ai même décidé d'assister à un cours de *body-quelque chose*. J'ai demandé à mon ami Mickaël, l'air de rien, quels étaient les cours auxquels assistait J-Lo, car je n'ai aucune envie de me retrouver avec elle. Quand j'ai appris qu'elle les faisait tous, sauf un, j'ai jeté mon dévolu sur celui-ci : le *bodycombat*. Je m'en inquiète un peu auprès de Mickaël.

– Mais c'est bien, Victoire, le *bodycombat*. Tu vas voir ! Cinquante-cinq minutes, tu travailles absolument tous les muscles et tu perds sept cent quarante calories !

Mazette ! Sept cent quarante calories ! Je n'en reviens pas ! Je n'ose imaginer ce qu'on va me demander pour ce tarif-là, mais, motivée comme je le suis, je ne peux faire l'impasse d'un tel exploit ! Une aubaine.

– Va pour le *bodycombat*, dis-je à mon coach, débordante d'autopersuasion.

Et je ne suis pas déçue. Je comprends bien aussi pourquoi J-Lo ne l'a pas choisi : le *bodycombat*, c'est – comment vous dire ? – un cours hautement énergétique, qui s'inspire des arts martiaux. Une espèce de mixte entre la boxe, le karaté, le taekwondo, le taï-chi et la boxe thaïe. En rythme sur de la musique de dingue, on donne des coups de poing, des coups de pied, et on fait des katas, espèce de postures de combat.

Le prof, John-Kerry (où est-ce qu'il est allé chercher un prénom pareil ?), est petit, nerveux, râblé et bronzé (bronzage UV qui semble être la marque de fabrique de cette salle de sport). Il a un accent du Sud-Ouest, parfaitement en accord avec son activité plutôt asiatique. Au début de la séance, j'ai un peu de mal à me concentrer, parce que je n'arrive pas à me défaire de l'association John-Kerry-le clown. Et puis, tandis que le cours commence, je n'ai plus trop le temps ni même l'énergie de faire des jeux de mots à la noix.

– Phase d'échauffement : Victoire, c'est là que nous nous préparons physiquement et mentalement au combat qui va suivre.

(Mon Dieu !)

– C'est pas mal ! Rentre le ventre et les fesses et n'oublie pas de respirer : tu es toute rouge.

(Très drôle !)

– Maintenant, tous en place. Vitesse ! Puissance ! Endurance ! Imaginez un adversaire et lancez-vous dans un enchaînement de coups !

(Pif, paf ! Prends ça, J-Lo !)

– Allez ! On souffle un peu en ralentissant légèrement l'intensité pour se préparer à la bataille finale ! Là... Là... Et... GO ! GO ! GO !

(Ça défoule ! J'vous jure ! Ça défoule ! J'me vois dans la glace : j'ai l'air d'une folle, mais qu'est-ce que ça défoule !)

– Et retour au caaaalme ! Quelques exercices d'étirement au sol pour redonner toute leur longueur aux muscles bandés pendant le combat.

(Ah oui ! Étirons, étirons ! Trop peur de rester râblée !)

Je suis rincée, vidée, rouge poivron grillé, mais au final, le *bodycombat*, ça me branche bien. Ça me permet de sortir toutes mes pulsions violentes, de renforcer mon cœur, de me muscler... et de perdre sept cent quarante calories ! Malgré le début où je me suis fait penser au professeur Tournesol et sa démonstration de boxe française dans *Vol 714 pour Sydney*, j'ai de plus en plus une image de moi battante, gagneuse et déterminée.

Je note ces trois adjectifs dans mon cahier de métamorphose. Je ne souhaite ni combattre ni écraser personne, mais juste me dépasser et gagner sur moi-même ! Ça ne marchera pas d'un seul coup, mais je gravis les étapes progressivement et, finalement, je ne me débrouille pas si mal que ça. Cela dit, je ne progresse pas dans tous les domaines de la même façon.

Pour fêter les vacances, J-Lo a une idée charmante, comme toujours. La veille de la sortie de cours, elle alpague les profs qui font partie de la chorale :

– Ça vous dirait qu'on se retrouve vendredi soir dans un resto japonais ? Y en a un pas loin du collège qui est excellent. J'y vais souvent.

Arnaud est enchanté.

– Ça nous ferait du bien de nous voir un peu hors du collège. C'est une bonne idée, Jennifer ! Je vais prévenir Axel, aussi.

Jennifer a toujours des idées merveilleuses. Arnaud aussi.

Naturellement, j'arrive en retard au restaurant (il va vraiment falloir que je travaille ce sujet à fond). Tout le monde est installé ; il ne reste qu'une place à côté d'Arnaud, en face d'Axel. La poisse ! Et pour couronner le tout, la conversation porte sur la fameuse Juliette que, telle une autruche moyenne, j'ai enfoncée dans le sable épais de mon subconscient pour ne pas avoir à y penser. Je commande au serveur un double gin-tonic, que je bois d'un trait, m'asseyant sous l'œil goguenard d'Axel qui a bien compris dans quel galimatias psychologique je me trouve. À peine assise, je sens son pied s'immiscer entre les deux miens.

– C'est sympa de se retrouver tous là, hein ? me fait Arnaud gentiment.

Je lui rends un sourire crispé tandis que le pied d'Axel remonte le long de ma jambe : je ne sais pas pourquoi, d'emblée, je le sens mal, ce chouette dîner. La conversation sur Juliette, ma concurrente inconnue, s'arrête d'un coup, à peine suis-je installée. Je ne pourrai pas en savoir davantage. De toute façon, je n'ai aucune envie d'en entendre parler. J'enfonce un peu plus la tête de l'autruche dans le sol, et hop ! On passe à autre chose !

– Allez ! Saluons l'arrivée de notre chanteuse lyrique, dit Philippe.

– Et... aux vacances, surtout, renchérit J-Lo.

Des fois qu'on s'attarde un peu trop sur une autre personne qu'elle-même.

– Vic, ton verre est vide, remarque Arnaud. Monsieur, monsieur, vous nous remettez un gin-tonic pour la demoiselle ?

Et nous levons tous nos verres dans les rires et le brouhaha des conversations. Dans un geste inconsidéré, marque de fabrique de la Victoire en état de stress, je bois mon gin cul sec. Puis, on m'en ressert tout de suite un troisième, par l'entremise d'Axel-le-fourbe. Il n'en faut pas plus pour que l'alcool me monte à la tête et me fasse perdre les manettes. D'un coup, un rire gras et tonitruant résonne dans le restaurant : c'est le mien. Je ne sais même pas pourquoi je ris, mais je ris. À gorge déployée. Sans finesse ni classe. Encouragée par les pieds d'Axel qui s'approchent dangereusement d'une zone sensible. Je me tortille comme un asticot sur mon siège, frôlant au passage le bras d'Arnaud, ce qui ne manque pas de m'émouvoir davantage.

– Un p'tit verre de cet excellent vin, Vic ? me demande Axel avec une intention malhonnête derrière la tête.

– Parce que les Japonais savent faire du vin, maintenant ? Allez, j'vais goûter quand même, hihihihi !

Cette voix que je ne me connais pas retentit dans la salle. J'ai l'impression que tout le monde m'entend et que ce n'est pas vraiment moi qui parle. Je goûte le vin rouge, qu'après trois gin-tonics je ne reconnais pas du tout (mais ai-je encore un palais ?), et m'enfonce encore plus dans les brumes de l'éthylisme, quand quelqu'un s'adresse à moi :

– Et toi, Vic, qu'est-ce que tu écoutes comme musique ?

Je suis bien mûre ! On peut me poser n'importe quelle question, j'ai la réponse !

– Mais Mozart, bien sûr ! Mozart ! fais-je avec une voix de crécelle.

Même complètement saoule, il aurait fallu me couper un bras pour que j'admette devant Arnaud et les autres professeurs que je suis fan de Tom Jones.

Là, je dois faire une petite pause dans mon récit. Afin que vous ne me preniez pas pour une nouille (ce qui est fort malheureusement peut-être déjà le cas). J'adore Tom Jones, c'est sûr. *It's not Unusual*, c'est gai, entraînant, épatant pour le moral. Mais n'allez pas croire qu'il n'y a que ça. Il m'arrive tout de même d'écouter autre chose. J'aime bien le classique, c'est vrai, le jazz, et puis quelques petits jeunes comme les Beatles, les Stones, Queen et compagnie. Mais là, au restaurant, face à une bande d'intellectuels ultra-cultivés, j'ai préféré choisir une valeur sûre : Mozart, on ne peut pas se tromper. On aime ou on n'aime pas, mais tout le monde est obligé de reconnaître son génie !

La J-Lo, qui a envie de se rendre intéressante et qui, après avoir dégusté lentement son petit vin cuit de mémère, garde une attitude digne et classe, nous sort sa science :

– Un ami musicien m'a parlé récemment du mystère autour de la copie d'un fascicule sur la transposition française des chants maçonniques traditionnels écrits par Mozart.

Mais qu'est-ce qu'elle raconte, celle-là ! Je ne comprends même pas les mots qu'elle emploie.

– Ouiii ! s'exclame Arnaud, soudainement très intéressé par J-Lo. La copie reste introuvable ! Tous les mélomanes passionnés par Mozart, dont je fais partie, rêvent de trouver ce fascicule.

– Mais moi, je l'ai, dis-je pour ramener l'attention à moi.

Purée, c'est pas vrai ! Qu'est-ce que je viens de faire ? Tous les regards se tournent vers moi. Arnaud pose sa main sur mon bras, avec les yeux brillants. Le pied d'Axel, que j'ai plus ou moins réussi à tenir à distance, retombe lourdement.

– Non !

– Si !

– Tu l'as chez toi ?

– Ouais ! On l'a dans la famille depuis la nuit des temps !

Et je m'enfonce davantage, boostée par l'intérêt qu'Arnaud me porte.

– Tu me le montreras ?

– Je dois le retrouver, oui, mais...

– Eh ! On demande la carte des desserts ? J'ai encore un peu faim, moi, pas vous ?

Même si telle n'est pas son intention, J-Lo me sauve la mise. Tous se penchent sur la carte des desserts, sauf Arnaud, qui me regarde d'une drôle de façon, et Axel, qui essaie de reprendre contact sous la table. Je me mets frénétiquement à scruter les desserts, qui n'ont rien de japonais, et choisis un énorme chocolat liégeois avec beaucoup de chantilly. La chantilly, c'est aéré, ça peut pas faire grossir. Et puis, en plus, c'est pratique à manger, avec le chocolat liquide qui coule de la cuiller sur le chemisier. Jennifer, elle, déguste du bout des lèvres quelques litchis au sirop léger. Dans mon brouillard, je me fais la réflexion qu'il y a tout un monde entre elle et moi...

Quand le repas est terminé et que, l'alcool appelant l'alcool, j'ai bien éclusé... Oh !... Ben, en fait, je ne sais plus... Je décide de laisser ma voiture dans le parking du restaurant, et Axel propose, de façon tout à fait désintéressée, de me raccompagner. En nous quittant, je donne des accolades rudes et viriles à mes collègues en leur braillant dans les oreilles :

– Eh ben, on a passé une chouette soirée, moi je

trouve, les amis ! Hein ! Vraiment, c'était chouette ! À refaire quand vous voulez ! Parce que moi, je vous aime beaucoup ! Et que c'est bien, de se voir en dehors du collège ! Hein ? Merci ! Merci, les amis !

Heureusement, le ridicule ne tue pas. Mes collègues partent de leur côté en ricanant – allez savoir pourquoi – et Axel me ramène chez moi, où il s'attarde un peu pour... enfin, vous voyez, quoi, puis, comme à son habitude, il disparaît dans la nuit, laissant derrière lui une Victoire délabrée et ronflant comme une forge, pas démaquillée et juste déshabillée ce qu'il faut pour..., enfin, vous voyez !

Ce n'est que le lendemain matin, pas très tôt d'ailleurs, quand la sonnette de ma porte me réveille en sursaut, que je prends conscience de l'ampleur des dégâts. Cela dit, je n'ai pas le temps de m'apitoyer sur mon sort : par la fenêtre de ma cuisine qui donne sur la porte d'entrée, je m'aperçois que la personne qui a sonné, c'est... Arnaud.

19

Je ne dis rien ! Je ne suis pas là ! Pas de bruit ! Laisse-le croire qu'il n'y a personne ! Chuuut ! Silence ! La casa est vide !

– Si, si ! Insistez, jeune homme, Victoire est chez elle, j'en suis sûre !

Non, mais la mère Narcisse, de quoi elle se mêle ?

– Vous êtes sûre ? Je n'entends pas de bruit dans la maison !

– Oui, je suis sûre ! Je ne l'ai pas vue partir. Insistez !

– J'espère qu'elle ne dort pas encore !

– Oh non ! Pas à cette heure-là ! Insistez, je vous dis ! Au fait, c'est quoi votre petit nom ?

– Arnaud. Je suis un collègue de Victoire.

Elle est culottée, celle-là ! Et si je n'ai pas envie de répondre !

Poussé par madame Narcisse, Arnaud sonne une nouvelle fois. Je dois me dépêcher d'ouvrir, parce que je ne sais pas ce qu'elle est capable de lui raconter.

– Oui, oui ! J'arrive ! Une minute !

– Ah ! Je vous avais bien dit qu'elle était là ! Et vous faites quoi, comme matière ?

– Je suis professeur de musique en collège.

– Ah ! c'est bien, ça, la musique. J'ai un de mes petits-fils qui joue de l'harmonica.

Purée ! Faut que je me rhabille, que je me démaquille, que je me remaquille – « J'ARRIIIVE ! UNE MINUTE ! » – que je me mette du déodorant, du parfum (pas le temps de prendre une douche. Je sais, c'est craspouette !), que je me lave les dents, que je retire des murs tous les post-it avec mes idiotes de phrases-clés – « ÇA VIENT ! J'ARRIIIVE ! – et la musique, Vic ! La musique ! Mozart ! Oui, je me souviens : Mozart. Pourvu que la mère Narcisse ne lui raconte pas n'importe quoi sur moi !

– C'est bien, ça, comme métier, professeur. Ça gagne bien sa vie ?

– Je ne me plains pas...

La conversation m'arrive par bribes. Tout en me lavant les dents, je connecte mon ordinateur sur Deezer. Je clique sur Mozart, les best-of, et appuie sur LECTURE EN BOUCLE. Puis, après avoir ôté les post-it sur les chapeaux de roue, pantelante, je reprends mon souffle deux secondes et, avec un petit air candide et étonné, j'ouvre la porte.

– Ah ! Arnaud, c'est toi ? Bonjour, madame Narcisse !

– Bonjour, Victoire ! Ben alors, faut pas faire attendre votre petit collègue qui est charmant !

– Oui, oui, désolée, Arnaud ! Huhuhu ! Je traîne un peu le matin, et tu m'as surprise à la sortie de la douche, huhuhu ! Mais entre !

Il se tourne poliment vers ma voisine :

– Au revoir, madame. Merci pour votre aide.

– De rien, Arnaud, au plaisir.

Toute contente, madame Narcisse trotte jusque chez elle. Je la devine s'installer derrière ses rideaux pour nous observer.

– Entre, Arnaud, entre !

On sera mieux à l'intérieur à l'abri des regards indiscrets.

– Je ne veux pas te déranger. Je t'apportais juste ta carte bleue que tu as oubliée hier au restaurant.

– Ah ? Huhuhu !

(Irresponsable.)

– Tu vas bien ? Parce qu'hier, tu avais l'air... fatiguée.

(Irresponsable ET alcoolique !)

– Cette première période scolaire m'a bien épuisée. Les vacances arrivent à point nommé.

– Ouais ! On a passé une belle soirée, et puis tu nous as bien fait rire. T'as aussi une sacrée descente, je trouve !

– Oui, hein, j'aimerais pas la faire à vélo.

(Irresponsable, alcoolique ET ridicule.)

– Ah, ah ! Une réplique de Balasko, ça, dans *Nuit d'ivresse*.

– Ouais, c'est ça. (Passons à autre chose, vite !) Tu veux un café ?

– Allez, d'accord, c'est pas de refus. D'autant que j'avais quelque chose à te demander.

– À me demander ?

– Oui, c'est bien ce que j'ai dit.

Allons bon !

– Mais va préparer ton café d'abord. On en reparle après.

Tout en faisant le café, dont j'ai un besoin urgent pour

me remettre les yeux en face des trous et les idées en place, je me fais la remarque qu'Arnaud connaît drôlement bien les dialogues de *Nuit d'ivresse*, qui n'est pas vraiment le genre de film que je pensais qu'il regardait. Je ne sais pas pourquoi, mais je le vois plutôt apprécier des films projetés dans une vieille salle d'art et d'essai parisienne. Pour Balasko, il a peut-être tout simplement lu un article dans *Le Monde* sur les répliques cultes...

– C'est joli chez toi, me dit-il en entrant dans la cuisine, les mains dans les poches, et en ayant l'air de faire le tour du propriétaire.

– Oui.

Super réponse. Car, au même moment, tout le pataquès de la veille me remonte d'un coup à l'esprit : les bêtises que j'ai dites (et si ça se trouve je ne me souviens pas de tout), mon comportement grotesque, mes braillements de charretier... Et bim ! Sous le choc, je suis prise d'un flush incontrôlable et plonge la tête dans ma machine à café, histoire qu'Arnaud ne voie pas mon embarras. Il n'a pas l'air de s'en apercevoir et continue :

– On a parlé hier soir du fascicule des chants maçonniques écrits par Mozart, et je me demandais si... Excuse-moi de cette demande, mais je suis tellement curieux et passionné, tu comprends... Je me demandais si tu serais d'accord pour me le montrer. C'est une pièce unique et rarissime. Je suis même étonné qu'il en existe un exemplaire. Je croyais qu'il avait totalement disparu. C'est... merveilleux !

– Ah ! Oui. Oui, bien sûr. Le fascicule. Ah !... C'est embêtant, parce que je ne l'ai pas, là. Il est chez mes parents, en lieu sûr, hihihi ! Il faudrait que je trouve un moment pour aller le chercher. En plus, je ne sais même pas si mes parents se souviennent où ils l'ont mis.

– Ah ? Un document pareil, ils ne savent pas où ils l'ont mis ?

– Si, si, mais enfin, non, peut-être pas... Tu sais, mes parents sont bohèmes, alors...

Arnaud a l'air tellement surpris que j'en ai honte de moi. Je suis soigneusement en train de m'emberlificoter dans mon mensonge... D'autant que, plus organisés et soigneux que mes parents, y a pas ! C'est tout juste si ma mère ne classe pas les culottes par couleur. Si elle apprenait que je dis d'eux qu'ils sont bohèmes, elle en tomberait à la renverse.

– Tu l'as déjà vu, toi, le fascicule ?

Merde ! Merde, merde, merde, merde, merde !

– Oh bah, y a longtemps. On va boire le café ?

– Et il est comment ?

– Normal.

– Pardon ?

– Ben, normal, pour un fascicule, quoi.

Je vois bien à la tête qu'il fait qu'Arnaud commence à émettre quelques doutes. Je dois rattraper le coup.

– Allez, j'irai chez mes parents et je le chercherai. Je ne te promets rien, vu le bazar dans leurs papiers (tu parles !), mais je chercherai.

Il sera toujours temps à ce moment d'inventer une raison de ne pas l'avoir trouvé : il y a eu une attaque de termites, le chien de mes parents a fait pipi dessus, un dégât des eaux a noyé tous les papiers, la maison a brûlé, mon père a quitté le domicile conjugal sans laisser d'adresse, emportant le fascicule... Les raisons de la disparition de ce petit bout de papier peuvent être multiples. Je ne manquerai pas d'en trouver une qui tienne la route (ou pas). Arnaud a l'air content, et je lui sers le café en changeant de sujet.

– Il y a chorale demain matin ?

– Non, non, j'ai envoyé un mail. Tu ne l'as pas eu ? Je pars cet après-midi pour dix jours chez des amis en Auvergne. La chorale reprendra à la rentrée. Et toi, tu pars ?

Moi, je ne pars jamais. Pas de sport d'hiver (je suis une vraie tartignolle sur les skis), peu de voyages (j'ai la trouille en avion), je ne suis jamais invitée par personne, et mes seules amies vivent à dix minutes de chez moi. D'un coup, le poids de ma misérable vie me tombe dessus. En fait, je ne suis pas une fille très intéressante : pas de voyages, pas de passion, pas de fascicule de Mozart...

– Non, non, j'ai beaucoup de travail et je reçois des amis (Agathe, Elsa et Louise pour quelques soirées PVP).

– C'est sympa. Tiens, qui voilà ?

– C'est Bigoudi, mon chat. Tu aimes les chats ?

– Oui, je ne les connais pas trop. Chez mes parents, nous avions plutôt des chiens, mais j'aime bien tous les animaux.

Bigoudi se frotte sur ses jambes en ronronnant. Arnaud le caresse. Ces deux-là s'entendent bien ; j'y vois un signe du destin. Puis mon chat se dirige dans le recoin de la pièce où il a sa litière et fait caca. Un bon gros caca puant. C'est monstrueux ; l'odeur gagne toute la pièce et je ne sais plus où me mettre. Onze heures du matin, un doux rayon de soleil passe par la fenêtre, le café est chaud, je le bois en compagnie de l'homme dont je suis amoureuse, avec en musique de fond la sublime *Symphonie n° 25* de Mozart, et voilà que la pièce est envahie de l'odeur nauséabonde du caca de mon chat. Je suis maudite !

Arnaud fait comme s'il ne s'était aperçu de rien, boit son café d'un trait et se lève.

– C'est pas tout, je file préparer ma valise. Merci pour le café, Vic. C'était très gentil.

Oui. Un gentil café aromatisé à la crotte.

Par la fenêtre, je le regarde s'éloigner avec un pincement au cœur. Je ne sais pas pourquoi, il me semble voir ses épaules tressauter. Peut-être que les résidus des vapeurs d'alcool de la veille me brouillent la vue.

Ou alors, Arnaud a un fou rire.

Allez savoir.

20

J'ai dérapé. J'ai bassiné tout le monde avec mes résolutions et, à la moindre contrariété, j'ai tout fait voler en éclats. À commencer par le comportement inconséquent digne de la plus cruche des Vic. Parfois, je me demande même si je ne suis pas un brin schizophrène tendance TDI (troubles dissociatifs de l'identité) : Vic-positive, Vic-tartouille, Vic-alcoolique, Vic-délirante, Vic-rébarbative... Et il y en a sûrement un paquet d'autres que je n'ai pas encore cernées. Quoi qu'il en soit, je dois me reprendre et m'acharner sur mes objectifs, de façon à ce que toutes ces Vic n'en fassent plus qu'une : moi ! Et puis, en y songeant, ce serait tout bénef', question poids : une seule Vic, ça pèse tout de même moins lourd que cinq ou six, non ?

Je ne suis pourtant pas au bout de mes peines avec toutes mes moi-même, car Arnaud a à peine disparu de mon champ de vision que Vic-imprévisible a une illumination : il faut qu'il sache qu'une femme, quelque part dans ce monde, est folle de lui. Qu'*on* lui mette la puce à l'oreille. Pour le faire réfléchir, pour qu'il ne s'engage pas avec la mystérieuse Juliette sans la troublante arrière-pensée qu'ailleurs, une superbe nana l'attend. La nana mystère, celle dont on rêve sans la connaître, celle qui va nous faire fantasmer. JE vais le faire fantasmer sur moi sans toutefois me dévoiler ! Et je viens de trouver comment.

Préambule à mon plan, je recherche l'option qui masque mon numéro de mobile à mes correspondants. Ce n'est pas sans mal, mais quand j'y parviens, je fais d'abord un essai avec Louise.

– Allô ?

– Qui est à l'appareil ?

– C'est moi.

– Vic ? Ben pourquoi ton numéro ne s'affiche pas ?

– Je fais des essais, t'inquiète pas. Donc, c'est sûr, mon numéro ne s'est pas affiché ? Sûr ?

– Ben oui, j'ai même failli ne pas répondre, parce que je n'aime pas ça, les numéros masqués.

– OK, super, c'est tout ce que je voulais savoir. Je te remercie. Je t'expliquerai plus tard. Là, j'ai pas le temps.

Mon plan, c'est d'envoyer à Arnaud une chanson d'amour par jour et de l'enregistrer sur son répondeur. J'hésite entre son portable ou son téléphone fixe. D'un côté, le portable, c'est bien, car il les reçoit chaque jour, mais cela implique d'appeler à un moment où son téléphone est éteint. Son fixe ? Là, c'est sûr que je tomberai sur le répondeur, mais Arnaud n'aura mes déclarations d'amour anonymes qu'en rentrant de vacances. Tout compte fait, j'opte pour le fixe : ça me semble moins risqué. Cette perspective me met en joie (il ne me faut pas grand-chose) et je suis impatiente d'être en fin d'après-midi pour lui envoyer la première chanson, dont je viens d'avoir l'illumination. Et quelle chanson ! Richard Cocciante, *Le Coup de soleil.* Je me la passe en boucle sur Deezer et me laisse porter à rêver...

J'ai attrapé un coup d'soleil, un coup d'amour, un coup d'je t'aime...

Un coucher de soleil, sur une plage déserte... Deux jeunes gens, beaux, bronzés, souriants, des étoiles dans les yeux, se dirigent vers la mer : Arnaud et moi ! Ma robe rouge en voile léger vole dans la légère brise marine. Arnaud me tient la main et nous marchons, traînant nos pieds nus dans l'eau. Dans cette atmosphère féerique, Arnaud, de sa voix grave, me susurre des mots doux à l'oreille et m'embrasse dans le cou. Il me déclare son amour éternel. Je frémis, il m'enlace, nous faisons l'amour sur le sable comme des bêtes... Les embruns ne rendent pas du tout mon corps pégueux, l'eau de mer ne colle pas du tout mes cheveux en paquet disgracieux, le sable mouillé ne m'entre pas du tout dans les fesses...

J'adore mes rêves. Sauf que souvent, à la fin, ils dérapent un peu...

Passons aux autres chansons. Sur Google, je tape *Chansons d'amour françaises*. J'en cherche neuf, pour les neuf jours de vacances. Je tombe sur une liste très éclectique. Bien sûr, je repère tout de suite les grands classiques comme *Ne me quitte pas*, de Jacques Brel, mais ce n'est pas vraiment de circonstance (parce qu'avant de ne pas me quitter, faudrait déjà qu'on soit ensemble).

Je balaie quelques autres titres : *Je te survivrai* de Jean-Pierre François (j'adore les noms en forme de prénoms. Jean-Pierre François : et pourquoi pas Hervé-Paul René ou Marcel-Yves Jacques). *Je te survivrai*, une belle chanson d'amour, quoi qu'un peu apocalyptique, sentimentalement parlant. Je m'attarde sur *Oh chéri chéri*, de Karen Cheryl. Juste pour le fun. Mais la mettre sur le répondeur d'Arnaud : même pas sous la torture !

Frédéric François (Maurice Paul... René Gaston...), *Je t'aime à l'italienne.* Ouais... Commençons déjà à la française. Peter et Sloane, *Besoin de rien, envie de toi*, un peu trop osé pour un début ; et puis musicalement...

En revanche, j'en trouve des superbes, qui me permettent de faire mon classement :

Dimanche : France Gall, *La Déclaration d'amour.* (Ça a un sens, non ? Après avoir écouté Cocciante et son coup d'amour.)

Lundi : *Le Premier Pas*, de Claude-Michel Schönberg (*Le premier pas, j'aimerais qu'il fasse le premier pas...* Oh oui ! Oh oui !)

Mardi : *Je l'aime à mourir*, de Francis Cabrel. (J'irais pas jusque-là.)

Mercredi : *Les Mots bleus*, de Christophe. (Purée que c'est beau !)

Jeudi : *L'Hymne à l'amour*, d'Édith Piaf. (Qu'est quand même un vieux classique incontournable.)

Vendredi : *Les Fourmis rouges*, de Michel Jonasz. (Et des frissons partout.)

Samedi : *Parlez-moi de lui*, de Nicole Croisille. (Parce que là, ça fera déjà une semaine qu'il est parti : j'aimerais bien avoir des news.)

Et puis pour finir en beauté, le top du top pour dimanche, *Ma plus belle histoire d'amour, c'est vous*, chanté par Barbara.

Beau programme, non ? Moi, je reçois ces chansons d'amour sur mon répondeur, je tombe immédiatement amoureuse du mec qui me les a envoyées ! Tiens, j'aimerais presque être à la place d'Arnaud quand il va les recevoir.

Toute contente de mon nouveau plan, je finis tout de même par prendre une douche après m'être redémaquillée. Ce sont les vacances, je peux prendre mon temps, même si, en plus du programme musical, je vais me concocter un programme sportif digne d'un entraînement de Coupe du monde. Tous les jours, salle des machines de torture à fond, deux séances de *bodycombat* par semaine, et, comme J-Lo est partie, je vais même essayer d'autres cours, histoire de booster l'amincissement. Si avec ça je ne suis pas sylphide pour Noël...

En attendant, il y a une urgence : après la douche, le changement de litière du chat, le repositionnement des post-it sur mes murs, l'ingurgitation d'un litre d'eau pétillante pour le nettoyage interne, je me remets au lit. Pour toute la journée. Et pour cuver.

21

À mon grand étonnement, je passe des vacances en parfaite concordance avec mes objectifs. Le matin, je me lance à corps perdu (ou presque) dans la musculation. Mon ami Mickaël étant en congé pour quelques jours, je bénéficie du suivi d'un autre professeur, Arnold. (Je ne vous mens pas : Arnold, comme Schwarzenegger. Je me demande tout de même s'ils ne s'inventent pas des prénoms ad hoc dans ce club de gym.) Comme je l'intéresse assez peu, il me laisse aller à ma guise, me gratifiant de temps à autre d'un petit encouragement enthousiaste.

– Bien, Victoire, continue comme ça !

Comme je n'avais pas l'intention de continuer autrement, ça tombe pile.

Il faut dire que j'ai décidé de mettre le rythme. Les premières grosses courbatures passées, mon corps s'est habitué à la torture, et je passe à la vitesse supérieure : j'augmente les poids, les séries et les exercices. Je sue sang et eau. Je commence même à y prendre plaisir. À la salle de gym, je fais maintenant partie des habitués, et quelques-uns me saluent gentiment.

– Salut, Victoire ! Eh ben, dis donc ! T'es vachement

assidue ! T'as l'intention de t'inscrire dans un concours de bodybuilding ou quoi ?

Une image fugitive de femme aux muscles secs, saillants et enduits d'huile me vient à l'esprit.

– On ira aux compèt' ensemble !

– Ah oui, hihihi ! Je vais y réfléchir !

M'imaginer arpenter les podiums en maillot de bain deux pièces fluo, les poings relevés pour gonfler mes pectoraux, me fait retirer quelques poids à mon « Abominable » *Oblique Crunch.* Je dois raison garder : pas envie d'avoir l'air gonflée à l'hélium. Mais je ne me laisse pas aller non plus et je motive même Coline, ma compagne de torture.

– T'en mets six, des plaques ? La vache, ça va faire lourd !

– Non, essaie, tu vas voir, c'est facile !

La course aux plaques de machine à musculation ! En voilà, une saine et joyeuse occupation !

L'après-midi, j'alterne marche nordique en forêt et cours de *body-tout.* Les fins de journée, j'envoie consciencieusement ma chansonnette sur le répondeur d'Arnaud en ricanant tout bas. J'essaie d'imaginer quelle tête il fera en découvrant les neuf chansons d'amour. Quelles questions il se posera. Malgré lui, il sera obligé de penser souvent à moi sans savoir que c'est moi. C'est un peu tordu, je vous le concède, mais c'est jouissif.

Axel aussi est en vacances : de ce côté, j'ai la paix. Enfin, je veux dire que le soir, après mes journées de dingue, je peux m'écrouler sur mon canapé ou dans mon lit sans avoir à faire d'efforts supplémentaires. Et d'ailleurs, contrairement à mon habitude, je me couche tôt.

Avec un tel programme, je pense moins à me goinfrer. De toute façon, je n'en ai pas trop le temps. Bref, tout roule. Tout roule très bien, même.

J'essaie de ne pas m'en étonner : s'étonner de réussir peut mener à l'échec (maxime de Victoire Sting, philosophe et penseuse du vingt et unième siècle). Je me laisse presque porter par la vague de l'enthousiasme et de la motivation, ayant devant les yeux l'image d'Arnaud appuyé contre ma porte de cuisine, décontracté, cheveux en bataille, mal rasé, l'œil noisette vif et intelligent, beau comme un dieu !

Et puis, il y a le mariage d'Elsa début décembre, et je veux entrer dans une belle robe pour l'occasion. C'est une première étape avant l'épreuve finale, à savoir le stage en Irlande. Une étape de choix, puisque je suis témoin, avec Agathe et Louise, et qu'après la mariée, les reines de la fête, ce sera nous.

Comme prévu dans mon programme, j'ai mon premier rendez-vous avec un véritable psychologue-hypnothérapeute. Il est acupuncteur aussi. Il m'accueille de façon austère, ne me serre pas la main, me fait signe de m'asseoir. Je ne me sens pas à mon aise. Il a une tête d'extraterrestre et, si on ne me l'avait pas conseillé, je repartirais en courant, car il me fiche la trouille. En musique de fond, un *dung chen* souffle ses notes longues et graves, égayées parfois de clochettes et de bêlements d'agneau. En plus des odeurs d'encens, j'ai vraiment l'impression d'être envahie par des ondes venues d'une autre planète. Il engage la conversation :

– Oui ?

Quoi, oui ? Qu'est-ce que cela veut dire ? Je dois avoir mon air Vic-niaise, car il lève légèrement les yeux au ciel.

– Vous venez pour… ?

Apprendre à danser la samba, tiens !

– Euh... Je voudrais maigrir et j'ai lu que l'hypnose donnait de bons résultats.

– Tout à fait. L'hypnose est un excellent moyen de vous aider à perdre du poids.

– C'est super, ça, parce que j'ai essayé plein de trucs qui ne fonctionnent jamais. Je reste désespérément grosse et j'ai cette image ancrée en moi et...

Un silence s'ensuit, pendant lequel il me regarde des pieds à la tête.

– Pour ma part, je vais vous faire atteindre les différents niveaux du rythme cérébral alpha, et vous verrez qu'au dernier niveau, vous pourrez vous voir autrement...

– Au dernier niveau... Je... Je ne vais pas sortir de mon corps, quand même, non ? Parce qu'il n'est pas parfait, mais c'est le mien et j'ai envie d'y rester !

– Où avez-vous entendu que vous alliez sortir de votre corps ? Bien au contraire, vous allez y plonger en profondeur !

– En fait, j'ai lu sur Internet des expériences plus ou moins réussies de personnes qui se sont fait hypnotiser et n'ont pas réussi à réintégrer leur corps. Je ne sais pas si c'est vrai et je ne tiens pas à tenter l'expérience.

Il éclate de rire, ce qui me vexe et me rassure à la fois. C'est donc un homme comme un autre, capable de rire de mes âneries, même si le premier abord était fruste.

La soixantaine, il est grand et mince, et ses cheveux gris se font rares de part et d'autre de son front proéminent qui couronne une tête en longueur. Ses yeux sont très ouverts, presque globuleux. Un personnage atypique, entre E.T. et le professeur Tournesol.

– Non, non, mademoiselle. Ne vous faites pas de soucis. Je pratique l'hypnose ericksonienne, avec la participation active du patient. Je vais employer tout un langage symbolique pour guider votre inconscient, vous amener dans un état de profonde relaxation et vous aider à trouver vous-même les solutions à vos problèmes.

– Ah ! J'aime mieux ça. Je ne vois pas trop comment ça marche, mais tant que mon esprit ne s'envole pas au plafond, je suis partante.

– Vous savez qu'on peut avoir encore plus de résultats si on combine avec l'acupuncture ?

– Ah ? On le fait en même temps ?

– Non ! On alterne une séance d'hypnose et une séance d'acupuncture. Ça fait deux séances par semaine. Je vous assure que cela va multiplier vos chances.

Ça va surtout multiplier quatre-vingts euros la séance par deux ! Il insiste :

– Vous êtes d'accord ? On prend les rendez-vous tout de suite ?

– OK ! Va pour hypnose et acupuncture.

Et tant pis pour mon compte en banque.

22

Avec un tel programme, mes vacances passent à vitesse grand V, et me voilà lundi matin, devant la grille du collège, alternant blues et euphorie. Je suis pleine de sensations aussi diverses que curieuses. J'ai d'une part le sentiment de quelque chose d'accompli, fière d'avoir tenu mon programme sportif et culinaire. Je vais savoir le soir même aux WW combien j'ai perdu de kilos, et je suis surexcitée à cette idée. En même temps, j'ai la peur au ventre : Arnaud va-t-il parler en salle des profs des appels téléphoniques et des chansons d'amour qu'il a reçus ? Va-t-il me demander des nouvelles du fascicule de Mozart ? Que va-t-il se passer avec Axel ? J-Lo sera-t-elle superbement belle et bronzée ?...

Il fait gris. Un beau début de mois de novembre déprimant. La salle des profs est vide. Je dépose mon repas dans mon casier, quand une main se pose langoureusement sur mon épaule.

– Tu m'as manqué, Vic. Ça te dit une petite virée dans le cagibi du ménage, vite fait ?

Je n'ai pas le temps de répondre que non, franchement, là, tout de suite, c'est pas possible, car, au même moment, Arnaud entre. Axel garde ostensiblement sa main sur mon épaule, dans un geste d'appropriation. Je vais le bouffer. Pour m'extraire, je tente une espèce de contorsion et me prends la porte ouverte de mon casier dans les côtes.

– Ahhh ! Ouuaaahh ! Aïïïïe !

– On égorge un cochon, dans cette pièce ? fait J-Lo en entrant dans la salle.

– T'es fâchée avec les casiers, hein, Vic ? me dit Axel avec un clin d'œil en lâchant mon épaule.

Je m'empourpre, évidemment, et bafouille un truc incompréhensible même pour moi :

– Bah et béh, ah mais, ah béh non...

– Ouais, bonjour à toi aussi, Vic !

La peste !

– Ouais ! Bonjour ! Excusez-moi, je me suis fait super mal. Ces casiers sont pointus.

Ces casiers sont pointus. Non : ces casiers ne sont pas pointus du tout ! Ils ont un coin, c'est tout ! Me voilà retombée dans un de mes travers, à savoir dire n'importe quoi quand je suis à proximité des trois en même temps : J-Lo, que je jalouse (je l'avoue), Axel, avec qui je couche, et Arnaud, dont je suis folle. Le trio bloque-circuit ! Heureusement, Axel quitte la pièce, ce qui en fait un de moins. Arnaud s'avance vers moi.

– Bonjour, Vic, Ça va mieux ?

– Mouais...

– Je fais un café : t'en veux ? Ça réveillera tout le monde. Bon ! T'as passé de bonnes vacances, sinon ?

Quel amour, cet Arnaud ! Gentil et attentionné. Et d'ailleurs, il me tend son inséparable paquet de gaufrettes. Je fais attention à n'en prendre qu'une et de la manger délicatement sans lui en postillonner des miettes partout ! Oui ! J'en suis capable ! Et une victoire sur Vic-maladroite, une ! Comme une de mes maximes post-it préférées est *Les petits ruisseaux font les grandes rivières*, je décide qu'une gaufrette non postillonnée est un de ces ruisseaux qui m'amènent à la rivière de la maîtrise de soi ! Fière de moi, je file dans ma classe avec mon café, la sonnerie venant de retentir.

La journée est longue. Très longue. J'ai du mal à reprendre le rythme.

– Madame !

– …

– MADAME ? J'ai fini de lire la leçon. Je réponds aux questions ?

Merde, malgré le café corsé d'Arnaud, je viens de piquer du nez derrière mon manuel de sciences. Faire face à des élèves encore plus léthargiques que moi ne m'aide pas non plus. Ils digèrent leurs vacances trop courtes, et l'influence du climat sur les modifications du milieu ou la conscience des implications éthiques de certains progrès scientifiques les laisse de marbre. Ce que je comprends fort bien. Mais en tant que prof de SVT, ma mission est tout de même de les faire adhérer aux notions du programme, et j'y mets toute l'énergie dont je suis capable un jour de rentrée.

– Oui, allez-y, répondez à la première question.

– Je ne vais pas répondre à toutes, quand même !

– Chacun son tour, ne vous bousculez pas. Il y en aura pour tout le monde. Répondez à la première. Votre voisine se prépare pour répondre à la suivante.

Ladite voisine se redresse sur son siège, et je la vois

relire dare-dare la page de leçon. J'entends à peine les réponses, comme un bruit de fond bourdonnant. Promis, demain, je me reprends, mais là, non, c'est au-delà de mes forces, et heureusement que le manuel est assez haut pour que je cache mes bâillements derrière. Il paraît qu'on bâille deux cent quarante mille fois au cours de notre vie. Je dois bien en avoir fait la moitié rien que dans cette séance de sciences !

La fin de la journée arrive enfin, et je me dirige, angoissée, vers le centre WW de pesée hebdomadaire (qui était fermé pendant les vacances). À ma grande surprise, même si je m'en doutais, j'ai perdu... quatre kilos neuf cent cinquante (virgule trois – la précision millimétrique de leur balance est presque risible). Victoire ! Je crève d'envie de fêter ça avec une tartelette citron, mais je me retiens. D'ailleurs, l'animatrice l'a bien dit :

– Mesdames, pensez à vous ré-com-pen-ser !

– Ouuaaaiiis !

– Mais pas avec de la nourriture, bien sûr !

– Rôôôôôô !

Je cherche donc comment me faire plaisir. Comme ça ne vient pas (encore quelques post-it sur cette notion de plaisir à coller sur mes murs, tiens !), je penche en faveur d'un compromis : j'achète un bon petit truc à manger, mais pas pour moi ; une belle boîte de Gourmet pour Bigoudi ! Ça coûte un bras, ces trucs-là ! J'ai envie qu'on fasse la fête ce soir, mon chat avec son dôme de filettines aux légumes variés et moi avec mon cabillaud-épinards agrémenté d'une pauvre et unique pomme de terre. Et pour ne pas faire triste, je me débouche une bouteille de bourgogne et m'en offre un verre. Le vin, je le déguste toujours avec raison. Ce sera ma récompense !

J'en suis là de mes réflexions culinaires quand on sonne à ma porte. J'ai comme un pressentiment. Et je ne me trompe pas.

– Salut, Vic ! Qu'est-ce que tu fais ?

– Salut, Axel. Je..., euh..., on faisait la fête, mon chat et moi !

– Ah ? Je peux me joindre à vous ? Tiens, j'ai ça pour égayer ta fête !

Il me tend un ravissant bouquet d'anémones rose pâle. C'est la première fois qu'il a ce genre d'attention à mon égard. Cela ne manque pas de m'étonner. Qu'est-ce qu'il peut bien avoir derrière la tête pour m'offrir des fleurs ?

23

– Je l'avais déjà remarqué : c'est drôlement mignon chez toi, Vic. Et puis c'est spacieux, surtout.

Axel traîne, alors que d'habitude, dès que nous avons fait l'amour, il se rhabille illico et rentre chez lui.

– Oui, c'est sympa et assez grand, mais ce n'est pas un château non plus !

– Et tu y as déjà vécu avec quelqu'un ?

Pourquoi d'un coup il me demande ça ?

– Pourquoi tu me poses cette question, Axel ?

– Ben, comme ça, j'ai le droit de m'intéresser un peu à toi, quand même !

Il serait temps. Lui dont les seules questions sont habituellement : « Ça te plaît, comme ça ? » ou « C'est bon, hein, là ? C'est bon, hein ? » (du grand romantisme), j'avoue que je suis assez perplexe.

– Ça te dirait que je reste avec toi, cette nuit ?

Ouh là ! Il se passe quelque chose. Une clochette dans ma tête tinte pour me dire qu'il y a danger. Sans lui répondre, je file aux toilettes pour consulter mes post-it. Je les connais par cœur, mais les lire renforce ma détermination. Je ne veux pas qu'Axel reste dormir chez moi (c'est le monde à l'envers, oui, je sais), non pas parce que je n'ai pas envie de passer la nuit auprès de lui – après tout, cela n'est sûrement pas désagréable –, mais parce que je ne sais pas ce que cela cache. Et ça m'inquiète. Parmi tous les feuillets jaunes collés sur mon mur, je trouve d'emblée celui qu'il me faut : *Celui qui a une bonne estime de lui se fait confiance et respecte son instinct.*

Je le relis une dizaine de fois pour m'en imprégner avant de répondre non à Axel. Je ne veux pas qu'il reste chez moi. Point. Je n'ai pas à me justifier. Je le fais trop souvent, ce qui prouve bien que je ne m'estime pas assez crédible.

– Écoute, Axel, je suis fatiguée en ce moment, j'ai besoin de bien dormir. J'ai très envie que tu restes, sauf que là, franchement, ce n'est pas le bon soir.

– Ah. Oui. Tu as sûrement raison, Vic. Je vais rentrer chez moi, alors.

À mon grand étonnement, Axel capitule très vite, lui qui est pourtant toujours si maître de lui-même et déterminé. Un grand silence s'ensuit.

– Axel ? Ça va ?

– …

– Axel ?

Dans la pénombre de ma chambre, je perçois soudain un bruit inhabituel : Axel pleure. Du coup, j'en oublie mes post-it, mes maximes et mes résolutions, et fonds littéralement comme un loukoum tendre en me jetant sur lui.

– Qu'est-ce qu'il y a ? Qu'est-ce que tu as ? Pourquoi tu pleures ?

– Non, non, ce n'est rien !

– Mais si, puisque tu pleures, c'est qu'il y a quelque chose !

– Je ne veux pas t'embêter avec ça.

Il y a bien la petite Vic-perspicace qui tente de se manifester du fin fond de mon inconscient pour me signaler que, si Axel pleure, là, dans ma maison, dans ma chambre, dans mon lit, ce n'est pas un hasard. Mais la Vic-loukoum-hyperempathique l'ignore.

– Allez, dis-moi. Je suis aussi là pour ça.

Axel se blottit dans mes bras. Un grand gaillard d'un mètre quatre-vingt-dix recroquevillé et fragile qui pleure comme un bébé.

– Je suis viré de chez moi...

– Pardon ?

– Je vivais depuis plusieurs mois en colocation avec un copain, et il vient d'apprendre qu'il avait la possibilité d'intégrer la filière de sa boîte à Pékin. Il part dans quelques jours. Tout seul, je ne pourrai pas assumer le loyer. Et j'ai trop peu de temps pour me retourner. Vu la situation, l'agence immobilière a accepté un préavis de seulement un mois. Ensuite, je serai à la rue. Les prix des loyers sont exorbitants, et le temps que je retrouve quelque chose, il faut que je me loge. Et j'ai pensé qu'en attendant, je..., tu...

Vic-perspicace me colle un grand coup de pied.

– Ah... oui ? Tu...

Axel renifle bruyamment.

– Vic, est-ce que tu veux bien m'héberger le temps que je retrouve un appart ?

Vic-perspicace entame un cent dix mètres haies dans mon abdomen. Pas de réponses types sur mes post-it à ce genre de situation. Je ne veux pas vivre avec Axel. Ce n'est carrément pas possible. D'un autre côté, je ne peux pas le laisser à la rue non plus. Je suis coincée. Prise en otage. Mortifiée à l'idée que tout ce que j'ai mis en place et qui commence à bien fonctionner va s'écrouler, car, Axel à la maison, je crains que ma super organisation soit remise en question. J'ai le courage de bafouiller :

– Je ne sais pas, Axel. C'est... Enfin... Ça me prend au dépourvu, tu comprends ?

– Oui, je sais, et je m'en veux de te demander ça. Dis-toi bien que j'ai retourné le problème dans tous les sens, et je n'ai pas trouvé d'autres solutions.

Charmant ! Je suis la roue de secours, quoi !

– Et tu n'as pas de famille dans le coin ?

– Mes parents vivent dans le Sud. J'ai bien une vieille tante qui a une maison pas loin, mais je t'assure, ce n'est pas du tout possible d'aller vivre avec elle. Et puis, en plus, toi et moi, tout de même, on s'entend bien. C'est l'occasion de faire encore plus connaissance.

Mouais.

– Écoute, Axel. Sincèrement, ça ne va pas être simple. Mais...

– Mais... ?

– Je vais réfléchir à la question.

Du fond de mon inconscient, Vic-perspicace me fait un bras d'honneur et disparaît. Je sais, je suis faible. Je n'ai pas encore dit oui, mais je n'ai pas dit non non plus. Axel l'a remarqué également et, d'un bond, toutes larmes séchées, il se lève, se rhabille et m'embrasse sur le front.

– Je vais aller profiter de mes derniers jours dans mon propre lit. On se voit demain au collège ?

– On se voit demain au collège.

Et merci, surtout, de ne pas passer la nuit avec moi maintenant que tu as presque obtenu ce que tu voulais.

Le lendemain est dédié à une tout autre préoccupation : après mes cours, j'ai rendez-vous à la clinique du laser pour me faire ôter ma couperose. Je n'en ai entendu que du bien. Une amie de ma mère a essayé, et sa vie a été transformée. Cette saleté de couperose me handicape depuis mon adolescence. J'ai tout essayé, jusqu'à plus récemment une idée de ma mère qui avait lu dans un magazine people un truc de mannequins : certaines se pommadaient les joues avec une crème contre les hémorroïdes pour atténuer leurs rougeurs. De la crème anti-hémorroïdes... De celles faisant danser les tabourets qui crient « Aïe aïe aïe ! » dans les publicités. J'ai d'ailleurs un souvenir cuisant du jour où je suis allée acheter la fameuse pommade en pharmacie. Comme un fait exprès, au moment où j'allais en demander un tube à la pharmacienne, plusieurs personnes sont entrées d'un coup. J'ai murmuré le plus bas que j'ai pu :

– Bonjour, madame, je voudrais de la pommade contre les hémorroïdes, s'il vous plaît.

– Oui, sous quelle forme, votre pommade anti-hémorroïdes ?

Elle, elle ne murmurait pas !

– Euh... Pourquoi ? On a le choix ?

– C'est soit à base d'hydrocortisone plutôt anesthésiante ou apaisante, soit avec un anticoagulant pour un effet anti-inflammatoire.

– Anti-inflammatoire, ça me paraît bien.

– Sinon, on l'a en suppositoires, aussi, si vous préférez ! C'est très efficace sous cette forme-là, parce que ça anesthésie la zone anale pour atténuer la douleur et ça a aussi un rôle anti-inflammatoire et lubrifiant, ce qui facilite la défécation.

Mon Dieu !

La queue, derrière moi, s'était agrandie. Je sentais tous les regards posés sur ma nuque. Comment allais-je pouvoir me sortir dignement de là ? J'ai eu le courage de prononcer :

– Non, mais... c'est pour me mettre sur les joues.

– Hein ? Sur les joues ?

La pharmacienne m'a dévisagée comme si elle avait affaire à une perverse. Bien évidemment, ce fut le moment qu'a choisi Vic-godiche pour prendre le relais :

– Parce que c'est maman... Enfin, ma mère... Elle a lu un article... Les mannequins, pour leurs joues... C'est miraculeux, elles disent...

Tout en me regardant de biais, elle m'a tendu un tube au nom évocateur que je me suis empressée de glisser dans mon sac à main. J'ai payé et suis sortie en regardant mes pieds. Vu la rougeur qui avait envahi mon visage, je n'allais pas avoir trop d'un tube entier pour retrouver une couleur normale.

Après ça, j'ai pris la décision de ne plus jamais me retrouver dans ce genre de situation humiliante : si un jour j'en ai un réel besoin, j'attendrai que les pommades anti-hémorroïdes soient en vente libre dans les supermarchés !

Quoi qu'il en soit, je suis mûre pour tester autre chose de moins avilissant, bien qu'un peu plus onéreux.

J'arrive, décidée et pimpante, à la clinique du laser. Tout est d'un blanc immaculé, une secrétaire affable me pose quelques questions, et, tandis que j'enfile une blouse chirurgicale blanche et noire qui me donne l'air d'un pingouin, elle m'explique ce qui va m'arriver :

– Alors, le médecin va déplacer le faisceau laser centimètre par centimètre en l'appliquant sur les zones à traiter. Cela provoque volontairement de légères brûlures qui font coaguler les vaisseaux dilatés et entraînent leur disparition.

– Ah ? Des brûlures ? Et... ça va faire mal ?

– Non, non ! La sensation est désagréable, pas vraiment douloureuse... Enfin, ça dépend des gens. Certains le supportent mieux que d'autres.

– Ah ? Et c'est quoi le pourcentage de gens qui ne le supportent pas ?

– C'est difficile à dire. Un petit pour cent. Vous voyez : c'est rien !

Sauf qu'avec mon bol habituel, j'ai de grandes chances d'être dans le petit pour cent...

– De toute façon, il faut le faire...

– Oui, allez, installez-vous. Le médecin va arriver.

Je me recroqueville dans le fauteuil, à côté d'une machine énorme qui ne m'inspire pas du tout confiance. Je crains le pire...

Et j'ai raison de le craindre.

24

– Bonjour, mademoiselle Sting. Vous allez bien ? Je suis le docteur Cornel et c'est moi qui vais m'occuper de votre couperose.

Il ricane brièvement, puis se penche sur moi et observe mes joues avec une sorte de lampe frontale agrémentée d'une loupe.

– Moui, moui, moui ! Y a du boulot. Dommage que vous ne soyez pas venue plus tôt, parce qu'il va maintenant falloir faire plusieurs séances pour venir à bout de tous ces petits vaisseaux.

Ben oui, mais ç'aurait été dommage : venir plus tôt m'aurait fait louper l'excellent épisode de la crème anti-hémorroïdes !

– Ça va faire mal ?

– Non. Enfin, je ne vous cache pas que, dans votre cas, il ne faudra pas lésiner tout de même, si on veut un résultat honorable.

– Ah ? À ce point ? Et ça peut pas se faire sous anesthésie générale ?

Il me fixe comme si j'étais simplette.

– Enfin, mademoiselle Sting, ce n'est pas une opération. On n'anesthésie pas pour si peu, voyons. Je dis que ça va faire un peu mal, mais ça reste très raisonnable.

Simplement, comme vous avez beaucoup de couperose, ça va être plus long, et, souvent, quand ça dure un peu, la douleur s'intensifie légèrement. Mais c'est supportable, ne vous inquiétez pas.

Rien que le fait d'annoncer que ce sera supportable est suspect. J'en ai des sueurs froides. Il reprend :

– Allez ! Vous m'avez l'air motivée ! Et vous allez voir, la motivation, ça change tout !

– Si vous le dites.

Question motivation, il prêche une convertie, dans la mesure où cela fait maintenant plusieurs semaines que je m'astreins à une hygiène de vie parfaite (ou presque). Mais question douleur, je me sais moins enthousiaste.

– Mettez ces lunettes de protection, fermez les yeux et pensez à quelque chose de plaisant. Détendez-vous ! Le plus possible. Làààà...

Je m'enfonce un peu dans le fauteuil et me mets en mode Vic-rêveuse, ma préférée, car elle m'est souvent d'un grand secours. Devant mes yeux, soudain, passe l'image de ma motivation ultime : Arnaud... *Arnaud, ses yeux dans les miens, sa main caressant ma joue lisse et pâle, admirant mon teint mat et régulier. Il approche sa bouche de la mienne, lentement, s'approche encore, encore...*

Ggggzzzzzzz...

– C'est parti !

– Ahhh ! Ça fait super mal !

– Arrêtez de gigoter, mademoiselle String.

– Non, moi, c'est Sting, pas String !

– Oh ! Pardon !

– ...

Je vous passe les détails. Je n'ai rien d'autre à dire que c'est l'EN-FER ! Vingt minutes de calvaire épouvantable. Ça brûle, ça pique, ça démange, et surtout ça m'énerve. Dans le vrai sens du terme. J'ai l'impression d'être recouverte de terminaisons nerveuses à vif sur tout mon corps et qu'un sadique pervers me les titille au chalumeau. Quand enfin le médecin s'arrête, je suis à cran. Vidée et survoltée.

– Super, vous avez été courageuse. J'en ai retiré une grande partie. Comme j'ai fait du bon boulot, je pense que deux séances supplémentaires seulement seront nécessaires.

– Hon ! Vous n'avez pas tout fait, là ?

– Ben non, vous en aviez beaucoup, quand même.

Oui, ça, je le sais.

– Je vous mets une petite crème apaisante pour commencer, et je vous fais une ordonnance pour le traitement. Dans les jours qui viennent, la peau va réagir un peu.

– Un peu, vous êtes sûr ? Parce que j'ai plutôt tendance à réagir plus fort que la moyenne, dans ces situations-là.

– Non, non, mais vous devez savoir quelques petites choses et appliquer soigneusement le traitement que je vais vous donner. Votre peau a quand même subi une forme d'agression. Votre visage va rester rouge un certain temps selon votre sensibilité. L'érythème peut durer trois à quatre jours, et vous devez mettre une crème type Biafine dessus, ainsi que des compresses d'eau très froide. L'œdème va s'étaler et gonfler. Vous prendrez de l'Extranase pour le maîtriser et devrez dormir avec plusieurs oreillers, la tête relevée, pour éviter la rétention d'eau sur le visage.

– …

– Ah, et il est possible que vous ayez des petites croûtes par-ci par-là.

– …

– Vous avez du fond de teint ?

– Euh... Oui, bien sûr.

– Alors, il faudra en mettre les premiers jours pour camoufler tout ça et pouvoir sortir.

– Ah ? Mais je vais pouvoir aller travailler ?

– Mais oui, tout cela, c'est très léger ; une réaction normale au traitement. Je fais ça tous les jours, ne vous inquiétez pas. Si ça se trouve, vous ne réagirez même pas. Vous verrez.

C'est tout vu ! Je suis à peine rentrée chez moi que mon visage se met à se boursoufler de façon inquiétante, malgré les compresses fraîches et l'Extranase. (C'est quoi, ce nom de médicament ?) À propos d'extranaze, je suis tellement crevée, le soir, que je me couche tôt après avoir calé tous les coussins et oreillers que j'ai à la maison. Je ne sais pas pourquoi, j'ai un mauvais pressentiment. Et le réveil au petit matin me donne raison : cinq heures, j'ai la bouche pâteuse et du mal à ouvrir les yeux. Perdue dans les oreillers, je m'extirpe avec une étrange sensation sur le visage. Je n'ose y toucher, me lève et me rend en titubant jusqu'à ma salle de bain !

– Râââââ ! Mon Dieu ! Bigoudi ! Regarde-moi ! C'est horriiiiiible !

Mon chat, qui ne comprend pas pourquoi c'est le branle-bas de combat à cette heure si matinale, me jette un œil réprobateur et se rendort aussitôt. Il ne mesure pas la chance qu'il a, lui, de ne pas avoir de couperose. Ma première idée est de me rendre directement aux urgences pour endiguer la mutation en Elephant Man qui a commencé dans la nuit : rouge orangé, gonflée, avec des sillons, des croûtes, des protubérances de-ci de-là, c'est une courge flétrie que je découvre entre mes deux oreilles à la place de ce qui était avant mon visage. Mais les paroles du bon docteur Cornel me reviennent à l'esprit :

– Il arrive parfois que des personnes sur-réagissent. Surtout la nuit, si jamais vous n'avez pas le haut du corps assez surélevé. C'est très rare, mais si cela vous arrivait, surtout, ne vous inquiétez pas, c'est tout à fait normal...

– Et réversible, j'espère !

– Évidemment. Je n'ai jamais vu personne rester avec un œdème ! Ne vous inquiétez pas.

– C'est pas aux urgences, que tu dois aller, mais dans un cirque.

En apprenant ma réincarnation en Jabba the Hutt, Louise, Agathe et Elsa ont rappliqué fissa pour voir le carnage.

– Ils font pas un remake de *Freaks*, par hasard ? Tu pourrais participer au casting.

– Sinon, ils jouent *La Métamorphose*, de Kafka, au théâtre. Ça te ferait un gentil premier rôle.

– Arrêtez, c'est pas malin, les filles !

– T'as appelé ton dermatologue ?

– Non, j'ai vu directement avec mon généraliste

aujourd'hui. Il a confirmé que c'était une réaction normale. Pas fréquente, mais normale. Il m'a arrêtée pour le reste de la semaine. Je ne peux pas aller au collège comme ça !

Louise, Elsa et Agathe approuvent avec un air compatissant.

– Oui, là, c'est un coup à faire faire des cauchemars aux collégiens.

– Et aux profs, aussi. Sans compter les pions...

– Ben tiens, d'ailleurs, à propos d'Axel, j'ai quelque chose à vous raconter !

Et je leur explique la nouvelle galère qui me tombe dessus et qui a été un peu occultée par ma métamorphose.

– Mais toi, qu'est-ce que t'as envie de faire ? me demande Elsa.

– Ben, j'ai pas spécialement envie qu'il vienne vivre à la maison. Je l'aime bien, et on passe des moments agréables ensemble, mais d'une part c'est pas l'homme de ma vie...

– Oui, ça, on sait...

– Et d'autre part, j'ai bien peur que ça fiche en l'air tous mes projets et mon organisation !

– Sans compter si Arnaud s'en aperçoit.

– Ouais...

– Ouais...

– Mauvais...

J'avais pas pensé à ça ! Et pourtant, c'est bien ce qui pourrait arriver de pire !

– OK, mais comment lui dire non ?

– Dis que t'as chopé la gale !

– Que ton chat a la rage !

– Qu'il y a une invasion de puces dans ta maison !

– Qu'elle est construite sur un cimetière de mutants !

– Que tu viens de t'apercevoir que t'étais mariée et mère de quinze enfants, et qu'ils déboulent chez toi...

Pour ce qui est de débiter des âneries, mes amies sont les meilleures ! Petit à petit, le fou rire nous gagne.

– Me faites pas rire, les filles, j'ai mon masque de Frankenstein qui me tiraille.

– Remarque, si tu restais comme ça, c'est sûr qu'Axel ne viendrait pas s'installer chez toi !

Ça tire, ça brûle, ça craque, mais qu'est-ce que ça fait du bien de rire !

Mes amies me promettent de réfléchir à la question. Après avoir un peu parlé des préparatifs du mariage d'Elsa et de son enterrement de vie de jeune fille qui promet d'être sympa, elles me laissent à mes compresses et mon tartinage de Biafine.

Après leur départ, je m'installe dans mon canapé avec ma poche à glace, tout plein d'oreillers et une couverture. Bigoudi s'installe sur mes jambes en ronronnant. J'ai décidé de me consoler en me faisant une soirée vidéo et je m'enfile avec bonheur tous les épisodes d'une série-culte dont je n'oserais jamais parler au collège : *Angélique, marquise des Anges* !

25

Chaque matin m'apporte son lot de surprises. C'est assez sympathique de constater comme la peau humaine peut facilement virer d'une couleur à une autre. Après une nuit de sommeil dans une position à quatre-vingt-dix degrés, je suis passée du rouge carmin au violet, puis des reflets verdâtres sont apparus entre les marbrures brunes. Je gonfle et dégonfle à loisir, selon la chaleur, ma position et puis ce je-ne-sais-quoi de petit-bonheur-la-chance qui fait de moi un cobaye idéal pour toutes les réactions atypiques. Ça me rappelle la fois où j'ai attrapé la varicelle – maladie infantile – à vingt-cinq ans et où j'ai passé quinze jours, épuisée, avec quarante de fièvre, badigeonnée de poudre blanche à cause de démangeaisons de la mort ; ou encore celle, plus récente, où ma nièce m'a refilé des poux dont j'ai eu un mal de chien à me débarrasser. J'étais même allée bosser avec un fichu sur mes cheveux enduits d'huile d'olive parfumée à la lavande, une recette de grand-mère proposée par ma mère qui est toujours d'excellent conseil quand il s'agit de tester sur moi des expériences inédites. Et la réjouissante expérience de l'été précédent, où, piquée par je ne sais quel insecte à l'arrière de la cuisse, ma jambe s'était mise à gonfler à tel point que l'inflammation m'avait fait une fesse énorme descendant jusqu'au pli de mon genou.

J'ai donc un peu l'expérience des aventures extrêmes en matière de réactions anatomiques.

J'ai raconté à mon employeur que je faisais une grave crise allergique. Et j'ai eu la surprise d'un appel téléphonique d'Axel.

– Ma pauvre Vic, tu vas bien ?

Je prends une voix d'outre-tombe.

– C'est pas facile, tu sais, j'ai failli faire un œdème de Quincke. Ça aurait pu mal tourner. Je suis très fatiguée et j'ai même du mal à réfléchir... C'est pour te dire !

Et surtout pour te dire que je ne peux pas encore répondre à ta demande de colocation...

– Ah ouais ? C'est dommage, on ne va pas pouvoir se voir, tu crois ?

– Ah ouais. J'en suis sûre, même. Mon médecin le déconseille fortement. D'ailleurs, là, telle que tu m'entends, je vais aller me recoucher, car je ne me sens pas bien.

Ouaah ! La Vic-menteuse a trouvé comment couper court à la conversation et en même temps à toute question embarrassante. Je raccroche après lui avoir dit au revoir d'une voix de mourante et reprends ma séance vidéo interrompue. J'en suis à l'épisode trois de ma série, *Angélique et le Roy*, où l'ambassadeur de Perse tente de violer Angélique, et je n'ai pas l'intention d'en louper une miette. D'autant que l'héroïne, dans le genre motivée qui obtient toujours ce qu'elle veut, elle est plutôt championne ! Je suis dans l'identification à fond, si ce n'est le teint de son visage un peu plus frais que le mien. Mais ce n'est que partie remise. Je me considère en bonne voie pour un teint de pêche ! Enfin, j'espère. Ce qui m'amuse moins, c'est que je loupe les séances de chorale et donc l'opportunité de voir Arnaud. Je me console en me disant que c'est le prix à payer et, en attendant, je m'enduis consciencieusement le visage de crème, je me repose et peaufine ma culture générale avec la marquise des Anges.

Fort heureusement, en fin de semaine, j'ai récupéré une apparence à peu près familière, et les résidus du sinistre peuvent se camoufler sous un fond de teint épais, couvrant et traitant, qui coûte un bras, mais dont le dermatologue m'a dit le plus grand bien. Heureusement, parce que, le samedi, j'ai prévu d'aller avec Elsa, Louise et Agathe faire les boutiques. Nous devons trouver nos robes pour le mariage d'Elsa.

Mes copines ont la chance immense d'être minces. Toutes les trois. Même si Agathe se trouve trop petite, si Louise regrette de ne pas avoir de poitrine, et Elsa, de ne pas avoir la taille assez marquée, globalement, elles n'ont pas de problèmes de poids. Ce qui fait que, pour les essayages, c'est pratique, car tout leur va. Mais ce n'est pas mon cas. Déjà, parfois, rien que d'entrer dans une boutique et de voir la tête que fait la vendeuse en me détaillant, j'ai envie de fuir. Comme dans cette énième boutique où nous entrons ; juste pour moi, car Elsa a sa robe de mariée depuis longtemps, et Agathe et Louise ont trouvé leur tenue du premier coup.

– Mesdames, bonjour. Je peux vous aider ?

– Oui, bonjour, je cherche une tenue de cérémonie pour moi.

– Pour vous ?...

– Oui, c'est bien ce que j'ai dit, non ?

– Oui, oui..., mais en fait, je suis désolée, car nous ne faisons pas les grandes tailles...

Allez savoir pourquoi, je suis remontée et j'ai envie d'en découdre. De ces jours où vous êtes capables de dire leurs quatre vérités à ceux qui vous cherchent, au moindre détail qui dérape.

– C'est-à-dire ?

Agathe m'attrape gentiment par le bras.

– Laisse tomber, Vic, on s'en va. Viens !

Mais je n'ai pas envie d'en rester là. Une semaine à regarder en boucle *Angélique, marquise des Ange*s m'a donné un esprit belliqueux.

– Non, mais je voudrais comprendre ce que la demoiselle a voulu dire par là.

Je la regarde avec mon air de bouledogue marbré. La demoiselle, qui est grasse comme un rayon de vélo, me prend de haut.

– Mais ne m'agressez pas, madame, je n'ai rien dit de mal. Et ce n'est pas ma faute si vous êtes en surpoids ! Nos vêtements sont taillés pour les gabarits normaux, du trente-quatre au quarante-deux.

– Je fais plus que quarante-deux et je ne pense pas être anormale ! Est-ce que vous savez que quarante-six pour cent de la population française est en surpoids ? Donc, selon vous, quarante-six pour cent de la population n'est pas normale ? Et point de vue commercial, c'est pas très judicieux, parce qu'avec la façon dont vous accueillez les grosses, vous vous privez de la moitié d'une clientèle potentielle. À commencer par moi ! Au revoir, mademoiselle trente-quatre !

Et je lui tourne le dos, traînant dignement mes grosses fesses jusqu'à la sortie. Une fois dehors, les filles éclatent de rire.

– Eh ben, t'as l'air remontée, Victoire !

– Ouais ! Y en a marre de cette dictature des minces !

– T'as raison ! Faut pas se laisser faire !

– Sauf qu'en attendant, je n'ai toujours pas de robe.

– T'inquiète, tu vas trouver, j'en suis sûre. Au besoin, on fera toutes les boutiques de la région !

Mes copines sont vraiment adorables. Mais pour l'instant, je n'ai pas trop le moral. Elles s'en aperçoivent, et Elsa coupe court à la morosité :

– Eh ! Les filles, je vous invite dans le nouveau salon de thé près de chez moi pour un petit goûter ? J'en profiterai pour vous donner plus de détails sur mon mariage, ça vous va ?

Ça nous va très bien, même ! Sans penser au nombre de calories qu'elle contient, je m'offre une succulente tartelette au citron arrosée d'un earl grey fleurs avec trois sucres ! Nous voilà parties à rire comme des gamines. Comme il paraît que rire fait perdre du poids, je me console en pensant que mes fous rires doivent annuler les sucreries.

Et puis, il faut savoir se faire plaisir, de temps en temps...

26

Cette semaine de repos m'a fait du bien, mais je dois bien retourner au collège. Je fais tout mon possible pour éviter Axel, ou en tout cas je m'arrange pour ne jamais être seule avec lui. Je vois bien que ça l'agace et je sais que c'est reculer pour mieux sauter, mais je ne peux empêcher Vic-l'autruche de prendre le dessus. Cela dit, je suis débordée par les conseils de classe, la préparation de l'enterrement de vie de jeune fille d'Elsa et un diaporama que je lui prépare avec Louise et Agathe pour son mariage. Cela me laisse peu de temps pour penser à Axel et à sa demande de venir vivre chez moi. Je n'ai toujours pas trouvé quoi lui dire ; enfin, surtout, comment lui expliquer gentiment que je ne peux pas l'accueillir dans ma maison. Mais plus j'y réfléchis, plus cela me paraît tout simplement impossible.

– C'est peut-être juste ça que tu devrais lui dire, me fait Louise un soir que nous nous prenons la tête à faire le montage des photos d'Elsa.

– Non, sincèrement, je le connais : je sais que ça ne lui suffira pas. Il peut être très déterminé, tu sais !

– Et si tu lui disais que quelqu'un d'autre allait venir vivre avec toi ?

– Hein ? Comment ça ?

– Ben, ouais, tu as une cousine qui, justement, aussi, malheur de malheur, est virée de chez son mec et t'a demandé de l'héberger quelque temps...

– Mais il va s'en apercevoir en venant chez moi !

– Ben, faut plus qu'il vienne chez toi !

– Mais... comment ?...

– Oui, comment ! Eh bien, vous vous *verrez* en dehors de chez toi !

– Ouais, c'est ça : dans ma voiture, sous les ponts, à l'hôtel ! Ça va être pratique !

Louise et Agathe éclatent de rire. Je reprends :

– Ouais, en fait, t'as raison, c'est pas une mauvaise idée. Je peux interdire formellement à Axel de venir chez moi, sous prétexte que ma... *cousine* est dépressive et ne veut voir personne.

– Oui, oui ! Excellent !

– C'est un peu cousu de fil blanc, mais, souvent, ce sont les trucs les plus gros qui fonctionnent le mieux !

C'est pas faux, et je garde l'idée en tête, prête à la ressortir à la moindre récidive d'Axel. Parce que, je le connais, il va bien trouver un moyen de me coincer pour m'en reparler.

Cette semaine passe vite, et le samedi où nous fêtons l'enterrement de vie de jeune fille d'Elsa arrive. Le programme est génial. Nous sommes toutes les quatre, plus Amélie, la cousine d'Elsa, et nous avons prévu de passer la journée au hammam. Un lieu de rêve. C'est là qu'ont été tournées certaines scènes de films connus. Nous n'avons pas mégoté sur la qualité, et le lieu est divin.

Comme je sais que nous allons devoir nous dénuder un peu, je suis anxieuse, mais ne montre rien à Elsa qui est au comble du bonheur. À peine sommes-nous arrivées qu'on nous dirige dans un vestiaire où nous devons nous déshabiller entièrement. Sur le banc, une petite chose blanche en papier nous attend. Pensant qu'il s'agit d'une sorte de bandeau, je cherche comment me le mettre dans les cheveux. Heureusement qu'Amélie m'arrête à temps.

– Vic, c'est pas un bandeau, c'est un string !

– Ce truc minus en papier, un string ?

– Ben, ouais !

Un string en papier ! Ça commence fort ! En ricanant, nous passons par-dessus un ample peignoir blanc. Une bénédiction : cela me permet de cacher le fait que mes fesses mangent totalement le fil arrière de la culotte. Après avoir enfilé des sortes de babouches d'une matière indéfinissable – entre le cuir et le papier mâché –, nous partons l'une derrière l'autre sans savoir ce qui nous attend, mais envoûtées par l'atmosphère du lieu. Il règne un calme, une odeur, une ambiance totalement dépaysants, sensuels et ultra-féminins. On nous fait entrer dans le hammam proprement dit. Une pièce claire, carrelée de blanc et de bleu, envahie d'une vapeur très humide et très chaude. Cinquante degrés, m'annonce la cousine d'Elsa qui a l'air de tout savoir sur tout. Instantanément, je me mets à transpirer à grosses gouttes. Je m'approche d'un banc luisant d'humidité et ne peux m'empêcher d'imaginer que c'est la transpiration des fesses des filles passées ici avant moi.

– Tu viens t'asseoir, Vic ?

– Non, non, je suis bien debout. Parce que sinon, en plus, j'ai peur que ça fasse péter mon string !

Les filles se marrent.

– Tu sais que tu pouvais venir avec ton maillot de bain, m'explique la cousine.

– Ça aurait été sympa de me le dire plus tôt !

– Ohhh ! Mais elle te va très bien, cette culotte, regarde, moi !

En effet, sur Agathe, qui est petite et fine, le string bâille et gondole. Le rire recommence à nous gagner.

– Vous trouvez pas qu'il fait chaud ?

– Ben, c'est fait pour ça, non ? On transpire un max, ensuite douche, puis on va faire le gommage avec la *kassa*.

– La quoi ?

– La *kassa*, c'est le gant de crin, un truc rugueux avec lequel on te frotte le corps et qui te décolle les cellules mortes...

Au moment où Amélie explique ça, une femme entre, très forte, avec une robe remontée sur un caleçon retroussé. Elle me pointe du doigt d'un geste énergique :

– Vous !

– Hein ?

– Vous ! Suivez-moi !

J'entends les copines ricaner derrière et suis la dame d'un air penaud, tandis qu'une autre entre à son tour et fait la même chose en montrant Louise.

– Prenez la douche rapidement : on commence le gommage avec la *kassa*.

– Bien, madame !

– Rapide, la douche, hein ? C'est juste pour rincer.

– Oui, oui !

Je me jette sous la douche, l'eau détend un peu mon string, ce qui ne lui fait pas de mal, vu à quel point il est serré. Je ressors et suis la dame dans une longue salle où elle me fait signe de m'allonger sur des pierres.

– Aaah ! C'est chaud !

– Oui, les pierres sont chaudes ; c'est fait exprès. On y va !

Sans attendre, elle dégaine son gant de crin et m'attaque l'arrière en frottant ma peau de la nuque aux talons avec une vigueur qui me fait craindre qu'elle ne me décolle l'épiderme.

– Ça fait un peu mal, quand même, dis-je du bout des lèvres pour ne pas la fâcher.

– Non ! Question d'habitude. Décrasser vos peaux mortes à la *kassa* favorise une meilleure respiration des pores. Après, les autres soins pénètrent mieux !

– Ah... Mais ça fait quand même un peu mal.

– Tournez-vous !

L'avant est pire que l'arrière. J'ai l'horrible impression qu'elle m'entame les chairs à la ponceuse. Ce qui me console, c'est que, pas loin de moi, Amélie grimace de douleur sous le récurage d'une maîtresse femme qui lui ordonne de se tenir tranquille.

– Voilà. (Ouf !) Vous pouvez passer à l'enveloppement d'argile, maintenant. C'est au fond de la salle.

– Merci beaucoup, madame... (C'était un vrai plaisir !)

Là, une autre femme m'enduit corps et cheveux d'argile verte à l'aide d'un gros pinceau. On ne peut pas dire qu'elle non plus brille par sa délicatesse, car je me prends des coups de poils dans les yeux, et elle n'y va pas mollo sur les seins. Quand je suis entièrement enduite, elle me montre un endroit où m'allonger, sur les pierres chaudes, parmi mes consœurs également badigeonnées. Imaginez un instant une trentaine de femmes, toutes vertes des pieds à la tête : comme si nous étions dans une colonie de petits hommes verts de Cetelem.

– J'me sens poisseuse, me fait Louise en venant s'étendre près de moi.

– C'est pas désagréable, lui dis-je, mais il faut faire attention. Je me suis assise plus vite que prévu parce que mes talons ont glissé sur la pierre humide.

– Ah ouais, fais gaffe, va pas te casser la figure, en plus !

– Et on reste combien de temps avec ça sur le corps ?

– La dame m'a dit une quinzaine de minutes, et ensuite on ira se rincer aux jets qui sont là-bas.

– Après, on peut retourner dans le hammam et se faire un plongeon dans la piscine.

– T'as pas envie de faire un tour au jet d'eau sous pression ?

– Ah ouais ? Ça fait quoi ?

– Il paraît que c'est génial pour la cellulite, que ça relance la circulation sanguine, ça lutte contre la rétention d'eau et c'est très revitalisant !

– Ça serait parfait pour moi, ce truc-là ! Mais tu dis sous pression, ça veut dire quoi ? La pression, elle est comment ? Vraiment forte ? Parce que pour venir à bout de ma cellulite, il va en falloir une costaude, de pression !

Louise éclate de rire.

– Allez, viens. En attendant, on va se rincer. Ça te dit, un petit coup de piscine ?

Ça me dit.

Retirer l'argile verte n'est pas chose aisée. C'est gluant, ça colle, et comme nous n'avons pas la poigne des maîtresses femmes de ces lieux, on met un certain temps avant de s'en débarrasser. Et encore, pas totalement.

Pour finir, nous nous retrouvons toutes à nager béatement dans l'eau fraîche de la piscine.

– Qu'est-ce que ça fait du bien !...

– Vous n'avez pas faim, vous ?

– Ça creuse, le récurage à la meuleuse !

– Dans tous les sens du terme, oui !

– On va déjeuner ?

– Ouais ! Fais-je en sortant de l'eau. Mais avant, je voudrais essayer le jet d'eau sous pression.

Et je file dans la salle équipée pour cette activité.

Le jet sous pression. Expérience inoubliable. Limite jubilatoire. Pour commencer, debout, de dos, les mains posées sur le mur, on m'envoie le jet superpuissant sur toutes les parties du corps qui en ont besoin. Autant dire partout. Puis je me retourne. L'eau m'atteint de plein fouet sur le ventre et me coupe le souffle. Je crois bien que je vais être propulsée au travers du mur de la pièce, comme dans les bagarres de western, où les cow-boys sont expulsés du saloon en volant ! Au bout de cinq grosses minutes qui me paraissent interminables, je ressors moulue et rejoins mes amies au restaurant du hammam en marchant comme si je venais de traverser le Far-West à cheval. D'une seule traite.

– Ça te réussit, le jet à pression, constate Elsa. Je te trouve un petit air ratatinée, là.

– J'ai l'impression d'avoir été battue comme plâtre !

– Allez, viens t'asseoir, reprend Louise, et regarde-moi ce savoureux tajine du terroir traditionnel maghrébin.

La vue de la nourriture suffit à me requinquer.

– Miam ! On en mangerait !

– Bon appétit, les filles ! nous lance Amélie qui a déjà attaqué le poulet.

Il faut dire que ça donne faim, tout ça. L'atmosphère du restaurant est plus bruyante que dans le hammam, et c'est amusant de voir rire et papoter toutes les femmes attablées, en peignoir, avec quelques résidus d'argile verte dans les cheveux.

– Voulez-vous prendre le thé à la menthe dans la salle de repos ? nous propose le patron.

Nous le suivons dans une grande pièce avec des alcôves remplies de coussins aux tissus chamarrés et aux lourdes tentures. Un lieu incroyablement douillet. Je me laisse tomber sur les coussins, et l'on nous sert le thé avec quelques douceurs sucrées.

– On vous appellera chacune votre tour pour le massage aux huiles essentielles, nous informe la serveuse.

– J'en rêve, de ce massage.

– Ouais ! Il paraît que c'est génial !

– C'EST génial !

À ce moment, Louise me donne un coup de coude en

me montrant une jeune femme qui vient d'entrer. Mon amie murmure :

– Regardez, les filles ! Purée ! Je l'ai déjà vue tout à l'heure, en sortant de la piscine !

La femme porte un string doré et une chaîne fine autour de sa taille. Elle est grande, mince et musclée ; sa peau est noire et brillante. On la dirait sculptée dans un bois précieux.

– Ouaaah !

– Une déesse !

– Une beauté féline !

– La vache ! C'est un coup à te filer de sacrés complexes.

– Mais non, les filles, vous êtes très bien, vous aussi...

Je vais devoir me rajouter quelques post-it sur le fait qu'il existe forcément dans ce monde des filles qui sont sublimes et que j'accepte l'idée que je n'en serai jamais une ! En attendant, je remotive mes troupes (et moi avec) :

– Allez, les filles, trinquons à l'amitié, avec notre thé à la menthe et nos loukoums. On n'est pas bien, là ? Cool ! Tranquilles ! Décontractées du string !

Malgré le fou rire qui nous gondole quelques instants, nous finissons par nous laisser bercer par les voix feutrées des autres femmes, l'atmosphère, les parfums, les lumières tamisées...

Je suis surprise quand Arnaud entre dans la salle. Il me semblait pourtant que ce hammam était interdit aux hommes. Il se dirige vers l'alcôve et me tend la main avec un sourire qui en dit long. Je m'extrais des coussins avec langueur. Mon corps, nu et ferme, a ce léger bronzage mettant en valeur la chaîne en or qui ceint ma taille de guêpe. J'avance, telle une gazelle des sables, une panthère sensuelle, une...

– Madame ! MADAME ! C'est votre tour !

– …

– MADAME ! Réveillez-vous ! Je vous attends pour le massage !

Je m'éveille, à moitié engloutie par les coussins. Autour de moi, toutes les copines dorment, Louise et Agathe, l'une sur l'autre. Amélie ronfle. Elsa a disparu sous les tentures. Ça a dû nous tomber dessus d'un coup, comme ça (à moins qu'ils n'aient mis du narcotique dans les loukoums), parce que je n'ai aucun souvenir de m'être assoupie. Apathique, je suis la femme jusqu'à la salle de massage. Mais je ne regrette franchement pas d'avoir été réveillée un peu brusquement, parce que, ce moment dans des mains expérimentées passant l'huile d'argan sur ma peau, c'est tout simplement un intense moment de bonheur. C'est le dernier soin de la journée, mais quel délice ! Et la masseuse masse tout, de la pointe des pieds aux cheveux.

Ce qui fait que, quand nous sortons du hammam une heure plus tard, nous sommes dans un état de plénitude béate, les traits reposés, le regard serein, la peau luisante et, sur la tête, une coiffure déjantée à la Lady Gaga.

27

Heureusement, le lendemain, j'ai décidé de faire la grasse matinée et de traîner toute la journée. Pas de *bodycombat*, pas de jogging et même pas de chorale. J'ai prévenu Arnaud que je ne serai pas présente.

– Tu vas voir, tu vas être à plat après la journée hammam, m'a prévenue Elsa.

Et puis, se faire désirer de temps en temps, ce n'est pas une mauvaise chose.

J'ai finalement été conquise par l'idée de ne pas me mettre une pression démesurée par rapport à mes propres engagements : je fais ce que je veux quand je veux, c'est à moi et non pas à mes émotions de prendre les choses en main, et voilà ! (Tiens, une nouvelle phrase à noter sur un post-it.)

Tout en feuilletant mon cahier de métamorphose, je m'aperçois des progrès faramineux que j'ai accomplis. Certes, il en reste pas mal à faire, mais franchement, j'ai de quoi être fière de moi.

En quelques mots, j'écris ma journée et mes émotions de la veille au hammam. La fille superbe que je ne serai jamais ; les sensations que j'ai éprouvées, lors des soins : comme si mon corps était un étranger, qu'on pouvait malaxer, choyer ou malmener à loisir ; et aussi la beauté de certaines femmes qui, presque nues et sans complexes, arborent leurs rondeurs avec fierté. J'ai perdu pas loin de dix kilos, et ma silhouette a commencé à se transformer, mais même si j'ai conscience du chemin parcouru, je n'assume toujours pas ce corps tout en courbes que je trouve vilaines.

J'en suis là de mes réflexions, vautrée dans mon lit, avec mon plateau petit-déjeuner et Bigoudi qui dort en rond sur mes jambes, quand on tambourine à la porte. Qui peut bien venir me déranger un dimanche matin à onze heures ? Malgré tous les bienfaits de la journée hammam, je ne suis pas vraiment à mon avantage : en pyjama (si on peut appeler pyjama l'espèce de tee-shirt informe et gondolant qui en tient lieu), les cheveux encore bizarrement gominés à l'huile d'argan sur le sommet de ma tête, la peau luisante et les yeux en capote de fiacre. Je peux faire la sourde oreille, faire celle qui dort ou qui n'est pas chez elle, mais la curiosité me taraude. Ça ne peut pas être à nouveau Arnaud, quand même. Je sors de mon lit, au grand désagrément de mon chat qui râle et rampe paresseusement se remettre en boule un peu plus loin. Sur la pointe des pieds, je rejoins ma cuisine pour aller jouer la commère par ma fenêtre.

– Vic, je sais que t'es là : j'ai vu ta voiture !

Merde ! Axel !

Et comme il connaît bien la maison, je le vois se déplacer jusqu'à ma fenêtre de cuisine et glisser son œil entre les rideaux.

– Ben, tu vois que t'es là !

Mais quel malotru, celui-là !

– Ouvre !

– Attends, j'suis pas présentable !

– Mais enfin, Vic, c'est moi... J't'ai déjà vue sous toutes tes coutures, quand même !

Je n'ai pas le choix et je lui ouvre la porte.

– Ben, t'as une drôle de coiffure, dis donc !

Mouais ! D'autres gentillesses à m'asséner dès le réveil ?

– Salut, Axel. Désolée, j'étais au lit, je suis claquée. Qu'est-ce qui t'amène ?

– Comment ça, « qu'est-ce qui t'amène » ? T'as oublié ?

Oublié... Oublié quoi ? Je fais un effort de mémoire : a-t-on décidé de faire quelque chose ensemble ? M'a-t-il invité quelque part ? Vient-il me chercher pour un projet du collège qui m'a échappé ? Je retourne mon cerveau dans tous les sens, mais non, je ne vois pas !

– Ben, t'as quand même pas oublié que j'ai été viré de chez moi et que c'est aujourd'hui le dernier jour du mois ? Je suis à la rue, et, comme tu as si gentiment accepté de m'héberger, me voilà !

Le voilà... Le voilà, le voilà, le voilà... Mais le voilà rien du tout ! Je n'ai jamais accepté, moi ! Ou alors, je ne m'en souviens pas. Ou alors, sous hypnose ? Ou dans mon sommeil ? Comment m'en sortir ? Ça gamberge à fond dans ma tête, tellement que je n'arrive pas à organiser mes pensées.

– Mais... comment ?... Non... Je t'ai pas dit ? J'ai une cousine...

– Oui, tu as une cousine ? C'est bien. Moi aussi, j'ai des cousins. Tu me fais un café ?

– Non, je veux dire... J'ai une cousine... en plein divorce..., toute seule..., désespérée... Je voulais l'accueillir chez moi quelque temps.

– Ah ! ça va être super ! Ça ne me gêne pas, t'inquiète !

Alors, là, c'est le pompon ! Et moi qui ne suis pas fichue de m'expliquer convenablement, alors que j'ai longuement répété le dialogue, avec plusieurs possibilités de réponses de sa part, pour me préparer et parer à toute éventualité. Cela dit, vous remarquerez que, quand vous vous faites le scénario d'un échange, dans le but d'anticiper, ça ne se passe jamais, mais alors jamais comme vous l'aviez prévu.

– On se le boit, ce café ?

– Et tes meubles ?

– Ah ! Comme ce n'est pas très grand, chez toi, j'ai demandé à ma tante, et elle a accepté de prendre mes cartons et mes meubles chez elle, dans son garage. C'est toujours ça. Comme ça, j'arrive avec le strict minimum pour ne pas t'encombrer.

Pas m'encombrer... Tu parles !...

– Ah ouais ! Chouette alors !

Je lui fais un café, faisant une croix sur ma journée glandouille. Axel va poser son grand sac de voyage dans ma chambre et revient se vautrer sur le canapé.

– Mignonne, ta nuisette... Ça me donne des envies...

Il ne va pas bien ou quoi ? Ma nuisette, cet affreux tee-shirt avec un Mickey délavé... J'ai une illumination.

– Je ne te le conseille pas. Hier, j'étais au hammam

avec les copines et je n'ai pas encore pris ma douche. Je suis huileuse de partout. Ça va poisser...

– Mmmm ! Au contraire, ça m'excite, ton truc !

Axel m'attrape par le bras pour m'attirer à lui et a vite fait de soulever ma nuisette.

Il faut avouer qu'il n'avait pas tout à fait tort : l'huile d'argan a un effet plutôt stimulant quand deux corps s'y frottent...

28

C'est ainsi que je teste la vie en commun. Qui a un drôle de goût, parce que mon colocataire est à la fois mon amant, mon collègue, un étranger, un boulet, un courant d'air... Bref, comme d'habitude, rien ne m'arrive comme tout le monde, et j'expérimente avec résignation la colocation atypique.

Nous sommes partis sur un contrat moral dont surtout lui a déterminé les points :

– Alors, pas de fil à la patte, hein ? On s'entend bien, on est amants, tu me plais à fond, mais j'ai aussi besoin de mes moments de liberté. Et j'imagine que toi aussi.

Il imagine bien.

– En échange, j'ai tout de même un service à te demander, Axel.

Il se raidit. Ce n'est pas le genre d'homme avec qui on peut négocier.

– Malgré les apparences, j'ai une réputation de fille sérieuse. Et comme notre collaboration est un peu... complexe à expliquer, ce serait bien qu'on n'en parle pas du tout, si tu vois ce que je veux dire.

– Tu veux dire à Arnaud ?

Malgré les effets miraculeux du laser sur ma couperose, je me mets à rougir violemment. Quelques bouffées de temps à autre ne sont pas incompatibles avec le traitement, m'a prévenu le dermato. Je fais appel à Vic-la-maîtrise :

– Non, non, pas spécialement... Les autres aussi... Pourquoi Arnaud ? (On se le demande.) Non, tout le monde, quoi !

– Oui, je vois. D'accord. T'as raison, Vic : ça sera plus simple.

Ouf !

Il ne me parle pas des repas, ni des lessives ou du ménage, et j'en déduis que, si je n'y prends pas garde, ces joyeuses tâches ménagères risquent de m'incomber. Je décide de ne pas trop me laisser faire, parce que j'ai un programme et que, coûte que coûte, je dois m'y tenir.

– Ah ! Au fait, Vic, c'est quoi, ces phrases étranges collées sur des post-it partout sur tes murs ?

Deuxième inflammation des joues. Assume, Vic ! Assume !

– Ben... Je sais pas trop... En fait... C'est mon petit frère, ça l'amuse...

– Tu veux qu'on les retire ?

– Oui... Euh, non... Il va se vexer. Ce sont des petits messages pour moi... C'est un tendre, mon frère.

– Il a quel âge ?

Je baragouine le plus bas possible :

– Quinze ans...

– Quoi ?

– Quinze ans. Tout juste !

– Bah, c'est bizarre, de faire ça à quinze ans ! C'est pas un peu bébête pour son âge ?

– Ouais..., tu comprends... Arthur, c'est un grand

sensible, très immature dans certains domaines, et puis il m'adore, et...

Arthur ! Le monstre adolescent dans toute sa splendeur, qui se casserait une jambe plutôt que de me dire une gentillesse !

– Laissons les p'tites phrases simplettes d'Arthur sur tes murs, alors !

Merci, Axel ! Tu es trop bon ! Non, mais je suis chez moi, tout de même. Et s'il me prenait l'envie d'y coller des maximes du style : *Aujourd'hui plus qu'hier, mais bien moins que demain...* Aussi niaises que soient ces phrases, c'est mon droit, non ?

– Ah ! merci, ça lui fera plaisir !

Et en plus, je le remercie.

Les ennuis commencent dès le deuxième soir. Quand je m'aperçois qu'Axel s'est lavé les dents avec ma brosse à dents. S'il y a bien un truc qui me dégoûte, c'est ça !

– Axel, tu t'es trompé de brosse à dents.

– Non, non, c'est que j'ai oublié la mienne dans les cartons chez ma tante.

– Mais c'est pas hygiénique d'utiliser la brosse à dents de quelqu'un d'autre !

– Rôôô ! Vic, fais pas ta chochotte ! Je mets mon zizi dans ton kiki, je peux bien mettre ta brosse à dents dans ma bouche !

Quel culot ! Les bras m'en tombent ! C'est quoi, ce raisonnement à la noix !

Je me couche après m'être lavé les dents en mettant du dentifrice sur mon index et j'accueille dans mon lit un mec au sourire bien propre, qui en effet ne se gêne pas, en plus, pour mettre son zizi dans mon kiki.

Axel est un bon amant. Ça, c'est indéniable. Pendant l'amour, il est même méconnaissable : amoureux, prévenant, sensible, attentionné, toujours avec quelques mots doux à me murmurer tendrement à l'oreille, spécialiste des petites caresses qui me rendent folles, le virtuose des préliminaires. En revanche, juste après, il ne s'attarde pas et plonge directement dans le sommeil. J'ai beau savoir que chez l'homme, l'équilibre chimique de l'organisme se modifie après l'orgasme et lui procure un sentiment de grande fatigue, ça me fait toujours bizarre de me retrouver à parler avec un mur. Cela ne m'aurait pas gênée plus que ça si Axel ne ronflait pas comme un sonneur. Un truc de dingue ; une forme extrême de ronchopathie chronique (je vous le sors comme ça, parce que j'adore ce mot !) ; un raclement profond de tuyaux de grandes orgues à la sauce nasale. Oui, moi aussi, au début, au même titre que le rapt de ma brosse à dents, ça m'a un peu écœurée. Puis je m'y suis faite. J'ai fini par aller m'endormir sur mon canapé. Avec Bigoudi. Du coup, Axel se moque de moi.

– Enfin, Vic, t'es trop sensible ! Si quelques ronflements t'empêchent de dormir... Tous les hommes ronflent. T'es pas prête à te marier, dis donc !

– Ouais, enfin, je ne suis pas sûre que tous les hommes ronflent aussi fort que toi. Ça fait limite peur !

– Oui, je sais, je ne fais jamais rien à moitié. Et si tu essayais de t'endormir avant moi ? Ça m'embête quand même de te virer de ton lit !

Et moi, donc ! Parce que mon canapé n'est pas non plus le summum du confort. Et il ne lui serait pas venu à l'idée de me proposer d'y dormir, lui, sur le canapé ! Ce qui est sûr, et qui me retire une épine du pied, c'est que je peux continuer mes activités, mon emploi du temps de ministre, avec mes cours, les séances de musculation, les cours de *body-tout*, la marche en forêt, la chorale, les virées chez les copines. Pour les journées, ça ne change rien du tout : mon quotidien n'intéresse pas du tout Axel. Je pourrais m'en vexer, mais en fait, c'est parfait comme ça.

En revanche, les soirées et les matins sont plus rock'n'roll, car il faut s'habituer aux contraintes. Et je n'y suis pas vraiment prête. Tout comme Bigoudi, qui semble ne pas trop goûter cet humain qui demande son café avant que j'aie pu servir ses croquettes.

En attendant, notre première semaine de cohabitation est riche pour moi en découvertes de toutes sortes. À commencer par les révélations culinaires. Moi qui mange sain et équilibré depuis toujours et léger depuis quelques semaines, je suis mise à mal par la diététique aléatoire d'Axel. Un soir, il rentre avec un grand sac papier qui sent le graillon.

– Tiens, je t'invite, ce soir ! Je suis passé au kebab. Tu mets le couvert ?

– Ouais ! Chouette... Et qu'est-ce qu'il y a de nuisible dans ton sac au fumet prometteur ?

– Bah..., un kebab, des frites à la mayo, et j'ai pris une boîte de keftas en plus.

C'est bien ce que je pensais.

– Ah ? Mais c'est de la viande, tout ça !

– Pas les frites, non !

Amusant.

– Je te parle des autres trucs, Axel. Écoute, je suis

super contente que tu m'invites, mais moi, tu vois, je ne mange presque pas de viande, jamais le soir et, en plus, je mange bio.

Sans compter que je suis inscrite aux Weight Watchers et que les frites-mayo, c'est pas au programme.

– Oh là là ! Victoire Sting ! T'es pas un peu rabat-joie, toi ? Laisse-toi aller ! Profite ! On n'a qu'une vie, quoi !

À votre avis, quand vous êtes une super gourmande et qu'on vous met sous le nez une barquette de frites arrosées de mayonnaise alors que vous n'en avez pas mangé depuis des lustres, il se passe quoi, dans votre cerveau reptilien ?

– OK pour cette fois ! On fait la fête des calories ! Mais pas tous les soirs, hein ? C'est exceptionnel, parce que sinon...

– Ben moi, je mange souvent comme ça, kebab et McDo. J'ai jamais le temps de me faire à bouffer. Et je ne m'en porte pas plus mal ! Regarde le beau mec !

– Mouais, enfin, t'as du bol. En ce qui me concerne, rien que de regarder une frite, ça me donne l'impression d'être perfusée à la Végétaline.

– Mais, Vic, tes rondeurs, moi, je les adore ! J'ai de quoi palper, embrasser... T'es une femme comme je les aime : pulpeuse, épanouie, rayonnante !

Pour le coup, là, il marque un point ! Vic-gnan-gnan s'attendrit un instant sur cet homme qui me fait renouer avec le côté de moi-même que j'aime le moins, à savoir mon excédent de bagages. Je lui fais un sourire niais, il passe son doigt (un peu gras à cause de la mayonnaise) sur mon décolleté et murmure tendrement :

– Ma p'tite mère dodue...

Ah non, là, faut pas trop en faire non plus. La p'tite mère dodue, c'est pas franchement valorisant, et du coup je mange mes frites avec un brin d'énervement. Ce qui ne favorise pas vraiment un transit serein dans mon tube digestif. Ou alors, c'était le changement de nourriture. Ou la mayonnaise. Car, à peine le repas terminé, je suis prise de crampes abdominales sévères qui me mènent droit aux toilettes dans d'horribles souffrances. Physiques, d'une part, et psychologiques. Comment faire pour se lâcher en toute quiétude quand votre amant est dans la pièce d'à côté. J'ai tout juste le temps, défigurée par la douleur, d'allumer la télé et de mettre le son à fond.

– C'est pas un peu fort, là ? me fait Axel, un peu étonné de ma soudaine agitation.

– Non, non ! J'aime bien écouter la télé fort ! Bouge pas ! Je reviens !

L'enfer ! Je vis l'enfer ! Tiraillée entre la bienséance, la honte et la douleur, je passe pas loin d'un quart d'heure enfermée dans les toilettes. Toilettes dont la porte, bien sûr, donne directement sur mon salon. Voyons le bon côté de la chose : je n'ai pas gardé les frites et la mayonnaise assez longtemps pour qu'elles aillent annexer mes cellules grasses. Je reviens dans le salon, pantelante.

– Ben, dis donc, t'en as mis, du temps ! Tu te sens bien ?

– Oui, oui. Tout va bien.

Façon de parler : pour aller bien, ça va bien. Sûr. Sauf que je n'ai pas de désodorisant. Je maudis un instant mon côté écolo qui m'interdit d'acheter toutes ces cochonneries chimiques, puis je me souviens que j'ai quelque part des bâtons d'encens. J'en allume plusieurs – patchouli, camphre, myrrhe, armoise – et en dispose partout dans la maison. Des trucs légers. Bientôt, les pièces sont envahies d'une légère fumée âcre et écœurante, qui pique les yeux et racle la gorge. Axel, vautré sur le canapé et hypnotisé par une émission télévisée que je ne connais même pas, se redresse.

– C'est quoi, cette odeur ? On se croirait à Katmandou !

– Ah ? Tu trouves ? J'aime bien, moi. J'en mets souvent. J'ai l'habitude.

– Je ne te connaissais pas ce côté baba cool. Ça pue, ton truc !

D'abord, ça ne pue pas, mais surtout, le patchouli, le camphre, la myrrhe et l'armoise peuvent se vanter d'avoir sauvé mon honneur intestinal.

La nuit suivante, Axel découche. Il m'a attrapée au collège, à la fin des cours, pour me prévenir.

– Ça m'arrivera, parfois. Souvent, je vais voir des copains à droite et à gauche et, si la soirée s'éternise, je couche chez eux. C'est plus simple. Surtout si on picole un peu.

Je ne dis rien. Selon notre pacte, nous n'avons pas de comptes à rendre à l'autre (enfin, surtout lui), et c'est aussi bien ainsi. Cela me permet de profiter de mon lit en toute quiétude (et de mes toilettes aussi). Malgré tout, ses virées m'intriguent : chez qui va-t-il ? Qu'y fait-il ? Il y a chez Axel un petit côté secret qui chatouille ma curiosité.

Elsa, Louise et Agathe, qui ne l'ont toujours pas vu, débarquent le samedi à la maison comme si de rien n'était. Mais Axel a prolongé sa soirée pyjama chez ses copains et n'est pas là. Il m'a avertie qu'il serait absent tout le week-end, et je me prépare à passer deux jours tranquilles.

– On vient prendre un thé, m'annonce Elsa en passant ma porte et en regardant partout autour d'elle.

– Il n'est pas là, si c'est Axel que tu cherches. Mais entrez, je vais vous faire un thé ! C'est gentil de venir *me* voir.

On commence à ricaner, et je leur raconte les affres de ma vie quotidienne avec lui. Ce qui nous fait ricaner encore plus.

– Et il découche souvent ? demande Louise.

– Si ça se trouve, il a une maîtresse, me dit Elsa.

– Mais c'est moi, sa maîtresse !

– Une autre, je veux dire.

Je n'avais jamais pensé à ça. Et j'avoue que l'idée me dérange un tantinet.

– T'as qu'à le suivre, fait Agathe en voyant mon air contrarié. Comme ça, tu seras fixée.

Et au moment même où je leur dépeins Vic-Philip-Marlowe en pleine filature, imper, col remonté et lunettes noires, Axel fait irruption dans la maison.

– Salut, les filles. Ça rigole bien ici. Vic, finalement, je suis rentré.

Ouais. J'ai remarqué. Mes bourriques de copines se lèvent comme une seule femme et se jettent sur Axel pour l'embrasser. Le coq dans la basse-cour se trémousse et, comme il sait que mes trois amies sont au courant de notre cohabitation, il vient me prendre affectueusement par l'épaule en m'embrassant sur le front dans un grand geste paternalo-possessif. Louise me fait un clin d'œil. Agathe lève discrètement le pouce à mon intention. Toutes les trois ricanent, bluffées par sa beauté, sous le charme. J'en suis moi-même un instant étourdie, si ce n'est que mon week-end tranquille est gâché de chez gâché. La conversation s'engage, comme si nous étions tous les quatre des amis de toujours, et je découvre mes amies sous un autre jour : c'est à celle qui se fera le plus remarquer par Axel.

– Je me marie le 12 décembre, annonce Elsa avec fierté. Ça vous dit de venir avec Vic ? Je vous invite avec plaisir !

Qu'est-ce qui lui prend ? Je n'ai aucune envie qu'Axel vienne au mariage de ma meilleure amie. Je l'ai déjà sur le dos au collège, à la maison...

– C'est chouette, ça, Elsa ! Comment s'appelle l'heureux élu ?

– Mon futur mari s'appelle Robin.

– Heureux Robin.

Elsa glousse comme une gamine. Agathe et Louise lui emboîtent le pas. Des poules ! J'ai devant moi les amies les plus géniales de la terre qui se sont transformées en poules ! Axel, exceptionnellement perspicace, constate que je ne ris pas du tout.

– C'est très gentil, Elsa, mais j'ai une soirée prévue de longue date ce jour-là et je ne pourrai malheureusement pas me libérer. Merci quand même, et tous mes vœux de bonheur ! Et puis je fais confiance à Vic pour se trouver un charmant cavalier pour la soirée, conclut-il en me tapotant la joue. En tout bien tout honneur, hein ? Les filles, je compte sur vous pour surveiller ma Vic ?

Ben, il n'est pas bien net, lui non plus, à jouer subitement le soupirant protecteur et exclusif !

– Il est amoureux, me dit le soir même Louise au téléphone.

– Non, je n'y crois pas un seul instant. Il a joué un rôle ! Axel est un comédien qui se donne de l'importance avec ses improvisations.

– Il avait pourtant l'air sincère, insiste-t-elle.

– Oui, l'air ! Seulement l'air, je t'assure.

– En tout cas, il est canon !

Je suis bien obligée de le reconnaître.

– Oui, ça, on peut pas le nier. Il est vraiment beau. Je me demande toujours comment j'ai pu intéresser un mec aussi beau...

– Victoire, arrête ! T'es super mignonne !

– Oui, mais je suis grosse. Et puis mes cheveux n'ont pas de tenue. Et puis je sais pas m'habiller et...

– STOP ! T'as du charme, t'as un visage adorable, des yeux superbes, tu respires l'intelligence, tu es pleine d'humour...

– J-Lo a tout ça, en plus d'être belle et bien foutue !

– Écoute, Vic, d'abord, il ne faut pas te comparer. Chacun est unique, sans compter qu'en ce moment, t'es en pleine mutation, non ? Tu ne seras jamais ta collègue, et tant mieux ! Mais tu fais le nécessaire pour améliorer ce qui ne te plaît pas chez toi, c'est pas vrai ?

Je dois l'admettre.

– Excuse-moi, j'ai pas trop le moral depuis qu'Axel

s'est installé à la maison. Ça me complique la vie, j'ai peur qu'Arnaud s'en rende compte et que...

– T'inquiète ! Il n'en saura rien, j'en suis sûre. Bon, c'est vrai que c'est un peu compliqué, mais tu t'es déjà sortie de situations plus difficiles, non ?

– Oui, tu as raison.

– En attendant, profite de lui et de ce que vous vous apportez mutuellement. Ce n'est quand même pas le bagne, de sortir avec un mec comme lui !

– Ah, c'est vrai que j'y trouve mon compte... Surtout au lit !

Nous rions toutes les deux.

– Bon, tu vois ?

– Au passage, je suis soulagée qu'il ait refusé de venir au mariage d'Elsa. Qu'est-ce qui lui a pris, d'ailleurs, de l'inviter ? Je n'ai pas du tout envie de l'avoir sur le dos.

– De toute façon, l'affaire est réglée puisqu'il ne peut pas venir.

– Oui, heureusement...

29

– Moi, ce film-là, je l'adore ! Je peux pas m'empêcher de pleurer à la fin ! fait Elsa en se tamponnant les yeux avec son mouchoir.

– Ben, c'est pas triste pourtant, à part l'enterrement, c'est sûr, mais le reste, c'est plutôt drôle !

Je reprends un verre de vin. Un petit aloxe-corton, mon bourgogne préféré. On ne se refuse rien dans nos soirées PVP. Sauf qu'avec un vin pareil, on ne mange pas une pizza, et Louise nous a concocté une omelette aux truffes à tomber par terre. Au fil du temps, d'ailleurs, nous avons vite abandonné la pizza, à cause des vins, justement. Mais par habitude, nous avons gardé l'appellation de nos soirées PVP !

– C'est toi qui as voulu voir *Quatre Mariages et un enterrement*, Elsa !

– Oui, j'avais besoin de le voir juste avant mon propre mariage !

Elle fait une pause en baissant le regard.

– Les filles, vous croyez que je fais bien de me marier ?

Agathe, Louise et moi regardons Elsa, surprises. Elsa doute rarement, elle qui a des idées et des jugements sûrs. Elle sait ce qu'elle veut, et ce mariage, elle en parle depuis des années. Robin est l'homme de sa vie, elle nous l'a assez répété.

– Tu ne vas pas reculer maintenant, tout de même, lui dis-je en reprenant de la salade de fruits. Les copines ont été sympas : me sachant au régime, elles ont apporté chacune des plats légers.

– J'aime Robin, c'est sûr, mais le mariage, d'un coup, ça me fait peur. On vit ensemble depuis des années, ça se passe très bien entre nous ! Pourquoi se marier ? Qu'est-ce que cela changera ? Et si ça se trouve, une fois mariés, notre couple n'ira plus aussi bien !

– Enfin, Elsa, c'est du roman, ça ! Ce n'est pas parce qu'Andie MacDowell et Hugh Grant dénigrent le mariage et l'accusent de tous les maux du couple que c'est ce qui va se passer dans la vraie vie !

– Ouais, c'est qu'un film, hein ?

– Allez, détends-toi. Tu vas voir : ça va être un mariage sublime, tu vas être une mariée sublime et nous serons des demoiselles d'honneur sublimes !

Elsa éclate de rire.

– Ouais ! Vous avez raison, les filles ! Je suis tellement sous tension à l'approche de la cérémonie, que j'arrête pas d'avoir des idées noires.

– C'est normal, fais-je comme si je m'étais déjà mariée quinze fois. Moi, je suis sûre que ça va être génial et que ta vie de couple continuera comme avant, avec ce petit plus ! Et puis voilà !

– Et puis voilà ! reprennent en chœur Agathe et Louise.

J'essaie de changer de sujet :

– En tout cas, un film comme ça, ça fait du bien parce

que ça prouve que, si on est patient, en amour, on finit par obtenir ce qu'on veut, non ?

– Ben, tu vois, Vic, me rassure Elsa, rien n'est perdu pour toi ! Avec ta patience et ta motivation, tu vas finir par nous former un super couple avec Arnaud !

– Un couple à la Hugh-Andie, fait Agathe en riant.

– J'en rêve...

– Mais ouais ! Nous, on y croit, hein, les filles ?

Louise me fait un clin d'œil :

– Évidemment qu'on y croit ! Et puis regarde-toi ! Tu as toujours été belle comme un cœur, et là, t'es devenue une vraie déesse grâce à ton acharnement au *bodycombat* !

Le *bodycombat*, c'est un sport redoutable, mais c'est aussi un sujet de fou rire entre nous. Rien que le nom nous met en joie.

– Holà ! Faut pas exagérer non plus ! C'est vrai que je me suis vraiment prise en main et que ça fait un bien fou..., vous n'imaginez même pas ! Mais j'ai encore du boulot.

Le film me donne envie de me recentrer davantage sur Arnaud. Avec tout ce qui m'est arrivé, ces derniers temps, j'ai eu des préoccupations qui m'ont déviée de ma mission première. Enfin, je continue tout de même à l'épier en secret, à en rêver toutes les nuits, et surtout à me préparer pour notre stage en Irlande qui se rapproche à grands pas : malgré l'épisode frites-mayo-patchouli et quelques excès d'aloxe-corton, j'ai repris mon régime alimentaire sain et équilibré, et je m'acharne sur mon programme sportif, auquel s'ajoute le sport en chambre avec Axel. C'est toujours un petit plus : il paraît que faire l'amour fait perdre trois calories par minute. Multiplié par environ une demi-heure, ça fait presque cent calories perdues ! C'est bien, non ? C'est moins qu'un jogging, mais c'est plus qu'une marche à pied. Sans compter qu'il y a plus désagréable, comme activité sportive.

En tout cas, comme me l'ont dit les filles, j'ai mis toutes les chances de mon côté : l'hypnose m'aide à changer mon comportement compulsif, l'acupuncture me coupe la faim et me détend, le sport me fait perdre des calories et remodèle ma silhouette, et le régime me fait maigrir. Je ne parle pas de tout le travail sur moi-même, avec mes petites phrases et mon cahier qui est devenu un véritable journal intime où je consigne tout ce qui concerne mon changement, et le reste, aussi. Je n'ai pas découvert de méthode miracle, j'ai simplement trouvé une motivation d'enfer : Arnaud et... l'Irlande. Et j'ai hâte, maintenant. Je sens que ça va être un tournant dans ma vie. Une occasion en or. J'en rêve.

Mais avant cela, il y a le mariage d'Elsa qui promet aussi d'être un grand moment.

Le jour J commence très fort.

– Purée, c'est pas vrai, un truc pareil ! Fallait que ça me tombe dessus juste aujourd'hui ! Regarde, Bigoudi, la tête que je me trimbale ! J'en ai marre ! Comment je vais planquer ça, moi ?

Bigoudi me regarde sans comprendre : comme un fait exprès, le matin même du mariage, je me tape une espèce de bubon d'adolescente qui a percé dans la nuit et me défigure le menton. Et le visage, par la même occasion. Je m'acharne à le percer, ce qu'il ne faut jamais faire, puis à le désinfecter à l'alcool à quatre-vingt-dix degrés, pour me retrouver avec une énorme plaque rouge avec un volcan violet au centre. L'horreur. Je n'ai pas de temps à perdre. Tant pis, je recouvre le massacre avec une tonne d'anticernes qui donne l'impression que ma peau s'est épaissie de plusieurs millimètres et gondole par endroits. Depuis l'épisode de la poudre verte façon *Mars Attacks !*, je tente d'avoir la main légère, question maquillage. Comme ça ne va pas toujours de soi, j'ai mis au point un système de miroirs partout dans la maison. J'en ai même disposé un à côté de ma porte d'entrée, à l'extérieur, pour me regarder à la lumière du jour et avoir une vision plus... éclairée de l'effet de mes expériences d'esthéticienne sur mon visage. Comme ça, je peux affronter le monde (et surtout les collégiens) en toute connaissance de cause.

Quoi qu'il en soit, je peaufine mon maquillage et ne m'en sors pas trop mal. Je suis dans les temps ; c'est assez réussi selon le verdict des miroirs ; j'ai acheté une jolie robe portefeuille bleue à fleurs blanches, deux tailles en dessous de ce que je portais il y a deux mois. J'ai la confirmation des copines qu'elle est parfaite sur moi et je me sens bien dedans. Comme une gamine, je tourne sur moi-même et ressens avec plaisir la fluidité du tissu qui vole et se remet en place sur mes jambes. La dernière fois que j'ai fait ça, j'avais huit ans. Puis j'enfile mon collant. Comme je n'ai pas l'art et la manière, j'utilise toujours des gants. C'est plus prudent. Tout se passe bien, jusqu'au moment où je passe à proximité de Bigoudi qui, sans prévenir, alors qu'il ne l'a jamais fait, lance sa patte sur ma jambe et explose les dix deniers que j'avais choisis exprès pour leur légèreté et leur finesse. Et je n'ai pas d'autres collants ! Misère ! Le Bigoudi, je vais lui faire des papillotes sur la tête avec le reste du collant.

– Y a quelqu'un ?

– T'es sauvé par madame Narcisse, Bigoudi, mais tu ne perds rien pour attendre !

Mon chat me regarde l'œil absent. Puis tourne la tête vers la porte d'entrée où ma voisine tambourine.

– Oui, je suis là, madame Narcisse, mais je suis un peu pressée aujourd'hui.

J'enfile mon peignoir et lui ouvre la porte, parce que je sais qu'elle sait que je suis chez moi et qu'elle ne lâchera pas le morceau tant que je n'aurai pas ouvert.

– Vous partez ?

– Oui, je vais au mariage d'une de mes meilleures amies. Et je ne veux surtout pas être en retard, vous comprenez ?

J'insiste bien sur ce côté de la chose : il est primordial qu'elle intègre que je n'ai pas de temps à lui accorder. Pas beaucoup, en tout cas !

– C'est sympa, ça, un mariage. Je vous apportais *justement* quelques parts de gâteau maison pour vous et le jeune homme que je vois venir si souvent chez vous, depuis quelque temps.

Pourquoi *justement* ?

– Ah ! C'est vraiment gentil. C'est un ami qui a des problèmes de logement, et, en attendant qu'il retrouve un appartement, je le dépanne.

– Vous faites ce que vous voulez de votre vie, ma

petite fille, cela ne me regarde pas. Cela dit, Axel, il est drôlement mignon.

D'où tient-elle son prénom ? Que sait-elle sur lui ? Ils ont parlé, tous les deux ? Comme si elle entendait mes pensées, elle reprend :

– Il est déjà venu me voir à deux ou trois reprises, et nous avons bien discuté. C'est un petit jeune homme vraiment charmant. Et puis beau, en plus !

Je vais finir par le savoir.

– Oh ! Qu'est-ce qui est arrivé à votre joli collant ? On dirait qu'il est déchiré ! Vous n'allez tout de même pas aller au mariage comme ça ?

À ton avis ?

– Non, non, c'est Bigoudi qui m'a griffée !

– Bigoudi ? Pauvre petit cœur, qu'est-ce qui lui arrive ?

Il lui arrive qu'aujourd'hui, Bigoudi a décidé de me gâcher la vie, c'est tout !

– Le problème, c'est que je n'en ai pas d'autres.

– Attendez, attendez ! Je dois avoir ce qu'il faut pour vous dépanner.

Pitié ! Tandis qu'elle galope jusque chez elle, je lance une œillade assassine à mon chat qui s'est rendormi sur le canapé, insouciant et bienheureux, à des lieues d'imaginer tous les noms d'oiseaux que j'ai envie de lui donner !

– Voilà, voilà, Vic ! Regardez-moi ça ! Je les avais achetés pour aller passer les fêtes de Noël chez mon fils, mais j'aurai l'occasion d'en racheter, d'ici là ! Prenez-les, ça me fait plaisir.

Je lui prends la boîte des mains : un collant chair de

cent deniers, épais, opaque, lourd, et surtout hyper *pas* sexy !

– Vous voilà sauvée !

Me voilà sauvée !

– Je file, vous avez à faire ! Faites-vous belle, surtout. Ça fera honneur à ce si gentil Axel !

Dans mon for intérieur, je bénis tout de même le si gentil Axel qui a eu l'excellente idée de décliner l'invitation au mariage. Je préfère, pour mon image de marque, qu'il ne me voie pas arborer des jambes de mémère couleur chair caramélisée.

30

Trouver un magasin ! Je dois trouver un magasin vite fait et m'acheter un autre collant. Je ne peux pas aller au mariage comme ça ! C'est la honte. Je sais qu'il y aura des célibataires au dîner, et, même si mon cœur est pris par Arnaud, et mon corps, par Axel, un mariage, c'est toujours l'occasion de mesurer son potentiel séduction. Je me sens bien. Je sais que j'ai encore des kilos à perdre, mais mon changement est tellement bien amorcé... Je ne vais pas tout gâcher avec mon collant de ménagère.

– Stop ! Une boutique ! Quelle heure il est ? Ça va, calme-toi, Victoire ! Il te faut ce collant. Je me gare où, moi ? Merde, merde, merde ! Y a pas de place. Je vais pas faire cinquante bornes à pied, déjà que je ne suis pas en avance...

Oui, je suis en retard. Pourtant, c'était bien parti. J'avais tout mon temps, je me préparais tranquillement mais efficacement, et pif, d'un coup, j'ai regardé ma montre et j'étais en retard. Je ne sais même pas pourquoi. Un dérèglement de l'espace-temps, peut-être ! Sans compter ma mère qui m'a appelée au moment où je partais :

– Prête, ma chérie ?

– Oui, maman...

– Tu t'es fait belle, j'espère !

– Non, je me suis fait moche exprès !

– Voyons, Vic, c'est pas drôle ! C'est important d'être coquette. Je n'ai même pas vu ta nouvelle robe. Tu aurais pu venir nous la montrer ! Elle te va bien ?

– J'ai l'air d'un vrai sac dedans...

– …

– Mais non, maman, elle me va très bien, t'inquiète ! Je te la montrerai après. Tu sais, là, je vais finir par être en retard...

– Oui, oui, ma chérie. File, ce n'est pas correct d'être en retard !

À qui le dis-tu ?

– Ah ! et j'oubliais : tu transmettras tous nos vœux de bonheur à Elsa !

– Oui, oui ! Je n'y manquerai pas ! Maman, il faut que j'y aille !

– Amuse-toi bien, ma chérie, et... on ne sait jamais, si tu te trouvais un charmant cavalier, ce serait bien pour toi !

– Maman...

Le stress me gagne. Je ne trouve pas de place ; je dois pourtant m'acheter ce collant. Après avoir tourné un certain temps, je repère une place minuscule dans laquelle je me faufile après un créneau acrobatique. Je suis déjà en nage et je dois me taper en prime un sprint olympique jusqu'au magasin. Heureusement, j'ai mes tatanes de conduite, ce qui m'évite de me tordre les chevilles sur les trottoirs avec mes chaussures neuves, superbes, avec dix centimètres de talon. J'arrive au magasin essoufflée, m'achète cinq collants (comme ça, je suis parée à toute éventualité), repars en courant à ma voiture, m'assois à ma place et commence un exercice de contorsionniste pour retirer le vieux machin et enfiler le nouveau. J'y arrive pas. Retirer oui, renfiler, non ! Mon premier essai est une catastrophe, la maille ultrafine ne résiste pas à la traction extrême que je lui inflige et craque d'un coup.

– Reste calme, Vic, reste calme. Tu es en retard, rouge et transpirante (où sont passés les bienfaits du laser ?), mais il te reste quatre autres collants !

J'ai bien fait de prévoir large. Tandis que je me défais du collant déchiré, deux ados me lorgnent par la vitre en se demandant pourquoi je me tortille comme un ver de terre, robe retroussée jusqu'aux hanches.

– On peut vous aider, madame ?

Je leur lance mon regard de bouledogue ; ils déguerpissent en se marrant. Je n'en suis plus à une situation humiliante près, mais je décide de repartir jambes nues. Un des avantages d'avoir Axel au quotidien à la maison, c'est que je suis obligée de m'épiler les jambes régulièrement. C'est toujours ça de pris. J'ai la gambette un peu pâlotte, il ne fait pas super chaud, mais en marchant vite, ça peut passer inaperçu. Et puis, avec de la chance, il y aura des toilettes à la mairie pour que je me change. Heureusement, Elsa se marie dans un village des environs, où vivent ses parents et qui n'est pas très loin de chez moi : cérémonie à la mairie, vin d'honneur et repas dans une salle toute de bois et de baies vitrées donnant sur les prairies d'une grande ferme. Dirigées par Louise, toujours très créative, nous avons passé un temps dingue à la décorer en nous aidant de nos anciens numéros de *Marie-Claire Idées*. Le résultat est tout simplement splendide.

Je roule un peu vite sur les routes de campagne et finis par arriver place de la Mairie sur les chapeaux de roue. Je ne suis pas la dernière : quelques personnes traînent encore devant le bâtiment ensoleillé. Sauf que moi, je suis le témoin de la mariée et je dois me dépêcher. Il fait beau, l'air piquant et vif me rafraîchit et je pense être assez présentable. Je jette un œil dans mon rétroviseur. Ça va. Je fourre mes quatre boîtes de collant dans mon sac à main et déboule dans la salle des mariages. Elsa est superbe. Personne n'a vu sa tenue de mariée qu'elle a gardée secrète. Nous savions juste qu'elle ne serait pas conventionnelle, et en effet : Elsa porte un pantalon flare évasé et fluide, dans les tons ivoire. Son haut est en dentelle macramé formant des roses, sur lequel une veste se termine par une longue basque semi-rigide sur les côtés et l'arrière. Très couture, sa tenue est d'une grande élégance. Je suis subjuguée. Les mariages des autres, ça me donne toujours envie de me marier, au moins pour porter une fois dans ma vie une robe de folie !

– Arnaud, voulez-vous prendre Victoire ici présente pour épouse ?

– Oui, je le veux !

Arnaud me regarde amoureusement. Dans ma robe de meringue, je suis juste sublime.

– Victoire, voulez-vous prendre Arnaud ici présent pour époux ?

– Oui, je le veux.

– Par les liens sacrés du mariage, je vous déclare mari et femme. Vous pouvez embrasser la mariée !

– Vic, Vic, viens vite t'installer, t'es en retard !

Agathe me lance une œillade assassine. Oui, je sais, être en retard le jour du mariage de sa meilleure amie, c'est pas cool.

Je chuchote en me plantant près d'elle :

– J'te jure que j'ai tout fait bien, mais t'imagines pas ce qui m'est arrivé....

Agathe a un sourire en coin. Elsa se retourne vers moi avec un regard crispé. Elle tend son bras discrètement en arrière et serre ma main très fort. Elsa... Mon amie. Qui se marie aujourd'hui. Des larmes me montent aux yeux. Ce n'est pas le moment, surtout si je veux conserver mon mascara à sa place, et je reporte mon attention sur le maire rougeaud au cou serré dans son nœud papillon vieillot qui me regarde avec agacement.

– Tout le monde est là ? Nous pouvons commencer la cérémonie ?

Avec un brin de culpabilité, je lui fais signe que oui, de la tête. Il respire un grand coup et commence son discours.

Je ne sais pas pourquoi, tout en l'écoutant, je me sens préoccupée. Il y a quelque chose qui ne va pas, et je n'arrive pas à trouver quoi. Je fronce les sourcils en fouillant dans ma mémoire : n'ai-je rien oublié ? J'ai enfermé Bigoudi dans la maison en partant, j'ai bien fermé le gaz, la porte à clé... Je vérifie que j'ai mes collants dans mon sac. Non, je ne vois pas. Je mets ça sur le compte de l'énervement et me recentre sur les passionnantes paroles du maire.

Ce qui est bien, dans les cérémonies laïques, c'est que ça ne dure pas trois heures. Le maire fait son bla-bla, pose deux ou trois questions aux mariés et hop ! On signe les registres. Tandis que je me lève et passe derrière la table pour aller signer à mon tour, Louise me pince la taille :

– Tu as de très belles chaussures, Vic !

– Oui, elles sont neuv...

Non ! C'est pas vrai ! Je comprends d'un coup ce qui me contrariait : j'ai gardé mes tatanes ! Mes gros sabots-charentaises kaki, qui font comme deux protubérances grotesques au bout de mes jambes nues. Je relève la tête, et là, deuxième choc : dans la foule des invités, à quelques pas de moi, Arnaud !

C'est un cauchemar ! Je suis en plein cauchemar !

31

Comment se fait-il qu'Arnaud soit là ? Je ferme et rouvre les yeux : non, je ne suis pas dans un de mes rêves, c'est la réalité ! Postée derrière la table de la mairie, je fais face aux invités du mariage d'Elsa, et, parmi eux, Arnaud, avec son sourire à tomber par terre, beau comme un dieu dans son costume noir décontracté, les cheveux un peu moins en pétard que d'habitude. Je ne suis pas sûre qu'il m'ait vue. Que fait-il là ? Bon sang, que fait-il là ? J'en oublie de signer, et Louise me pousse gentiment pour que je me presse un peu. Je me penche vers elle et lui chuchote le plus bas possible :

– Louise, y a Arnaud qui est là !

– Quoi ?

– Chuuut ! Je te dis qu'Arnaud est parmi les invités !

– Où ça ?

– Cherche pas. Il ne m'a pas vue. J'aimerais bien rester discrète tant que je n'ai pas fini de m'habiller.

Nous continuons à progresser pour revenir à notre place. Il y a du mouvement et du brouhaha dans la salle, ce qui m'arrange. Louise se serre contre moi :

– Enfin, pourquoi t'as mis des chaussures pareilles ?

– J'ai pas *mis* ces chaussures ! Ce sont mes godasses

de conduite. J'ai oublié de me changer en sortant de la voiture. Et en plus, j'ai pas de collant.

– Mais qu'est-ce que t'as encore fait ? me dit Agathe qui vient de nous rejoindre après avoir signé le registre.

Louise lui résume la situation.

– Vic n'a pas de collant, elle s'est trompée de chaussures et en plus y a Arnaud.

– Hein ?

– Purée ! Soyez discrètes, les filles !

– Mais c'est quoi, ces chaussures ?

– C'est ses sabots de conduite !

– Ah oui, je les reconnais. T'as d'autres chaussures, j'espère !

– Évidemment. Je les ai laissées dans la voiture. Faut que vous m'aidiez, les filles. Je vais devoir m'éclipser discrètement pour aller enfiler mon collant et mettre mes escarpins.

– Tu peux me dire pourquoi t'as pas mis ton collant plus tôt ?

– C'est une longue histoire, je vous raconterai.

– Je serais toi, j'irais maintenant. Tout le monde papote, y a un peu de confusion avec les signatures et les félicitations… T'as cinq minutes avant qu'on parte au vin d'honneur.

– Y a des toilettes dans la mairie ? Ce sera plus simple pour enfiler mon collant.

– J'en ai pas vu. Mais à la limite, tu t'en fiches, tu rentres dans n'importe quelle salle et tu les mets rapidement. C'est samedi aujourd'hui : personne ne travaille.

– J'vais pas oser...

– Victoire, tu nous fais schmir ! Si tu préfères rester

à moitié à poil avec tes charentaises pour le mariage d'Elsa...

– Non... Ben non...

– Alors, vas-y ! Et puis viens, je t'emmène et je monterai la garde devant une salle, ça te va ?

Je suis Agathe qui a l'air bien décidée à prendre les choses en mains. Nous repérons une porte qu'elle ouvre, et elle me pousse dans une petite salle.

– Je me dépêche !

En quelques secondes, je remonte ma robe, ouvre une boîte et en sors un collant avec précaution, l'enfile avec délicatesse, et, ô miracle, il ne se file pas. Je ressors aussi sec.

– Bravo, quelle rapidité ! reconnaît Agathe avec un sourire. Je retourne à la cérémonie pendant que tu vas chercher tes chaussures. On se retrouve là-bas ?

– Oui, merci, Agathe.

Tandis qu'elle rejoint la salle des mariages, je file en courant mettre mes escarpins. Je balance mes tatanes sur le siège passager, mets mes chaussures et repars en sautillant vers la mairie. C'est sûr que mes talons sont moins confortables que mes vieilles tatanes.

– Ouah ! T'as fait vite, s'enthousiasme Louise.

– Trente secondes ! Un record ! Et aucune gaffe, aucun problème, il va neiger !

– Parle pas de malheur ! Il fait bien assez froid comme ça !

Du coin de l'œil, je cherche Arnaud dans la foule, mais ne le trouve pas. Mon cœur, qui bat à tout rompre, balance entre l'envie et la trouille de le voir, mais j'essaie de garder mon calme et de me recentrer sur le mariage de mon amie.

– Viens, faut tout de même féliciter la mariée ! me propose Louise en m'entraînant avec elle.

Je rejoins Elsa, entourée de plusieurs personnes qui l'embrassent, rient, racontent leurs petites anecdotes sur leur propre mariage. Mon amie est rayonnante. Je m'approche et la prends dans mes bras.

– Félicitations, Elsa, je suis si heureuse pour toi !

– Merci, Vic ! C'est super émouvant, de se marier, je te jure !

– Et tu es superbe, ton ensemble est magnifique ! Tu as bien tenu le secret, c'est vraiment beau. Et puis je..., je ne sais pas quoi te dire, je suis heureuse pour toi, très heureuse !

Véritablement bouleversée, je l'embrasse. Le mariage n'a jamais été pour moi autre chose qu'une formalité administrative présentant peu d'intérêt, mais là, je ne sais pas pourquoi, je suis vraiment émue. Elsa, alpaguée par un couple de personnes âgées, me fait un gentil signe qui veut dire qu'elle doit s'occuper de tous ses invités. Je lui souris et me tourne vers Robin pour le féliciter aussi. Merde ! Il est avec Arnaud. Ils discutent tous les deux avec complicité... Je connais Robin depuis longtemps ; si Arnaud était de sa famille ou un ami très proche, je l'aurais su, quand même ! Quoique non, pas forcément. Nous avons fait très peu de soirées avec Robin, la plupart de nos sorties étant entre filles. Je veux faire demi-tour discrètement quand il m'appelle.

– Vic ! On a cru que tu n'arriverais jamais !

Oui, je sais ! J'étais *encore* en retard ! Je sens qu'on

va me le faire remarquer pendant quelques siècles. Je souris bêtement.

– Tu connais mon cousin Arnaud ?

C'est son cousin. Reprends-toi, Vic ! Ne laisse pas Vic-godiche prendre le dessus. C'est un garçon comme un autre, tu n'as aucune raison de paniquer. Faut juste répondre un truc tout simple pour ne pas s'embrouiller les pinceaux :

– Arnaud est ton coussin ?

Et voilà ! J'ai dit « coussin » au lieu de « cousin ». Le truc bien ridicule. J'ai envie de partir en courant me cacher derrière la grande tenture qui nappe la table de mariage.

– Bonjour, Victoire, tu es de la fête, toi aussi ?

Non, j'suis de passage...

– Elsa et Victoire se connaissent depuis toujours ! Vic est le témoin d'Elsa, avec Agathe et Louise, qui sont là-bas, répond Robin à ma place.

– C'est sympa, ça, Vic !

– Ouich... Hu, hu, hu !

Vic-qui-glousse est de sortie : arrête de jouer les dindes et trouve quelque chose à dire. Quelque chose d'intelligent, de beau, de poétique, de musical... Je ne sais pas, mais quelque chose ! Viiiite !

– C'est une très belle cérémonie.

C'est pas original, mais c'est neutre. C'est bien, neutre, aussi, et en général sans danger.

– Oui. Je le disais à Robin à l'instant. Très sympa. En tout cas, Vic, c'est amusant de se retrouver là !

– Arnaud est venu avec un groupe d'amis pour jouer du jazz pendant le vin d'honneur.

– Ah ! C'est chouette, ça ! C'est vrai que tu joues de la clarinette puisque tu es le prof de mon frère Arthur.

– Oui… Arthur me parle parfois de toi !

Arthur parle de moi à Arnaud ? Au secours ! Arthur qui ne manque jamais une occasion de déverser des horreurs sur moi, qui adore raconter mes pires gaffes, galères et maladresses... Robin interrompt mes pensées :

– Vous m'excuserez, tous les deux, je dois aller voir mes invités.

Il s'éloigne tandis qu'un silence gêné s'installe entre Arnaud et moi. Je n'ose reprendre le sujet sur Arthur, ça me fiche trop la trouille : je torturerai mon frère la prochaine fois que j'irai chez mes parents pour savoir ce qu'il a dit.

– Bon, ben, je vais rejoindre mes amies. À tout à l'heure, Arnaud !

– Oui, à tout à l'heure, Vic.

Je me retourne et fais quelques pas quand je sens son souffle dans mon cou et ses deux mains sur mes épaules. J'ai l'impression que mon cœur fait un saut à l'élastique, et une bouffée de chaleur m'envahit. Arnaud, là, au milieu de la foule, s'apprête à me murmurer quelque chose à l'oreille.

– Euh, Victoire, excuse-moi, mais je crois que tu as ta robe coincée dans ton collant.

– QUOI ?

Je baisse les yeux en me dévissant la tête et, en effet, comble de l'horreur, tout un pan de ma robe est pris à l'intérieur du collant, laissant entrevoir ma cuisse et, bien sûr, un morceau de ma culotte. Il y a pas loin de cent personnes à ce mariage, et le seul qui s'aperçoit que je montre mes fesses, c'est Arnaud ! Si je devais raconter ça plus tard à mes petits-enfants, pas un ne me croirait ! Dans un geste désespéré, je tire sur ma robe, la remets en place, constate qu'elle est froissée, mais je n'ai pas filé mon collant, ce qui s'avère être un soulagement dans le marasme psychologique où je me trouve. Je ne regarde pas Arnaud, qui a lâché mes épaules quand j'ai sursauté, et file me réfugier auprès de Louise et Agathe, des larmes dans les yeux.

– Qu'est-ce qui se passe ? s'inquiète Agathe.

Je leur raconte.

– Pleure pas, ça fait couler ton mascara, me dit Louise en tamponnant mes joues avec un mouchoir en papier.

– Les filles, j'en ai marre de moi ! Quand est-ce que je vais vivre normalement dans un monde où je m'exprimerai de façon intelligible, où je ne serai pas le bouffon des collégiens et où je ne passerai pas mon temps à exhiber mes fesses aux autres ?

– Kim Kardashian montre toujours son popotin, et ça n'a pas l'air de déplaire aux mecs, pourtant !

Agathe a le chic pour me faire rire.

– Pour la robe, franchement, c'est pas un drame ! affirme Louise. Elle était un peu relevée, on a vu tes jambes ! Bon ! Ça arrive...

Mes amies me sourient gentiment. Agathe baisse la voix :

– Et puis, t'es comme ça ! Faut que t'assumes, ma vieille ! Nous, c'est comme ça qu'on t'aime !

– Ouais, mais vous n'êtes pas Arnaud !

– C'est sûr, mais qui te dit qu'il n'apprécie pas ton côté farfelu ?

Je me renfrogne :

– Non, lui, il a sa Juliette !

– Ah oui ? Et alors, elle est où, là, sa Juliette ?

Tiens, c'est vrai, je n'avais pas pensé à ça ! Il est venu tout seul au mariage, visiblement ! Louise revient à la charge :

– Je me suis renseignée : il reste au vin d'honneur et au repas. Ça va nous laisser du temps pour mener l'enquête...

– Oh ! Les filles, soyez discrètes...

– Tu nous connais !

– Oui, justement !

– T'inquiète, de toute façon, c'est surtout à toi de chercher à savoir. Nous, on est là pour un petit coup de pouce en douce ! Ça t'ira ?

– OK ! Mais faites-moi plaisir...

– Oui ?

– Chaque fois que je sors des toilettes, vérifiez si je n'ai pas remonté mon collant par-dessus ma robe !

32

– Cesse de le regarder avec ces yeux de merlans frits, Vic !

– Tu ne trouves pas qu'il est canon quand il joue de la clarinette ? Enfin, il est canon tout le temps, mais là...

– Salut, les filles, moi, c'est Hubert ! Vous allez bien ? Vous êtes invitées au mariage ?

À ton avis ?

Agathe et Louise sont venues en célibataires. Charles, le compagnon de Louise, est en reportage en Corée du Nord, et Agathe est entre deux mecs ! Elsa nous a donc mis à table avec des célibataires, et je sens que ça ne va pas être triste. À commencer par Hubert qui m'a l'air peau de colle !

– C'est bien, cette musique, c'est entraînant ! Y en a une qui danse ?

– Non, merci !

– Non, merci !

– Non, merci !

– Euh... Vous êtes clonées ou quoi ?

Agathe se marre, Louise lève les yeux au ciel, un jeune homme passe avec un plateau, et j'attrape un petit four figue-foie gras en montrant le groupe de jazz à notre interlocuteur.

– Non, mais on préfère écouter, c'est tout !

– Oui, pourquoi pas ! Notez, j'ai rien contre le jazz, mais franchement, là, dans la journée, je préfère un bon demi. Pas vous, les filles ?

Sa remarque me rappelle vaguement quelque chose...

– Vous êtes de la famille de la mariée ?

Il est gonflant, celui-là ! Avec mon bol habituel, je vais me le farcir comme cavalier toute la soirée ! Si j'arrive à la salle du repas plus tôt, j'intervertis les étiquettes ! Agathe, qui a l'air de le trouver sympa, lui explique :

– Nous sommes les meilleures amies et témoins de la mariée. Et vous ?

– On peut se tutoyer, c'est plus sympa ! Et ça rapproche !

Il joint le geste à la parole en se collant contre Agathe, qui a l'air ravie.

– Je suis un collègue de travail de Robin. Mais ne parlons pas boulot. T'es drôlement jolie et t'as l'air d'aimer rire, pas vrai ? Ça tombe bien, moi, je suis un rigolo. Avec moi, on ne s'ennuie jamais, garanti sur facture !

Séraphin Lampion ! Ce mec nous sert des répliques de Séraphin Lampion, le rigolo de service dans *Tintin* ! Les bras m'en tombent. Comment un homme peut-il penser pouvoir draguer en sortant des boutades de Séraphin Lampion ! Le pire, c'est qu'Agathe se laisse embobiner par le Lampion, qui lui glisse je ne sais quels bobards à l'oreille. Elle n'arrête pas de glousser, ce qui l'encourage de plus belle.

Le groupe de jazz fait une pause, et les musiciens, dont Arnaud, vont prendre un verre au buffet. Je le suis des yeux le plus discrètement possible. Pourquoi est-il sans sa compagne ? Est-ce qu'il pense à moi, parfois, de temps en temps ? Est-ce que j'ai une chance infime qu'un jour... ?

La voix d'Hubert me ramène à la réalité.

– Agathe, je vais nous chercher une coupe de champagne, ça te dit ? Et tes copines, elles veulent quelque chose ?

– Oui, je veux bien une coupe, merci, répond Louise.

– Non, merci, je n'aime pas le champagne ! fais-je en me forçant à sourire un peu.

– Ben, t'es bien difficile, toi, dis donc !

Je remballe mon sourire et lui lance un regard aimable. Tandis qu'il s'éloigne, je saute sur mon amie :

– Ben, Agathe, qu'est-ce que tu fiches ? Il te drague ouvertement, le Hubert !

– Ben oui, c'est pas désagréable ! Y a longtemps que j'ai pas eu de mec !

– C'est pas une raison pour aller avec le premier venu !

– C'est pas le premier venu, il est sympa, je trouve, et puis, il me fait rire !

– Tu parles, avec son humour à la Séraphin Lampion !

– Son humour à la quoi ?

– Laisse tomber ! Je le trouve un peu lourdingue, c'est tout.

Louise renchérit :

– Ouais, il ne donne pas dans la finesse...

– Oh ! Les filles, mon dernier était d'un ennui à mourir ! Ça me fait du bien de me détendre avec un mec qui n'a pas l'air prise de tête !

Bon ! Elle n'a pas tort.

– OK ! Mais promets-nous de ne pas te marier avec lui !

– Pfff ! Z'êtes bêtes. Taisez-vous, le voilà qui revient.

– Tiens, ton champagne, Agathe. Et toi..., Victoire, c'est ça ?... Je t'ai trouvé un verre de vin.

– Un verre de vin ?

– Oui, c'est un des musiciens qui m'a dit que tu n'aimais que le vin rouge.

J'ai un coup au cœur. Agathe et Louise me lancent un regard qui en dit long. Comment Arnaud sait-il que je n'aime que le vin rouge ? Et pourquoi a-t-il parlé de moi à Hubert ? Je n'ose pas le lui demander et le remercie un peu trop chaleureusement.

– Ah ben, voilà comment te décoincer, toi : un bon pinard, et hop ! Tu te dérides !

Il n'est vraiment pas fin, mais il n'imagine pas la portée du message qu'il vient de me transmettre. Louise, qui a tout compris, vient à mon secours :

– Mais comment il t'a dit ça, le musicien ? Il nous connaît ? Je ne le distingue pas bien d'ici...

– En arrivant au buffet, je me suis retrouvé près d'eux et je les ai félicités en leur disant que je venais chercher à boire pour trois groupies, dont une chieuse qui n'aimait pas le champagne. Je vous ai montrées, et l'un d'eux m'a alors répondu que la chieuse n'aimait que le vin rouge. Voilà. Je ne sais pas son nom, c'est celui qui joue de la clarinette.

Mon Dieu, mon Dieu, mon Dieu ! Qu'est-ce que ça veut dire ? T'emballe pas, Vic ! Reste calme, ça ne veut rien dire ! Si ça se trouve, je lui ai déjà dit que je n'aimais que le vin rouge. Mais quand ? Ou c'est Axel qui lui en a parlé ? Pourquoi il lui aurait dit ça ? Ou alors Arnaud se serait renseigné sur moi ? Pourquoi ? Oh mon Dieu ! Mon Dieu ! T'emballe pas, Vic, reste calme !

Tout le temps que dure le vin d'honneur, pendant lequel je fais bien attention de ne pas boire trop d'alcool pour ne pas reproduire le scénario catastrophe du restaurant japonais, je gamberge et guette Arnaud avec un regard nouveau. J'ai beau me dire que ce n'est sûrement qu'un hasard, une boutade, ou qu'il a surpris une de mes conversations au collège, je n'en reste pas moins étonnée qu'il se soit souvenu que j'étais fan de vin rouge et qu'il ait parlé de moi à Hubert comme s'il me connaissait bien. Ça a quelque chose de..., d'intime, presque. Mais quand arrive la fin du vin d'honneur, j'ai un autre souci à régler : mes nouvelles chaussures me font un mal de chien, et je n'arrive carrément plus à poser les pieds par terre.

– Les filles, fais-je à Agathe et Louise en grimaçant de douleur, il faut que je passe chez moi changer de chaussures !

– Encore ? me répond Louise en fronçant les sourcils comme si elle allait me gronder.

– T'as pas besoin de changer de chaussures, elles sont très bien, celles-là, reprend Agathe, qu'Hubert a laissé un instant pour aller raccompagner des amis qui n'ont pas de voiture.

– Non, elles ne sont pas très bien du tout : elles me serrent et j'ai l'impression de marcher sur une planche à clous !

– Ah oui, c'est embêtant, surtout si tu veux danser !

Mais fais vite, parce qu'on ne va pas tarder à partir pour le dîner.

Oui, oui, je vais faire vite, mais pour l'instant, je n'arrive plus à penser à rien d'autre qu'à mes pieds, tant je souffre. C'est invraisemblable qu'une partie du corps si éloignée de notre cerveau soit capable de nous focaliser l'esprit à ce point. Tant pis pour le standing. Je retire mes chaussures, parce que je ne peux tout simplement plus marcher. En me déplaçant sur la tranche extérieure des pieds comme si on m'en avait brûlé la plante, je sors sans me retourner, récupère ma voiture et file chez moi à toute vitesse. Il y a quelques mois, j'avais gagné un bon de réduction à la Redoute et m'étais acheté avec un magnifique Thalasso pieds, une espèce de bassine élaborée dans laquelle on met de l'eau, qui fait des bulles, vibre et bloblote en vous massant les pieds. Un vrai délice ! J'ai bien dix minutes pour me faire une séance afin de réparer mes moignons. Je verse de l'eau chaude, de l'huile essentielle de lavande et plonge mes orteils avec bonheur dans le bain bouillonnant ! Quel pied ! (C'est le cas de le dire !) Je ferme les yeux, me laissant bercer par les glouglous et les douces pensées qui vont avec…

– C'est un vieux tango, Vic, dans mes bras ! Je t'invite !

Les mots d'Arnaud coulent comme le début d'un sonnet. Il me tend la main, sur laquelle je pose la mienne, gantée de noir. Ma robe fourreau moulante galbe mon corps, et je me délie comme une liane pour le rejoindre sur la piste de danse. Nous nous enlaçons, il passe son bras autour de ma taille fine, pose sa main déterminée d'un geste viril sur ma hanche, je le tiens à peine, délicate et fragile, lascive. Le violon pleure les premières mesures d'un tango brésilien. Nous foulons la piste, mes talons glissent au sol, et mes jambes s'enrobent autour des siennes, comme si elles lui appartenaient. Son torse collé à ma poitrine m'entraîne dans des arabesques voluptueuses. Pour donner le rythme, je lui résiste un peu. Il écrit la musique avec nos deux corps qui n'en forment plus qu'un, glissant sur des pieds de velours pour un tango félin.

– Putain, Vic, qu'est-ce que tu fiches ?

– Je..., je... dansais un tango... Non..., un bain de pieds...

– Hein ? Qu'est-ce que tu racontes ! Ramène-toi, on passe à table !

Sortie de ma torpeur par Agathe qui braille au bout du fil, je me dépêche de me sécher les pieds, d'enfiler une paire de collants neufs en zieutant le Bigoudi, je mets des chaussures moins seyantes mais bien plus confortables et fonce rejoindre le mariage. Tout en conduisant, je me demande quel va être le plan de tables. Je sais que je suis à la table des mariés, ça, c'est certain, mais à côté de qui ? Je suis sûre qu'Elsa ne savait pas que le Arnaud cousin de Robin était le même que le Arnaud de mes rêves ; elle ne m'aura donc pas forcément mise à côté de lui... Mais on ne sait jamais. Non, pas de plans sur la comète. Il ne sera peut-être même pas à notre table... Pourvu que si ! Pourvu que si !

Quand je déboule dans la grande salle très illuminée du mariage, j'ai l'impression que tous les yeux se tournent vers moi. Je suis la copine irrémédiablement en retard. Je fais profil bas jusqu'à la table des mariés, le rouge aux joues. Elsa et Robin côte à côte font face à la salle. Je parcours des yeux les convives assis autour de cette table royale : Agathe est assise près d'Hubert, près de ma place libre, un homme que je ne connais pas, Louise à côté de Christophe, le frère aîné et témoin de Robin, et enfin Amélie, la cousine d'Elsa, avec qui nous sommes allés au hammam, à côté d'Arnaud. Voyons le bon côté de la chose : même s'il n'est pas près de moi, Arnaud est à la même table. Et ça, c'est génial.

– Vic, je te présente Norman, un parent américain de Robin. Comme je crois me rappeler que tu parles bien anglais, j'ai pensé que ce serait sympa pour vous deux.

Je parle bien anglais... Je parle bien anglais... Ben, qu'est-ce qu'elle me fait, Elsa ? Mes souvenirs datent de la terminale, où je n'étais pas mauvaise, certes, mais pas excellente non plus ! Et puis depuis, plus rien. Je l'ai à peine pratiqué, comme quand j'ai dû expliquer leur chemin à des Anglais, et, à mon avis, ils tournent encore.

– Bondjouw, me fait gentiment Norman. Vuu allez bien ?

– *Yes ! I'm fine !*

Et voilà, je pense avoir usé la majeure partie de mon vocabulaire. Ça va nous faire une chouette conversation, pour toute une soirée. Je zieute presque en face de moi Arnaud qui a l'air de bien rire avec la cousine d'Elsa. Je n'aime pas ça. Mais alors pas du tout. La

Amélie, je ne la sens pas tellement. Déjà au hammam, elle faisait celle qui connaissait tout mieux que tout le monde, et là, elle est en train de taper sur la cuisse d'Arnaud, et ils se bidonnent comme deux gosses.

– Vic, je racontais à Arnaud notre sortie au hammam, où tu as failli mettre le string en papier sur ta tête en croyant que c'était un bandeau !

Et c'est moi qui paie ! Très amusant ! Je lui crêpe le chignon tout de suite, à la cousine, ou j'attends la fin du mariage ? Allez, je vais attendre la fin de la soirée, par respect pour Elsa. Et surtout parce que je ne sais pas comment crêper un chignon.

– Ah oui ! C'était super, cette journée ! J'ai adoré ! Tu te rappelles, Amélie, les grimaces que tu faisais quand on t'a passé la *kassa* sur le corps ? Ta peau avait viré au violet tellement la masseuse y était allée fort !

Merci, Agathe ! Merci, merci, merci ! Agathe qui lit dans mes pensées et me venge ! Agathe qui sait que les J-Lo et les cousines chiantes, c'est toujours pour moi !

– Oui, enfin, faut pas exagérer ! s'agace Amélie. Elle y est allée fort, mais c'était parfaitement supportable.

– Et vous étiez ensemble pour l'enterrement de vie de jeune fille d'Elsa, c'est ça ? demande Arnaud qui cherche visiblement à désamorcer l'énervement qu'il sent monter. Les hommes peuvent aussi y aller, à ce hammam ? Ça me plairait bien, moi !

– Oui, c'est une très bonne idée, explique Louise, mais ce hammam-là est réservé aux femmes.

– Ah ! C'est dommage.

– Il y a un hammam dans Paris pour les hommes. On y va quand tu veux, Arnaud, intervient Robin. On pourra comparer notre expérience avec celle des filles, ensuite !

– Ah oui, c'est une bonne idée, fais-je en ricanant, parce que j'entrevois ainsi la possibilité d'une relation plus suivie avec Arnaud. Mais dépêchez-vous d'y aller, sinon nous, on risque d'oublier notre propre aventure et on n'aura plus d'éléments de comparaison !

Les filles, qui ne voient pas trop où je veux en venir, me lancent un regard surpris.

– Non, je veux dire... Bon ! Ne tardez pas, quoi, parce que c'est tellement agréable, hein ? Et puis un bon moment entre hommes... Voilà...

Tais-toi, Vic, change de sujet. Ça n'a pas d'intérêt, ce que tu dis !

– En tout cas, nous, on a bien ri, quand on ronflait dans les coussins, quand Vic est revenue du jet haute pression en marchant comme Lucky Luke...

Elle va me lâcher, elle ?

– Si je comprends bien, Vic, c'est un peu le clown du groupe, fait Arnaud. Ça ne m'étonne pas : au collège, tout le monde l'apprécie pour sa gentillesse et son humour.

Heureusement que la chaise est large, sinon j'en serais tombée. Je lance un magnifique sourire à Arnaud, qui me le rend aussi sec.

– Merci, Arnaud, ça me touche...

– Ah ! Voilà les entrées. Il était temps, j'ai l'estomac dans les talons, moi ! Et les talons d'un étalon comme moi, c'est pas rien !

Agathe s'esclaffe à l'excellent jeu de mots de son partenaire. Je lui pardonne parce qu'elle m'a sauvé la mise avec Amélie, mais l'humour d'Hubert l'Étalon, franchement...

On nous sert un tartare de daurade à la mangue.

– C'est Vic qui a choisi les vins de notre mariage, dit Elsa fièrement en me regardant avec tendresse.

– Et tu as choisi quoi, pour la daurade ? me demande Christophe.

Ce qui est amusant, c'est qu'il y a certains domaines où je suis entièrement moi. Sans hésitation, sans complexe, sans doute. L'œnologie est un de ces domaines.

– Un hermitage blanc, qui est un vin onctueux et expressif, idéal avec le poisson, et un pinot noir de Bourgogne.

– Un vin rouge pour le poisson ? s'étonne Hubert.

– Je crois que Vic n'aime pas le vin blanc, fait Arnaud.

Je me retiens de faire un double salto de joie (parce que je ne sais pas faire non plus les doubles saltos). D'où tient-il ces informations sur moi ? En salle des profs, on parle de choses et d'autres, c'est vrai, mais je n'ai jamais vu qu'Arnaud s'intéressait à ma conversation avec les autres collègues. Et puis je ne me suis jamais étendue sur mes connaissances œnologiques. Je reprends mes explications :

– Au contact de la chair délicate du poisson, les tanins du vin rouge se resserrent. Cela provoque parfois un goût désagréable. Si l'on n'aime pas le vin blanc, ou si l'on veut faire une expérience nouvelle dans l'association poisson-vin, on peut choisir un vin rouge raffiné, tendre, avec des notes de fleurs fanées et de sous-bois, voire des notes de champignons. Le vin ne doit pas être trop jeune, mais, une fois patiné, ses tanins fondus s'accorderont avec la chair du poisson.

– C'est drôlement intéressant, dis donc ! Comment connais-tu autant de choses sur les vins ?

– Mon père est œnologue : j'avais déjà du bourgogne dans mon biberon !

Cela fait rire toute la tablée, et, pour une fois, je me sens valorisée. C'est sans compter sur la cousine d'Elsa qui, je l'ai bien compris, est une J-Lo bis qui aime se valoriser au détriment des autres :

– Ouais, elle devrait s'inscrire à une émission genre *Top Chef*, mais pour les vins, ça n'existe pas, *Top Sommelier* ? En tout cas, moi, je n'aime que le vin blanc avec le poisson. Le rouge, c'est pour la viande et le fromage. Si ces traditions existent, c'est qu'il y a une raison !

– Ben, justement, intervient Louise, Vic vient d'expliquer que l'on peut se surprendre en buvant un rouge adapté !

Je crois qu'Amélie a trop bu, et ça me fait du bien de voir que ce n'est pas moi qui vais rouler sous la table cette fois-ci. Le jour du mariage de ma meilleure amie, ça la ficherait mal ! Et puis prendre une cuite avec un alcool fort, pourquoi pas ? Mais avec de bons vins, sûrement pas !

Du coup, à notre table, tout le monde, à part elle, essaie le pinot noir avec la daurade.

– Franchement, c'est excellent, constate gentiment Robin.

Tout le monde acquiesce, et moi, en plus du pinot, je bois du petit lait ! Mon pauvre voisin de table qui ne parle pas un mot de français a l'air complètement perdu. Aussi, encouragée par mon succès, je décide de lui parler un peu.

– Are you fine ?

Bon, oui, je sais, ce n'est pas original, mais il faut bien commencer. Norman me fait un sourire poli et me répond avec un accent à couper au couteau :

– Oui, oui, jeu vé twai bien ! C'est siouper, cette mawiage !

Ne sachant pas trop quoi dire, je lui montre le menu, et le plat que nous allons manger ensuite : suprême de poulet à la chantilly de truffes.

– Oh ! What is « siouprème de poulett' »

– It's very good. Do you like kitchen ?

– Excuse me... Kitchen ?

– Yes, it's a dish cooked with kitchen. Do you like kitchen ?

Norman me regarde avec des yeux ronds comme des soucoupes. Il ne me semble pas très normal, ce garçon. C'est pourtant simple, ce que je lui demande : s'il aime ou non le poulet. Alors que je lui reformule ma question, *Do you like kitchen*, un peu agacée qu'il ne fasse pas d'efforts pour tenter de me comprendre, le rire cristallin d'Amélie retentit.

– Qu'est-ce que tu lui demandes, Victoire ? *Do you like kitchen ?*

Au moment même où elle répète ma propre phrase, je comprends : ça fait dix minutes que je m'évertue à demander à Norman s'il aime manger la cuisine. Au lieu du poulet. La honte ! À la table, tout le monde éclate de rire.

– *Kitchen* au lieu de *chicken* ! C'est trop excellent ! Elle est impayable, dit Amélie en se tournant vers Arnaud. Victoire, la reine des gaffes !

Oui. Très drôle. Je suis morte de rire. Et d'ailleurs, malgré les apparences – car pour faire bonne figure, je ris avec les autres –, il me reste un peu en travers du gosier, le suprême de cuisine à la chantilly de truffes.

– *Do you like kitchen...*

Chacun répète entre deux hoquets de fou rire mon humiliante erreur. Même Norman, qui a fini par comprendre, rit aussi.

En quelques secondes, j'ai perdu tout le crédit que m'avait donné mon talent pour les vins. Je regarde Arnaud qui pleure de rire. Et je maudis Vic-godiche qui vient de reprendre le dessus.

33

Comme toute bonne chose a une fin, la tablée finit par se calmer, même si certains ont encore l'œil goguenard rien qu'en me regardant. J'ai, figé sur le visage, un rictus entre le sourire rageur et le désespoir. Heureusement arrive la fin du repas, et nous avons prévu, juste avant la pièce montée, de passer notre montage photo en l'honneur des mariés. Enfin, surtout d'Elsa. La préparation du diaporama nous a pris un temps fou, depuis la recherche de photos chez les parents d'Elsa jusqu'au montage lui-même en passant par le choix des musiques. C'est Agathe qui l'a terminé, étant la plus calée de nous trois en informatique. Dès l'écran géant installé, elle branche son portable et se tient prête à démarrer. Avant de le lancer, nous avons prévu un petit discours. Agathe étant aux manettes, et moi, trop timide, Louise doit s'y coller. Mais elle est soudain prise d'une quinte de toux si forte qu'elle la fait pleurer.

– Vic, j'peux pas !

– Hein ? Comment ça, tu peux pas ?

– J'suis bloquée, coincée : je ne peux pas ! Il faut que tu prononces le discours.

Elle s'interrompt pour tousser de plus belle.

– Je ne pourrai pas, Vic, reprend-elle. Trop d'émotions, je ne sais pas, mais là, ce n'est pas du tout possible que j'aligne deux phrases de suite en public !

Oh là là ! Mes jambes se dérobent sous moi, je suis prise d'un flush incontrôlable, quand soudain Amélie arrache la feuille des mains de Louise.

– Je vais le lire, moi, votre discours ! On ne va pas tergiverser comme ça pendant des heures. Les gens attendent pour manger le dessert !

Piquée au vif, ne voyant pas pourquoi ce serait *elle* qui dirait *notre* discours, je reprends du poil de la bête, ainsi que la feuille des mains de la cousine.

– C'est à moi de le faire, merci !

Et je fais face au public, plantée devant l'écran géant. Pour me donner du courage, je regarde Elsa : elle mérite sincèrement l'effort que cela me coûte de parler devant tout le monde. Pense à tes petites phrases, Vic ! Tes petites phrases sur la confiance en soi. Une me revient en tête, de circonstance : *Ce n'est pas parce que les choses sont difficiles que nous n'osons pas, c'est parce que nous n'osons pas qu'elles sont difficiles.* Et je me lance :

Elsa,
Nous quatre, c'est une longue histoire,
D'amitié inconditionnelle
Nous quatre, comme un réservoir,
Avons construit une citadelle.
Nous quatre sommes la mémoire
De toutes nos heures les plus belles
De nos moments de désespoir,

De nos doutes existentiels,
De beaux fous rires expiatoires,
De complicité éternelle,
De communion jubilatoire.
Aujourd'hui, tu es la plus belle,
C'est un peu ton heure de gloire,
Et nous portons ta passerelle
Vers un tout nouveau territoire.
Tu l'empruntes, bien solennelle
Pour dans les bras de Robin choir.

Notre amitié est éternelle,
Rien ne pourrait équivaloir,
Mais l'amour est intemporel
Donc, on partage avec espoir.

Pour un bonheur exceptionnel
Nous faisons le vœu sans surseoir,
Et nous signons : tes demoiselles
Agathe et Louise et puis Victoire.

Je ne m'étais pas aperçue du grand silence qui régnait dans la salle. L'émotion est trop forte, et à peine ai-je fini que je me mets à pleurer sans pouvoir me retenir. J'ai parfaitement réussi à lire... Enfin, à déclamer, plutôt, puisque je le connais par cœur, ce poème que nous avons écrit toutes les trois, en nous amusant comme des folles à trouver les rimes et à respecter – grosso modo – le nombre de pieds de chaque vers. Agathe, qui n'est pas mieux que moi, oublie de lancer le diaporama qui devait enchaîner immédiatement après le poème. Nous pleurons toutes les trois. Elsa se lève, les yeux humides, et vient nous embrasser. Et là, les applaudissements se déchaînent à tout rompre. Les invités sifflent, rient, crient :

– Vive l'amitié !

– Vive l'amour !

– Super, les copines ! Quelle émotion !

– Vive les mariés !

On pourrait dire que c'est un peu bébête, tout ça, mais on s'en fiche. Si on ne peut pas se laisser aller à des émotions pures le jour du mariage de sa meilleure amie, alors quand ?

Agathe se ressaisit et envoie le diaporama. Compilation de photos depuis l'enfance d'Elsa jusqu'à aujourd'hui. On m'y voit petite (et pas si boulotte que ça, mais j'ai choisi les images de moi avec grand soin !), puis ado, puis adulte. Plusieurs photos de nous quatre : une photo de classe où j'ai de jolies nattes à la Fifi Brindacier ; nos vacances au Club Med, quand nous avions à peine vingt ans ; des images du lycée d'Elsa, de son école d'agronomie, de son lieu de travail ; une mémorable soirée sur le thème du cinéma, où je suis déguisée en Josiane Balasko dans *Les bronzés font du ski* – chemise de nuit et chaussures de ski – et où Elsa et Robin sont en héros de *The Rocky Horror Picture Show*, en slip et combinaison, Agathe en Zézette épouse X, et Louise en Mia Wallace de *Pulp Fiction*. Le diaporama dure presque vingt minutes et, pendant ce temps, l'ambiance est au top dans la salle, avec des sifflets et des commentaires sur chaque photo qui passe. Elsa et Robin sont écroulés de rire. Agathe et Louise m'envoient régulièrement des coups d'œil : nous avons vraiment bien réussi notre coup !

Quand la lumière se rallume, on apporte la pièce montée alternant des macarons pastel, une génoise légère avec une mousse de fraises, parsemée de roses de sucre blanches. J'en salive rien qu'à la regarder. Évidemment, il n'est pas question de faire régime le jour du mariage d'Elsa, et je sens que je vais en prendre plus d'une part.

– Bravo, les filles ! Superbe, votre PowerPoint ! Et le poème aussi, une réussite ! s'exclame Hubert, enthousiaste.

– Nous l'avons écrit toutes les trois, précise Agathe.

– Moi, j'écrivais des super poèmes quand j'étais adolescente, précise Amélie, de plus en plus pompette.

Tout le monde s'en fiche un peu, mais ça lance un débat autour de la table sur les talents de chacun. Amélie tente de réciter une de ses créations, et, franchement, je n'en entends pas grand-chose, mais, à la tête que fait Arnaud à côté d'elle, ça ne doit pas être du Baudelaire.

Dans le brouhaha qui s'ensuit, je me penche derrière mon voisin de droite pour interpeller Louise discrètement.

– Mais dis-moi, au fait, c'est un sacré hasard qu'Hubert soit à notre table, et justement à côté d'Agathe.

– Attends, t'as loupé le début ! Il n'était pas du tout prévu qu'il soit là. Il était à une autre table et il a interverti l'étiquette de son nom avec celui qui était là à l'origine. Elsa n'a pas eu le cœur de changer, vu à quel point Agathe avait l'air contente.

– Eh ! On danse, les amis ! s'écrie Amélie, qui a enfin fini de déclamer sa prose prépubère.

– Attends, c'est à Elsa et Robin d'ouvrir le bal, non ? fais-je, énervée par son comportement, mais aussi de plus en plus soulagée que ce ne soit pas moi la pocharde de service.

– Normalement, oui, confirme Louise. Elsa doit danser avec son père, qui au bout de quelques pas passe le relais à Robin.

– Rôôôô ! Vous êtes drôlement à cheval sur les traditions, vous ! Moi, je vous dis on va danser et puis c'est tout.

Arnaud pose sa main sur le bras d'Amélie, ce qui la calme illico, mais dans le même temps me provoque un flush incontrôlable.

– Si les mariés le souhaitent, c'est que c'est important pour eux, lui dit-il avec douceur.

Elle lui sourit béatement.

– D'accord. T'es avocat, toi, Arnaud, tu sais défendre les autres, non ?

– Oui, oui, répond-il en riant. Presque. Avocat dans l'Éducation nationale.

Au même moment, le père d'Elsa arrive et emmène sa fille sur la piste de danse. Robin les suit, et nous derrière.

– Bah, la tradition, vous repasserez : c'est même pas une valse ! commente Amélie avec une pointe d'ironie.

– Non, personne ne sait danser la valse ; alors, on a choisi notre slow préféré. C'est notre musique à nous deux : *Unchained Melody* des Righteous Brothers. Ça vaut toutes les valses, non ?

– La musique de *Ghost*, j'adore ! dis-je, priant qu'Arnaud qui n'est pas loin ne me trouve pas niaise avec mes choix musicaux.

– Moi aussi, c'est tellement romantique, fait Agathe en lançant une œillade à Hubert, qui lui attrape la taille.

– Et puis le film, qu'est-ce que c'est beau ! chouine Amélie.

Au bout de quelques instants, le père d'Elsa passe la main à son gendre, puis les deux mariés nous font signe que nous pouvons les rejoindre sur la piste. Arnaud se penche vers moi :

– Tu danses, Vic ?

Mais je n'ai même pas le temps de répondre qu'Amélie lui saute dessus, l'empoigne et l'emmène sur la piste :

– Allez, Arnaud. T'es mon cavalier. Tu dois danser avec moi !

Je suis anéantie. J'allais danser un des slows du siècle avec l'homme de ma vie, et non ! Ce n'est pas possible ! Ce n'est jamais possible ! Je suis maudite avec les hommes ! Enfin, surtout avec celui-là, parce que Norman s'approche au même moment et me dit :

– *Come on, little chicken, we dance ?*

Tiens, il se réveille celui-là. Et même qu'il se réveille sacrément et qu'il a dû aussi abuser du vin, parce que je le trouve très entreprenant, à balader ses mains de haut en bas sur mon dos, à la limite de mon postérieur. Non, même plus à la limite : le voilà qui pose carrément ses deux mains sur mes fesses. J'ai beau donner des coups de reins pour les faire dégager, il s'agrippe. Fermement, en plus. C'est la meilleure de la soirée. Et je ne peux pas faire d'esclandre.

– Je *like* comme tiou es rebondie, Victware !

Oui, merci, je sais ! Surtout cette partie de mon anatomie qu'il est en train de malaxer. Que faire ? C'est gênant, j'ai l'impression que tout le monde nous regarde. Et il se colle, en plus. *Still Loving You*, de Scorpion, prend la suite d'*Unchained Melody*, et Norman ne me lâche pas. Un peu plus loin, je vois qu'Arnaud et Amélie sont toujours parmi les danseurs. Agathe et Hubert dansent enlacés, Louise et Christophe se tiennent à une distance respectable et ont l'air en pleine discussion. D'autres couples dansent. Ça va : nous sommes assez nombreux, on peut passer inaperçus. J'entraîne mon pot de colle vers le milieu pour nous fondre parmi les danseurs, et je croise les doigts pour que le DJ mette un rock, un rap, un n'importe quoi, mais pas un nouveau slow. En attendant, j'essaie de convaincre mon partenaire :

– Arrête, Norman ! *Stop, please. Don't touch me* comme ça ! *It's* gênant !

– Gênant ?

– *Yes !* Gênant ! *You understand ?*

Et comme il a l'air de n'*understand* rien du tout, je donne une tape discrète mais énergique sur une de ses mains.

– Mais tiu me tortiures, Victware ! Je t'aime, moi !

Il ne manquait plus que ça.

– Oui, moi aussi je t'aime bien, Norman, mais je ne suis pas libre.

– …

– Pas libre, tu comprends ? *I am not free !* J'ai déjà quelqu'un dans ma *life* ! *I have a boyfriend.*

Norman me lance le sourire béat de celui qui n'a rien

compris. Puis il s'illumine. À mon avis, les phrases mettent un certain temps pour parvenir à son cerveau.

– *Oh ! Yeah ! You have a boyfriend... But where is he ? Tell me ! Boyfriend* de Victware ? *Boyfriend* de Victware ? Où es tiu ?

Merde ! Norman est saoul mais pas bête. Il tourne la tête à droite et à gauche pour bien me montrer qu'il sait que je n'ai aucun *boyfriend* dans les environs. J'ai un ricanement gêné tout en cherchant quoi lui dire – et en quelle langue – quand, à mon grand soulagement, les slows s'arrêtent pour laisser place à Pharell Williams et sa version longue de *Happy*. Parfait ! Je me dégage d'un coup sec de mon partenaire et me mets à gigoter en souriant sur la piste et en appelant Louise et Agathe. Le pauvre Norman se dandine comme il peut, mais comme je ne suis plus là pour lui servir de béquille, il a beaucoup de mal à tenir debout et tangue dangereusement.

– C'est le pompon, les filles. Norman me fait des avances, maintenant.

– Ben, il est mignon, tu ne trouves pas ? Et ça te permettra de faire des progrès en anglais, glousse Louise.

– Oh ! ça va, hein ? Je m'en souviendrai, du *kitchen* ! Tout le monde s'est fichu de moi !

– Rôôô ! Mais c'était gentil ! Et ça fait une super anecdote à raconter à nos enfants plus tard, dit Elsa qui vient de nous rejoindre.

Vous avez déjà vu une mariée danser sur de la musique moderne ? Je trouve que ça fait un peu... décalé. Elsa se trémousse dans sa tenue et, si ce n'était mon amie, je trouverais ça presque grotesque. Bon, bien sûr, je ne le lui dis pas, d'autant que je n'ai rien à lui envier : avec ma robe légère et mes chaussures orthopédiques (ben oui, j'ai misé sur le confort au détriment de l'élégance), je préfère ne pas imaginer l'allure que cela me donne.

– Moi, je vais m'asseoir, les filles ! nous lance Agathe qui n'a qu'une envie : rejoindre Hubert qui est retourné à la table.

– On dirait une affaire qui marche, ces deux-là, me fait Louise.

– Oui, le courant est passé. Bon, et Hubert, finalement, il a l'air gentil. Il faut qu'on se laisse le temps de le connaître un peu plus.

– T'as raison. Parce qu'au premier abord, il n'est pas très fin ! Mais je pense qu'il est sympa. Et puis, il n'est pas mal, physiquement !

– De qui vous parlez, les filles ?

Aaahh ! Arnaud !

– Ça va, Arnaud ? Chouette musique, hein ? lance Louise pour dévier du sujet.

– Ouais ! C'est entraînant, *Happy* ! Je devrais passer ça à mes élèves, plutôt que certaines œuvres qui les barbent.

– Ben oui, pourquoi pas ? réplique Louise. Mais excusez-moi, j'ai mal aux pieds. Je vous laisse. Je vais m'asseoir.

Et je me retrouve seule à danser face à Arnaud. Il me sourit. Vite, quelque chose pour me donner une contenance : mettre les mains dans les poches ? Je n'ai pas de poches ; faire une tentative pour me repeigner en passant langoureusement mes mains dans mes cheveux ? Si c'est pour déglinguer le brushing que j'ai mis une heure à faire, mieux vaut éviter. Chanter les paroles à tue-tête ? Vu mon niveau en anglais, je vais m'abstenir. J'opte donc pour le petit signe de la main, un gentil coucou, sobre, sympathique et ridicule. Nous continuons à danser face à face, je regarde à droite et à gauche pour ne pas trop planter mes yeux dans les siens. C'est idiot, mais je ressens une gêne terrible. Et mon corps le sent aussi, car il commence à montrer des signes d'arythmie. Ma chorégraphie avait du plomb dans l'aile.

– Je vais retourner m'asseoir, fais-je timidement à son intention.

– Qu'est-ce que tu dis ?

J'avance la tête pour le lui répéter, mais au même moment, il avance la sienne vers moi, et je lui donne un grand coup de nez dans l'oreille.

– Ahhh !

– Oh ! Pardon ! Je suis désolée ! Je ne t'ai pas fait mal ?

– Non, non, ça m'a... surpris. Tu voulais me dire quoi ?

– Rien. Enfin, si, je vais m'asseoir.

Ça vaudra mieux.

Et voilà comment on grille les meilleures occasions. Finalement, heureusement que je n'ai pas dansé les slows avec lui, sinon, je lui aurais, au choix ou à la suite, marché sur les pieds, proféré des niaiseries, postillonné dessus ! Merci, Amélie. Sans t'en rendre compte, tu lui as sauvé la vie !

34

C'est fou comme un mariage, ça passe vite. Le temps de faire deux, trois gaffes, de te faire malaxer les fesses par un Américain saoul et d'entrer ton nez dans l'oreille de ton promis et hop ! C'est terminé !

En fin de soirée, il ne reste plus grand monde : on a tous bien mangé, bien bu, bien dansé, même moi qui y suis retournée, prenant soin de tenir Arnaud à distance pour garder un semblant de dignité. À mon grand soulagement, Norman est reparti avec ses parents. Comme j'ai constaté que finalement, que je picole ou non, ça ne change pas grand-chose, je ne me gêne pas pour faire le tour des tables et remplir mon verre des fonds de bouteille du petit aloxe-corton que j'ai choisi pour les viandes et les fromages. Il en reste peu, mais assez pour remplir deux ou trois fois mon verre. Ou quatre ou cinq ? Toujours est-il qu'en fin de soirée, l'aloxe me fait chaud au cœur et me fait presque oublier que, si j'arrête de dire des âneries, de postillonner, de marcher sur les pieds, de faire les mauvais choix, de me laisser écraser par les uns et déstabiliser par les autres, il suffit peut-être de tendre la main pour toucher le bonheur...

– Bonsoir, Vic, on se voit lundi, au collège, en forme ?

– D'accord, Arnaud. Il n'y a pas répétition de la chorale, demain ?

– Non, tu n'as pas reçu mon SMS ? J'avais annulé justement à cause du mariage. Je me doutais bien que je me coucherais trop tard.

– Oui, c'est vrai. Alors, à lundi. (Reste encore un peu, s'il te plaît...)

– D'accord, à lundi.

– Tu rentres chez toi, là ?

– Ben oui... Je ne vais pas dormir dehors. Et toi ?

– Je rentre bientôt aussi. Heureusement, je n'habite pas loin.

– Oui, moi non plus. Mais... Tu n'as pas trop bu ?

– Je n'ai pas bu beaucoup pendant la soirée, mais là, je me suis peut-être un peu laissée aller.

– Tu rentres toute seule ?

– Non. Enfin, si.

– C'est dangereux, Vic ! Tu peux toujours laisser ta voiture ici, et quelqu'un te raccompagnera. Tu viendras reprendre ta voiture demain. Agathe ou Louise ne peuvent pas te ramener ?

Les filles sont venues ensemble, mais si j'ai bien compris, Agathe, qui est la seule à avoir peu bu, doit déjà raccompagner Louise, Hubert, Christophe et un cousin éloigné d'Elsa. Il n'y a pas de place pour moi dans sa voiture. Je l'explique à Arnaud qui semble embêté.

– Je ne peux pas te laisser partir comme ça. Ça te gêne si c'est moi qui te raccompagne ?

Oh oui, oh oui, oh oui !

– Arnauuuud, Arnauuuud ! Je m'en vais !

Tiens, elle aussi elle aurait besoin qu'on la raccompagne. Heureusement, ses parents sont là et vont s'en charger.

– Au revoir, Amélie ! Rentre bien !

– Oui, et on se voit bientôt, hein, Arnaud ? C'est toujours d'accord pour un p'tit resto en tête-à-tête ?

Et voilà ! Coiffée au poteau par la cousine ! Elle n'aura pas perdu de temps, elle !

– On se rappelle, Amélie, mais je vais avoir une fin d'année chargée, un véritable emploi du temps de ministre. C'est pas gagné. Mais on s'appelle, d'accord ?

Ah ? Un petit espoir ? Je me trompe ou il n'a pas l'air enthousiaste ?

– Oui, oui, mais arrange-toi. Quelques heures dans une semaine, si tu t'organises bien, c'est toujours possible à trouver !

Non, mais elle ne doute de rien, celle-là !

– OK ! À bientôt, Amélie !

C'est avec un grand soulagement que je la vois s'éloigner en titubant et se tenant aux tables pour s'assurer un certain maintien.

– Bon, Victoire, je te raccompagne alors ?

Surtout ne pas avoir l'air trop enthousiaste.

– Bon, ben, d'accord ! Mais ça ne t'embête pas ?

– Non, si je te le propose ! Je ne suis pas trop fatigué, et puis, j'ai eu le temps de cuver le vin du début de soirée ; donc, c'est tout bon pour moi.

Je ne le montre surtout pas, mais, à l'intérieur, j'ai un consortium de toutes les Vic qui dansent la samba.

– Je vais chercher mes affaires, dire au revoir à mes amies et on y va. D'accord ?

– Oui, je t'attends.

Le temps de faire un bisou aux filles en leur glissant à l'oreille que c'est Arnaud qui me ramène chez moi, et voir leur air ravi, de remercier Elsa et Robin, de récupérer mon sac et mon manteau, et me voilà dans la voiture d'Arnaud, toute raide, à regarder la route en me demandant ce que je pourrais lui dire pour paraître fine et intelligente. Bien évidemment, je ne trouve pas, et, comme lui n'est pas bavard non plus, un silence pesant règne dans la voiture. Cela dit, vu qu'il est quand même quatre heures du matin, ce n'est pas non plus une heure où l'on est enclin aux bavardages. Arnaud met la radio. Une voix rocailleuse sur fond de musique folk s'en échappe.

– C'est chouette, dis-je, contente d'avoir enfin un sujet de conversation.

– C'est Madisen Ward and the Mama Bear, tu connais ?

Qu'est-ce que je réponds ? Un nouveau mensonge ? Il serait peut-être temps que je devienne moi-même à cent pour cent et que je joue le jeu de la franchise.

– Non, pas du tout. Mais j'aime bien. C'est quoi, cette radio ?

– C'est Oüi FM ! J'aime beaucoup. Ils ont toujours une programmation d'enfer.

Moi qui le voyais écouter France Musique ou FIP, je tombe des nues. Il faut dire que j'ai la fâcheuse tendance à croire que les autres sont parfaits et entrent dans des cases immuables grâce à leur sagesse, leur omniscience et leur culture générale éclairée et moderne. Histoire de me dévaloriser encore un peu plus, je suis la seule sur terre à avoir des goûts musicaux éclectiques, parfois douteux, la seule, à trente ans, à écouter Nostalgie et sa pléiade de vieux tubes qui me font frémir de plaisir ; la seule à me tromper, dans n'importe quel domaine, au moins une fois par jour ; la seule à ne pas être branchée, la seule à ne pas avoir un compte Facebook ou Twitter, à avoir encore un réveil à piles, à vouvoyer mes collègues plus âgés ou à ne pas savoir utiliser mon téléphone portable pour autre chose que pour téléphoner. Et j'en oublie.

« Has been », on aurait dit, dans les années 1980 !

– Et toi, Vic, tu écoutes quelle radio ?

Aïe !

Sois toi-même, Vic, c'est la meilleure chose à faire ! Tu ne peux plus mentir tout le temps pour faire croire que tu es ce que tu n'es pas ! Ça se sent, ça se voit, ça te fait faire des bourdes, c'est pire que tout.

– J'écoute Nostalgie. J'aime les vieux tubes. C'est un peu nunuche, non ?

– Ben non ! J'aime beaucoup Nostalgie ! Ça m'arrive de l'écouter aussi. Ils y passent souvent des chansons des années quatre-vingt, toute la new wave qui a bercé mon enfance. Je me souviens, mes parents écoutaient Culture Club, Depeche Mode, Cure, Tears for Fears...

Ahh ! Tous ces noms, je les connais ! Nous sommes sur la même longueur d'onde – c'est le cas de le dire ! J'en profite :

– Oui ! J'adore ! Taxi Girl, Indochine...

– Art of Noise, Bronski Beat...

– Art of Noise. Je me souviens, je mettais *Moments in Love* en boucle et je fermais les yeux en me laissant planer...

– Excellent ! Moi, je faisais ça avec Pink Floyd !

– Tu aimes Pink Floyd ?

– J'adore ! En fait, tu sais, j'aime toute la musique !

– Et moi qui croyais que les professeurs de musique n'aimaient que la grande musique ou éventuellement le jazz...

– Ben, pourquoi tu t'es mis ça en tête ! Au contraire, j'aime tout ! J'ai des préférences, c'est sûr, mais la musique est partout et elle est belle tout le temps.

J'ose lui dire, ou pas, que je suis fan de Tom Jones ?

– Nous sommes arrivés chez toi, Vic.

Merde !

– Ah oui, tiens ! C'est très gentil de m'avoir raccompagnée, Arnaud.

– Je t'en prie. Bon, ben, au revoir.

– Oui, au revoir.

– À lundi, alors.

– C'est ça, à lundi.

– Passe un bon dimanche.

– Merci. Attends juste une seconde, que je retrouve mes clés de maison.

Comme un silence gêné s'installe à nouveau, je fais un raffut de tous les diables pour montrer que je cherche bien mes clés.

– Vic..., je...

– Quel bordel dans ce sac !... Ah ! Les voilà ! Tu disais ?

– Non, rien, passe une bonne nuit.

Pendant un instant, il me semble que quelque chose envahit l'espace de la voiture. Une vague de douceur, le temps qui s'arrête comme quand un événement fondamental va se produire. Tous mes clignotants internes se mettent en alerte, avec des pensées tellement contradictoires qu'elles en sont douloureuses. *Il veut te parler. Non, tu rêves, ma pauvre, embrasse-le gentiment sur la joue. Et si tu lui remets le nez dans l'oreille ? C'est pas drôle ! Mieux vaut partir vite que d'être ridicule. Mais il ne va pas te faire « Ouh ! Les cornes » tout de même ! Vous avez passé l'âge... Peur... Envie... Espoir... Désolation... Fuite..., fuite..., fuite...*

– Au revoir, Arnaud ! Passe une bonne nuit !

Et je sors de la voiture précipitamment, consciente que, dans l'état où je me trouve, rien de bon ne pourra sortir de moi, quoi qu'il arrive. Arnaud s'est un peu penché vers le siège passager où j'étais assise quelques secondes avant. Il me regarde sans sourire. Puis se ressaisit et me fait un petit signe de la main.

J'ai envie de pleurer.

35

Je ne sais pas si c'est la fatigue, le mariage, l'impression d'être passée à côté de la chance de ma vie ou pas..., mais j'ai le moral en berne. Après être restée couchée toute la journée de dimanche, avoir enfilé mon vieux jogging – que je n'ai toujours pas eu le courage de jeter, même s'il est devenu trop grand – pour me traîner jusque chez mes parents leur faire un bisou et manger un morceau, et avoir passé une heure au téléphone avec Elsa qui m'a eu l'air bien décalquée aussi, même si elle nage toujours en plein bonheur, je me recouche assez tôt, avec deux ou trois *Tintin* – la seule chose que j'arrive à lire dans mon état –, quand Axel débarque sur le coup de vingt et une heures. Je l'avais presque oublié, celui-là ! Il se rappelle à mon bon souvenir en s'étalant de tout son long sur mon lit et en me caressant le bras, ce qui n'a pas du tout l'effet escompté.

– Non ! Arrête, là, s'il te plaît ! Ça m'énerve. J'suis crevée !

– Ben oui, on dirait bien ! T'as l'air d'avoir fait la fiesta, dis donc ! Tu verrais ta tête ! Alors, ce mariage, c'était bien ?

– Oui, merci ! T'as pas autre chose de plus sympa à me dire ?

– Ouh là ! Madame n'est pas de bonne humeur, on dirait !

– Voilà, t'as trouvé !

Je ne me reconnais pas, Vic-rebelle (avec les hommes) ne faisant pas habituellement partie de la team Vic.

– C'était pas bien, le mariage ? Il s'est passé quelque chose ?

Ben non, justement, il ne s'est rien passé ! Il ne se passe jamais RIEN d'intéressant dans ma vie, et j'en ai marre !

– J'suis crevée. C'est pas le moment, Axel. On en reparle plus tard. Je suis désolée, mais là, franchement, je n'ai qu'une envie, c'est d'être tranquille dans mon lit à lire *Le Secret de la licorne*.

– OK, OK ! Je laisse madame tranquille ! Mais je vais dormir où, moi ?

Essaie le canapé, j'ai testé, il est confortable. Axel reprend :

– C'est pas cool ! J'suis crevé, moi aussi ! Je vais faire quoi, maintenant ?

Je me mets soudain à pleurer. Des larmes d'impuissance et de colère. Il ne faut pas, en plus, que je me casse la tête pour lui trouver une solution, non ? Et je sens bien que je vais finir par céder, lui faire une place dans mon lit, remiser *Tintin* qui est pourtant la seule lecture relaxante et adaptée à mon état, et peut-être même être obligée de faire l'amour alors que je n'en ai pas la force.

– Tu as bien trouvé où dormir, ces derniers jours ! Pourquoi pas continuer ? Et puis moi, j'en ai assez de cette situation ! J'ai plus jamais la paix ! Je dors mal et, entre les kebabs et les ronflements, je ne m'y retrouve pas du tout !

Bravo, Vic-rebelle ! Continue ! Mais c'est qu'elle est géniale, celle-là, et qu'elle a de la répartie ! Il était temps qu'elle se manifeste !

Axel se redresse et me regarde avec étonnement.

– On coupe la poire en deux : je ne vais pas pouvoir, à cette heure-ci, retourner dormir chez mes copains, mais je sens bien qu'il faut que je te laisse tranquille. Allez ! Arrête de pleurer, calme-toi, je prends le canapé. Ça te va ?

– Ça me va très bien ! Merci ! Tu verras, il est très confortable !

Il disparaît, je me cale dans mes oreillers et je m'endors avant même que le chevalier de Hadoque n'ait eu le temps d'occire Rackham le Rouge.

Le réveil de lundi est difficile. Je suis restée dans la position où je m'étais endormie, à moitié assise, pleine de douleurs et les yeux pas vraiment en face des trous. Je m'extirpe de mon lit. Bigoudi arrive en courant et en miaulant : il a faim.

– Viens, mon pépère, on va se faire un super café pour moi et des super croquettes pour toi !

Le salon est dans l'obscurité. Je n'ose allumer pour ne pas réveiller Axel. J'entrevois la couverture en vrac sur le canapé. C'est surprenant, mais je n'entends pas ronfler. Ni même respirer. Prise d'un doute, j'allume finalement pour découvrir qu'Axel n'est plus là. À la place, un mot, que je prends en tremblant presque.

Vic,
J'ai bien senti ces derniers temps que je te dérangeais, et la discussion d'hier soir m'a prouvé que j'avais raison.
Notre relation bat de l'aile depuis que je suis installé chez toi. Peut-être était-ce prévisible ? Il est donc préférable que j'aille vivre ailleurs.
Si tu es d'accord, on pourra toujours se voir comme on le faisait avant, c'était bien plus fun.
Tu m'appelles ?
Axel

J'ai comme l'impression qu'il me rend responsable ! Mais je m'en fiche ! Au final, j'ai dit la vérité, j'ai montré mon vrai visage et je me suis débarrassée d'Axel. Non pas que je ne l'apprécie pas. Notre relation n'était pas si désagréable que cela tant qu'il ne s'était pas imposé chez moi. Mais là, en buvant mon café et en relisant son mot, je ressens un immense soulagement, ainsi que de l'apaisement. Parce que oui, la seule chose qui marche, en fait, c'est la vérité, être soi-même avec diplomatie et gentillesse. J'ai trop longtemps voulu être celle que je croyais qu'on voulait que je sois. (Ouh là ! C'est compliqué !)

Je ressens une espèce de fierté sans toutefois me faire d'illusions sur le changement qui est en train de s'opérer en moi, la prise de conscience et l'expérience avec Axel n'étant que la première marche. Je sais que j'ai encore du travail et des inquiétudes qui vont me tarauder et faire resurgir mes vieux démons. À commencer par la première récré du matin au collège, où Arnaud me dit à peine bonjour. Il me semblait pourtant qu'avec le mariage et notre discussion dans la voiture, nous avions gravi une étape dans notre relation. Une horrible sensation me serre le ventre. Je sais qu'au moment de sortir de la voiture, samedi soir, j'ai manqué quelque chose. Est-ce pour cela qu'il fait la tête ?

– Salut, Vic ! T'as une petite mine, ce matin !

– Salut, Jennifer ! Oui, j'étais de mariage ce week-end ! Je me suis couchée très tard samedi soir.

– Et dimanche soir aussi, sûrement !

Qu'est-ce qu'Arnaud veut dire par là ? Je le regarde sans comprendre. Il me tourne délibérément le dos et part fouiller dans son casier. Axel n'aurait pas eu le temps de lui raconter que j'avais fouillé dedans, tout de même ! Et tandis que la sonnerie retentit, j'ai le cœur qui se serre et les larmes qui me montent aux yeux.

36

Tandis que je fais mes abdominaux sur l'« Abominable » *Crunch*, à côté de Coline qui, boostée par mon énergie, a mis aussi le turbo, je repense à la situation. Arnaud a une copine : la fameuse Juliette dont j'ai lu la lettre. Mais on ne la voit jamais, il ne l'emmène nulle part, il n'en parle pas. Ça, déjà, pour commencer, c'est bizarre. Peut-être qu'elle vit à l'étranger ? Qu'ils viennent de se séparer ? (Chouette !) Que leur relation doit rester secrète parce qu'elle est mariée ? Qu'elle est agent secret ? Qu'elle a une difformité monstrueuse qui l'empêche de se montrer en public ?...

Je m'égare... Quoi qu'il en soit, maintenant que je sais qu'Arnaud est le cousin de Robin, on va pouvoir mettre un truc en place, Elsa et moi, pour qu'elle cuisine son mari sur la vie privée d'Arnaud.

– Ça fait pas un peu beaucoup, là, Vic ? T'en es à cent quinze !

– Quand on aime, on ne compte pas ! Mais t'as raison, Coline ! On va changer d'exercice avant d'avoir le ventre en béton armé. Ça te dit, un petit coup de fessier ?

– Ouais ! Les fessiers ! Cool !

D'autre part, il s'est passé quelque chose dans la voiture avec lui, que j'ai ressenti sans vraiment en avoir pleinement conscience. J'ai beau fouiller ma mémoire, mes souvenirs s'estompent. J'étais fatiguée, un peu pompette, en état de stress, tout combiné pour ne pas être en pleine possession de mes moyens. Lundi matin, il a dit que j'avais dû me coucher tard aussi dimanche soir, et cela me laisse perplexe. Qu'est-ce qu'il peut bien savoir ? Un instant, la peur me serre le ventre : Axel aurait-il eu le culot d'aller tout lui raconter ? Ils ne se connaissent pas à ce point, tout de même ! En plus, Axel et moi, nous ne nous sommes pas quittés en trop mauvais termes. J'étais de méchante humeur dimanche soir, c'est sûr, mais rien qui ne remette totalement en cause notre relation. Il l'a d'ailleurs dit lui-même dans son message.

Je ne comprends pas !

– Vic ! Qu'est-ce que tu as, aujourd'hui ? On ne fait pas le concours du plus grand nombre de mouvements sur chaque machine ! Ça va nous tuer !

– Excuse-moi, je suis perdue dans mes pensées.

– Oui, je vois ça ! Ça a l'air sérieux !

– Sérieux, je ne sais pas. Préoccupant, oui !

– Tu ne veux pas me raconter ?

– Oh ! Tu es mignonne, mais je ne vais pas t'embêter avec ça.

Et c'est ainsi que nous nous retrouvons, Coline et moi, attablées à un café. Sans lui citer de noms – car je ne la connais quand même pas très bien –, je lui raconte mes déboires. Et ça me fait un bien fou de me lâcher.

– Je n'ai pas vraiment de conseils à te donner, à part celui d'être toi-même et de faire confiance à ton instinct. Moi, ma vie amoureuse a toujours été calme et sans histoires : je suis avec le même homme depuis l'âge de dix-sept ans, nous nous aimons et vivons ensemble depuis longtemps.

– La chance !

– Je ne sais pas si c'est une chance, car je n'ai connu aucun autre homme, et, lui comme moi, nous pourrions regretter, ou nous lasser un jour...

– Je n'avais pas envisagé les choses comme ça, c'est vrai. Mais en tout cas, tu ne galères pas pour trouver l'âme sœur, toi, au moins.

– Dis-toi une chose, Vic : la situation idéale, comme l'homme idéal, n'existe pas. Tu écris ta propre histoire, tu es unique et ta vie aussi. Alors, profite de ce qui t'arrive et fais ton chemin.

– Tu as raison, mais ce n'est pas toujours simple. Et puis je manque tellement de confiance en moi.

– Écoute, pour t'aider dans votre projet de chorale, je peux te donner un petit coup de pouce.

– Comment ça ? fais-je en riant.

– Je suis chanteuse lyrique. Je me produis dans de nombreux concerts classiques. Le prochain est d'ailleurs à l'église de la ville, le samedi qui précède Noël. Ça te dirait de venir me voir ?

– Toi, chanteuse lyrique ?

– Oui, contralto. Pourquoi ? Je n'en ai pas l'air ?

La seule expérience de concert classique que j'avais était une soirée PVP avec les filles, où nous avions regardé *Farinelli* en buvant un excellent saint-estèphe. J'avais adoré le film, c'est sûr, mais, n'ayant pas une grande culture du classique, je n'ai jamais eu l'idée d'assister à un concert.

– Non ! Si ! Enfin, c'est rare ! Je n'en connaissais pas avant toi !

– Et si tu veux, ce que je te propose, c'est de te donner quelques cours avant ton stage en Irlande. On peaufinera ta culture classique et ta technique du chant, si ça peut t'aider.

– Mais il ne reste qu'une douzaine de jours avant notre départ en Irlande !

– Alors, on mise tout sur la technique. Si tu es régulière, je t'assure que je peux te faire faire des miracles, puisque tu me dis que tu as déjà un bon potentiel.

Après tout, ce n'est pas si bête. Cela peut me donner une bonne avance sur la chorale, me faire remarquer dans le bon sens.

– Tu veux que je te dise ce que le chant peut t'apporter d'autre ? C'est un très bon antistress, ça augmente ta mobilité corporelle et ça t'apporte confiance en toi. Puisque tu me dis que tu en manques...

Quel amour, cette Coline ! J'accepte avec plaisir en me disant que je n'ai plus qu'à ajouter *Chant* dans mon cahier de métamorphose, déjà bien rempli !

Vu la situation, je décide de ne pas poser de questions sur Arnaud à Robin. En fait, je ne me sens pas encore prête à entendre la vérité. Oui, je sais, j'ai un sursaut de Vic-l'autruche, mais je préfère attendre un peu. Et puis, c'est la dernière ligne droite avant Noël et le stage en Irlande. J'ai mille autres choses à penser. Le stress monte ! Je multiplie les séances de sport avec l'énergie du désespoir. Quelques grammes supplémentaires à perdre, quelques muscles à lisser... Chaque miette de travail ne peut que m'être bénéfique ! Je m'entraîne avec Coline et je découvre toutes les possibilités de ma voix et le bien-être que chanter me procure. Coline est patiente et très pédagogue, mais me pousse dans mes retranchements et me fait découvrir des qualités vocales que je ne me connaissais pas.

Au collège, les élèves sont survoltés, et c'est épuisant. Martin Garneville atteint des records d'insolence et d'hyperactivité, mais je le bats sur son propre terrain : l'humour. Avec la confiance qui m'est peu à peu revenue, je maîtrise mieux les réparties. Ça ne marche pas à tous les coups, mais quand je fais rire la classe, Martin fait profil bas et n'a d'autres solutions que de rire avec les autres pour ne pas perdre la face. J'aimerais avoir la même maîtrise avec les adultes, et notamment les hommes qui me plaisent, mais je n'en suis pas encore à ce stade. Loin de là, même. Je peaufine donc ma stratégie avec les ados ; on verra les plus grands dans un deuxième temps.

À ce propos, Arnaud, lui, ne m'adresse – à peine – la parole que dans une indifférence inquiétante.

– B'jour, Victoire.

Mes collègues ont plus de chance, car, à l'approche des vacances et du voyage en Irlande, il semblerait que son enthousiasme lui ôte sa discrétion et sa retenue habituelles.

– Alors, les filles, fait-il à J-Lo, Marie et Isabelle en salle des profs, vous êtes prêtes ? Vous avez fait vos valises ?

– Tu parles d'un casse-tête, répond J-Lo. Qu'est-ce qu'il faut emporter comme fringues ? Il fait quel temps en Irlande en décembre ?

– Moi, j'ai regardé sur le Net, continue Marie. J'ai cru comprendre qu'il ne fait pas forcément très froid, mais plutôt très humide !

– Oui, prévoyez des vêtements de pluie et des bons pulls quand même ! explique Arnaud.

– Le manoir n'est pas chauffé ? s'esclaffe Vincent. Parce que je suis déjà allé en Angleterre. Ils font un usage très limité du chauffage central.

– Arrête, t'es bête ! Bien sûr qu'il sera chauffé !

Vincent reprend en riant de plus belle :

– Pas sûr, pas sûr ! Prévoyez vos Damart sexy, les filles, vos pyjamas en pilou et une robe de chambre bien couvrante.

– Chiche ? rit J-Lo. Et on vous fera un défilé de mode mémère, les gars !

Arnaud attrape J-Lo par l'épaule, et tous éclatent de rire.

C'en est trop pour moi. Je préfère quitter la salle. Je les entends encore rire au bout du couloir.

À noter dans mon cahier : je dois être moins susceptible ! En même temps, ce n'est pas facile, car je ne comprends pas l'attitude d'Arnaud à mon égard.

Il se trouve que le midi du même jour, je croise Axel à la sortie du collège, alors que nous allons tous les deux à la supérette d'à côté nous chercher à manger. Axel a repris à mon égard son attitude d'avant notre cohabitation ratée. Comme s'il ne s'était jamais rien passé de ce genre entre nous. Nous n'en avons même pas reparlé, et c'est tant mieux. Sur le grand parking devant le collège, la municipalité a installé une crèche géante avec faux bœuf, faux âne, faux moutons, faux Joseph et fausse Marie. Tout ça posé sur une grande quantité de paille. Tandis que nous passons devant, Axel m'attrape soudain par le bras et m'entraîne derrière la crèche, où sont entreposés plusieurs ballots de paille :

– Viens, on va faire un petit Jésus, tous les deux !

– Non, mais t'es dingue !

– Je sais que t'aime ça, Vic, les situations cocasses !

C'est pas faux.

– Mais ça caille ! Et puis là, devant le collège ?

– Tout le monde est au chaud dans le réfectoire ou dans la salle des profs ! Et puis, dans la paille, on n'aura pas froid et on sera planqués ! Allez, viens !

Je minaude quelques secondes encore pour le principe, et puis hop ! Nous sautons entre deux ballots en nous dévêtant le minimum, parce qu'on est quand même mi-décembre. Ce n'est pas très pratique, quand on est vêtu chaudement pour l'hiver, de réussir à se déshabiller juste ce qu'il faut pour... Je m'emberlificote un peu et, tandis qu'Axel remonte mon manteau, mon pull, mon sous-pull et mon tee-shirt, il ne s'aperçoit pas que je me retrouve avec tout ce beau linge entouré en boudin autour de mon torse, coinçant mes bras en l'air, de part et d'autre de ma tête. Comme si on m'avait fait « Haut les mains ! »

Bien qu'excitante, la situation est rustique. Notre étreinte, assez brève, n'en est pas moins très fougueuse et franchement pas désagréable, si ce n'était la paille qui s'insère un peu partout. Je n'y avais jamais pensé, mais la paille, ça pique ! Ce diable d'Axel est inventif et, même si notre courte expérience de vie commune a été un fiasco, je dois admettre que c'est un sacré bon amant. Et puis ça me change de l'indifférence et du mauvais caractère d'Arnaud ! Tandis que je remonte au collège, l'air de rien, dix minutes après Axel, je vois dans la cour Martin Garneville avec quelques-uns de ses copains qui ricanent en me regardant. Dans la porte vitrée, je comprends pourquoi en voyant mon reflet : il m'est resté la moitié d'un ballot de paille dans les cheveux !

Mais je ne suis plus à ça près.

Entre les conseils de classe, les corrections, la gym, le chant, l'acupuncture, l'hypnose, arrive le dernier jour de classe avant les vacances. J-Lo nous propose son repas de fin d'année dans un restaurant italien. Je suis crevée, mais bien décidée à me rattraper de l'humiliation du restaurant japonais.

Pour commencer, j'arrive à l'heure. Si ! Vous n'y croyez pas, hein ? Mais j'arrive bel et bien à l'heure. À la maison, j'ai fait sonner mon réveil, mon four, mon *timer*, mon mobile et demandé à Louise de m'appeler pour marquer l'heure à laquelle je dois impérativement partir. Bon, je sais, je ne vais pas faire ça chaque fois que j'ai un rendez-vous, mais, dans un premier temps, il est bien de se faire aider par quelques outils. Au restaurant, je choisis ma place : ça change tout, d'être à l'heure. Bien décidée à m'amuser, je décide de m'asseoir entre Philippe et Jean, en face de Vincent. Je m'entends très bien avec eux et je sens que je vais passer une excellente soirée. Et puis – on peut rêver –, si ça faisait enrager un peu Arnaud, ce ne serait pas un mal. Quand tout le monde est installé, nous portons un toast.

– Allez, fait J-Lo. À cette fin de trimestre, qui commençait à s'éterniser, et aux vacances !

– Et au stage en Irlande. J'ai hâte d'y être pour faire découvrir ma voix suave aux Irlandais, dit Jean en riant.

– Encore une population qui va être cruellement éprouvée, se moque Vincent.

J-Lo se renfrogne un peu, mais personne ne s'en préoccupe.

Parfois, on ne sait pas pourquoi, la mayonnaise prend tout de suite : là, l'ambiance part au quart de tour et, sans avoir recours à l'asti spumante et avec une dose raisonnable de chianti, je passe une soirée géniale à me bidonner avec mes trois collègues masculins, qui font rire toute la tablée par leurs pitreries. L'absence d'Axel, qui est déjà parti dans sa famille passer les fêtes de Noël, n'est pas étrangère à ma décontraction, car il faut bien dire que, quand Arnaud et lui sont à proximité, ça me donne des sueurs froides. Et puis – et je n'en suis pas peu fière –, même si je suis loin d'avoir la taille de Kate Moss (et je n'y songe même pas), j'ai bien maigri, je me suis musclée, j'ai gagné en assurance..., bref, je me sens presque bien dans ma peau ! J'ai été volontaire, motivée, j'ai mis en place plein de choses et je m'y suis tenue (avec des hauts et des bas, c'est sûr, mais c'est humain) et j'ai atteint un palier. Pour le stage en Irlande, je me sens prête. Inquiète, mais prête.

En attendant, je passe une super soirée et je vois du coin de l'œil Arnaud qui jette vers nous des regards désapprobateurs quand je m'écroule de rire sur l'épaule de l'un ou l'autre de mes voisins.

C'est parfait !

37

Les vacances, les vacances, les vacances ! Moi, je suis comme les gosses ! Les vacances, ça me met en joie ! Ouais, je sais, beaucoup disent que les enseignants passent leur temps en vacances. À ceux-là, je propose d'échanger nos postes une petite semaine, d'être confrontés à une classe remplie de Martin Garneville, de corriger des copies souvent illisibles tard le soir, et on en reparle ensuite !

Mais je ne vais pas ternir la merveilleuse perspective de ce qui m'attend pour ces vacances-là.

Pour commencer, je me rends à une ultime leçon de *bodycombat* avant l'année prochaine : John-Kerry est en grande forme et nous la fait *combat de Ninja*. Je suis à fond, avec en tête les tortues du même nom ! Je saute, je frappe, je rebondis ! Franchement, si on m'avait dit il y a six mois que je serais capable d'un truc pareil, je n'y aurais même pas cru. Je mets la même énergie dans les exercices de la salle de gym, avec Mickaël qui me congratule à chaque changement de machine :

– Purée, Victoire, quelle énergie ! On va te nommer athlète du mois.

– Oh ! mais oui ! J'ai hâte de voir ma photo dans le hall d'entrée, avec la médaille *Fitness pour tous* !

– Non, mais c'était une blague, Victoire !
– Mais pas moi, Mickaël, je ne blague pas ! J'espère...

Aux Weight Watchers, je suis devenue LA bonne élève, la référence, celle que Simone-l'animatrice montre en exemple avec fierté :

– Regardez Victoire ! Combien de perdu cette semaine, Victoire ?

– Un kilo deux cent cinquante !

– Et en tout ?

– Vingt et un kilos !

– Ouaaaah ! font les autres, envieuses. (Comme je les comprends !)

Simone arbore un sourire niais et me regarde en penchant la tête, comme si j'étais sa chose.

– Victoire, pouvez-vous nous dire comment vous avez fait ?

La question piège, à laquelle j'ai droit tous les quinze jours, pour booster les anciennes et bluffer les nouvelles.

– J'ai assez bien suivi le programme alimentaire, mangé surtout du poisson...

– Important, ça, le poisson, m'interrompt Simone.

– … fait beaucoup de sport, changé mes mauvaises habitudes...

– Et est-ce que vous vous êtes fait des petits plaisirs, Victoire ?

– Évidemment ! Je me suis offert de temps à autre une tartelette au citron et je ne me suis pas privée de boire de bons vins rouges...

– Raisonnablement, le vin, n'est-ce pas, Victoire ?

– Bien sûr, Simone !

– Qu'est-ce qui a changé dans votre vie, depuis que vous avez maigri, Victoire ?

Tout ! Et rien à la fois ! Je suis toujours la même, mais j'ai fait ressortir du plus profond de moi des sensations oubliées, une énergie nouvelle, une confiance en moi que je ne soupçonnais pas... Ce n'est pas encore parfait, car certaines situations continuent à me griller les neurones, mais les progrès que j'ai accomplis sont phénoménaux, par rapport à la Vic du début septembre.

– J'ai gagné en confiance, fais-je en me tournant vers toutes ces femmes qui n'acceptent pas leur corps trop lourd et en souffrent. C'est possible ! Cela demande de l'énergie, au début, pour changer ses habitudes alimentaires et sa façon de bouger. Et je pense que, si on n'est pas prête à changer, on n'y arrivera pas. J'ai mis en place des stratégies, des choses qui vous paraîtraient sûrement grotesques, comme de mettre des post-it avec des phrases-clés partout sur les murs de ma maison, comme de tenir un cahier de métamorphose, où j'ai noté tout ce qui me passait par la tête, de mesurer mon tour de taille et de cuisse tous les premiers et quinze du mois, de me vaporiser des pshitt aux huiles essentielles coupe-faim dans le nez, de faire de l'hypnose et des cours de *bodycombat*... et j'en passe. Je ne dis pas que je détiens la solution universelle, mais, pour moi, c'était ce qu'il fallait. À chacune de trouver ses trucs à elle. Mais sincèrement, c'est possible !

Un grand silence accueille mes propos, et puis, soudain, la trentaine de femmes présentes à la réunion, certaines avec dix kilos en trop, d'autres avec près de cinquante, se lèvent et m'applaudissent ! Sûrement moins à cause des kilos que j'ai perdus que de l'enthousiasme que j'ai mis à les encourager.

La Simone, derrière ça, a bien du mal à reprendre l'attention avec son exposé sur les fibres facilitatrices de transit. J'adore la période de Noël : les préparatifs, l'ambiance, les décorations, les vieux films à la télévision, le vin chaud... Et puis là, en plus, se profile mon voyage en Irlande. Je commence déjà à penser à ma valise. Chose peu commune, puisque d'habitude, quand je pars en voyage, je m'y prends à la dernière minute et finis toujours par emporter le strict maximum pour être sûre de ne rien manquer.

C'est évident que je vais devoir faire un effort, car il est hors de question de passer mes nuits dans mes horribles tee-shirts délavés et informes ou de mettre mes culottes Petit Bateau qui m'arrivent sous les seins. Je me prépare une liste : outre les tenues quotidiennes, genre jeans et pulls, il me faut une robe de soirée pour la représentation (je pourrais reprendre la robe que je portais au mariage d'Elsa, mais Arnaud l'a déjà vue. À méditer !), un pyjama cool mais classe (vous voyez ?), un trench vintage pour faire gentlewoman-farmer (oui, je sais, je me fais des plans !), et des culottes un peu sexy. Je n'en suis pas encore à mettre des strings – l'épisode du string papier au hammam m'en a dissuadée, ma morphologie n'y étant pas adaptée –, mais au moins des petites choses qui n'aient pas l'air de gaines de mémé. Cela dit, j'ai appris qu'Inès de La Fressange et Jane Birkin étaient adeptes des culottes Petit Bateau. Si j'assumais, j'aurais là de beaux modèles !

Je fais donc mes achats-Irlande en même temps que les cadeaux de Noël. Comme tous les ans, nous fêterons le réveillon chez mes parents, avec mes deux sœurs aînées et leurs maris, mes nièces et Arthur, mon adolescent de frangin. On passe toujours un super moment, et c'est pour moi une tradition incontournable. Le lendemain, en revanche, c'est moins drôle. Mes frangines vont dans leur belle-famille, et je reste seule avec mes parents, ma grand-mère et Arthur, ce qui a un côté assez régressif. Je me console en me disant qu'il y aura des huîtres, du saumon et des tartelettes au citron à la place des bûches que personne n'aime à la maison.

Arrive le samedi précédant Noël, où j'ai promis à Coline d'aller l'écouter chanter. Je suis chez mes parents et j'aide ma mère à faire le menu.

– C'est pas l'heure de ton concert, Vic ? me crie mon père depuis la cave où il fait un énième inventaire de ses vins.

Mon père déteste être en retard, et, en effet, il ne l'est jamais !

– Mince, oui, j'avais pas vu l'heure.

– Comme d'habitude, me fait ma mère d'un ton de reproche.

– Ouais, bon, ça va... J'ai encore le temps si je me dépêche.

– Il fait un froid de canard, Vic, continue-t-elle, et les églises sont rarement chauffées. Tu ne vas pas y aller avec cette petite veste ?...

– Mais si, maman. Ça ira bien !

– Moi, je te dis que non ! Tu ne voudrais pas tomber malade juste avant Noël et ton stage en Irlande ?

Là, elle marque un point.

– Bon, d'accord, mais je n'ai que ça, et plus le temps de passer chez moi.

– Prends la doudoune d'Arthur !

– Hein ? Ce vieux truc élimé avec des incrustations de clous et de têtes de mort ? Ah non ! Ça va pas être possible !

– Ben oui, mais tu n'avais qu'à y penser avant de partir de chez toi. C'est pas malin. En même temps, personne ne te verra, dans l'église ! Vous serez tous serrés les uns contre les autres. Et au moins, tu auras chaud.

Je cède, ne voyant pas comment faire autrement. Je ne peux pas prendre de manteau à ma mère, qui doit avoir trois tailles de moins que moi, ni à mon père, qui est grand et costaud. Il ne reste plus que la parka d'Arthur. Quinze ans. En pleine adolescence bête.

– Ah ! Et prends son bonnet aussi, parce que c'est par la tête qu'on attrape froid !

Un bonnet ? Je ne vais pas aller à un concert de musique classique avec un bonnet d'adolescent sur la tête !

Un quart d'heure plus tard, me voilà dans l'église avec ma doudoune à tête de mort et mon bonnet en laine jusqu'aux yeux. Je n'ose imaginer mon look. C'est sûr que je ne vais pas avoir froid... Pas froid du tout, même. Serrée entre mes deux voisins, je retire mon bonnet pour mieux percevoir l'ambiance : l'église est chauffée. Voire surchauffée. Je tente de me défaire de l'anorak, mais vu la place qu'il est accordé à chacun, il me faudrait un diplôme de contorsionniste. Et puis où la mettre ensuite ? En tas sur mes genoux, avec mon sac et le bonnet ? Je n'ai pas le temps d'y penser davantage que le concert commence. Plus question de bouger, la spécialité de ces manteaux étant de faire un raffut d'enfer quand on les manipule. L'église est bondée, je ne suis pas tout près, mais j'aperçois tout de même Coline faire son entrée dans une robe noire avec un cardigan en mohair blanc. Moi qui ai l'habitude de la voir dans un vieux survêtement à la salle de sport, je la reconnais à peine. Surtout quand elle entame d'une voix de contralto le *Stabat Mater* de Pergolèse. Je suis subjuguée pendant tout le concert, par la musique et l'ambiance qui règne dans l'église, mais aussi par la prestation de Coline qui est bluffante. Franchement, si j'avais une leçon à retenir de ça, c'est qu'il ne faut vraiment pas se fier aux apparences : qui pourrait croire, en voyant cette petite bonne femme rondelette, discrète et rigolote, que c'est une chanteuse lyrique, avec une voix grave et puissante, qui tient tout un public en haleine pendant une heure avec des chants religieux ?

Quand le concert se termine, je suis en nage tellement j'ai chaud dans la doudoune de mon frangin, mais surtout dans un état de plénitude, et je sors de l'église comme sur un nuage. Le froid extérieur me provoque un choc thermique, et je n'ose imaginer la couleur de mes joues. J'enfile précipitamment le bonnet d'Arthur, quand dans la foule j'aperçois... Arnaud. Mais enfin, il est toujours partout, lui ! C'est la panique : je ne peux pas me montrer avec mon bonnet, ma parka d'ado et mes joues violacées. Je baisse le nez et tâche de faire demi-tour à contre-courant du flot des spectateurs qui sortent de l'église. En même temps, ma curiosité est attisée : est-il tout seul ou avec une fille, sa fameuse et mystérieuse Juliette ? La curiosité étant plus forte que la honte, je reprends le sens de la marche, enfonce mon bonnet le plus bas possible, remonte le col clouté de l'anorak et me faufile dans sa direction en affûtant mes yeux de lynx. Il est là, tout près. Il parle avec des gens. La foule se disperse progressivement. Je me cache derrière un gros monsieur et lui emboîte le pas pour voir sans être vue. Celui-ci se retourne à plusieurs reprises pour tâcher de comprendre ce que je fais collée à lui, mais je ne peux le lâcher, la place étant de plus en plus vide, et Arnaud, avec son groupe d'amis tout près. Dans quel guêpier me suis-je encore fourrée ! J'ai le temps d'apercevoir quelques femmes en face de lui, mais il ne semble familier avec aucune.

– Dites donc, vous, qu'est-ce que vous faites derrière mon mari ? Vous voulez que je vous aide à faire ses poches ?

– Pardon, dis-je, je ne fais pas les poches, je...

Évidemment, avec mon look de petite frappe, la confusion est légitime.

– Fiche-moi le camp, espèce de racaille ! s'emporte l'homme qui s'est retourné et me fait face, menaçant.

Sa voix forte fait se retourner tout le monde, et notamment Arnaud et ses amis. Prise de panique, je fais demi-tour et m'enfuis en courant, engoncée dans mon anorak de voyou.

Dans l'air froid de l'hiver, j'entends qu'on m'appelle.

Mais je rêve sûrement.

38

Quelle honte ! On m'a prise pour une voleuse, attifée comme une ado pubère, et Arnaud m'a probablement reconnue ! Le pompon ! Après avoir rendu le manteau et le bonnet à mon frère, je rentre chez moi. J'ai beau entamer un cycle où je positive, il y a des coups durs qui font mal. Plutôt que de raconter le concert à mes parents, je les ai agressés en leur disant qu'ils gardent pour eux leurs idées nulles de m'habiller comme une teenager. Oui, je sais, je suis de mauvaise foi, mais ça fait du bien !

Heureusement que les fêtes approchent. Ça va me retirer l'épisode Vic-racaille de la tête !

Mais il y a autre chose qui approche aussi et qui ne me met pas particulièrement en joie : c'est que, pour aller en Irlande, il faut prendre l'avion. Je vous l'ai déjà dit, j'ai peur en avion. Et quand je dis peur, c'est vraiment peur ! C'est même carrément la panique ! La dernière fois que je l'ai pris, il y a deux ans, c'était pour aller au Maroc en vacances : j'ai pleuré pendant tout le trajet, sanglée à mon fauteuil, tétanisée. Nous décollerons deux jours après Noël – j'espère que j'aurai bien eu le temps de tout digérer ! – et je commence déjà à me faire des mauvais plans. La seule chose qui me console, c'est que, si on doit mourir d'un accident d'avion, je mourrai avec Arnaud. Mais, bon, c'est assez mince, comme consolation.

Le repas de Noël est immuable : c'est un excellent moment familial, avec ses traditions et ses originalités. Mes parents tiennent chaque année à nous faire découvrir une nouvelle spécialité culinaire. Ce n'est pas toujours une réussite, comme l'an passé où mon père avait fait un foie gras à l'armagnac et qu'il avait probablement mal dosé l'alcool : le pauvre foie gras était imbibé et spongieux, ce qui n'était pas l'effet escompté. Cette année, ma mère a préparé une dinde au miel et aux dragées.

– Alors, vous aimez, les enfants ?

– Oui, oui, c'est très bon ! Un peu sucré, je dirais..., mais original.

Mes sœurs et mes beaux-frères sont diplomates. Ce qui n'est pas le cas de mon frère :

– C'en est même un peu écœurant à force d'être sucré !

– Ah bon ? Et les autres, vous trouvez ça écœurant ?

– Non, non, belle-maman !

– Ou alors très, très peu !

– Grand-mère ! Grand-mère, est-ce que je peux donner mon assiette au chien ? J'aime pas tellement !

On commence à ricaner, quand un cri nous arrête ! Le mari de ma sœur aînée pose sa main sur sa bouche en faisant la grimace.

– Merde ! Je me suis cassé une dent sur une dragée !

– Oh non ! Mais comment as-tu fait ton compte ?

– Ben, j'l'ai pas fait exprès, imagine !

– Mais enfin tu aurais pu faire attention !

Ma sœur et sa logique...

– Les enfants, les enfants, vous n'allez pas vous disputer ! dit ma pauvre maman, mortifiée, en essayant de retrouver le petit morceau de dent avec l'envers de sa fourchette !

– Je l'ai !

– Non, ça, belle-maman, c'est un bout de dragée !

– Ah !

– Ne vous inquiétez pas ! C'est un tout petit bout. Mon dentiste rattrapera le coup avec de la résine. Ça m'est déjà arrivé.

– C'est vrai ? Vous ne dites pas ça pour me faire plaisir ?

– Non, ne vous faites pas de soucis ! De toute façon, ce n'est pas votre faute !

– Oui, maman, ne t'inquiète pas. Il n'avait qu'à faire attention, pour changer !

Mon beau-frère lance un regard assassin à ma sœur. Mon ado de frère se bidonne en essayant de se mettre une dragée à la place des dents, et mon père attrape ma mère par la taille.

– Finalement, mon foie gras de l'an dernier n'était pas si mauvais : il ressemblait peut-être à une éponge, mais au moins, on ne s'y cassait pas les dents !

C'est Noël, tout le monde est de bonne humeur et éclate de rire, même ma pauvre maman qui culpabilise et s'empresse d'aller chercher les fromages à la cuisine.

– Là, vous n'aurez pas de soucis ! Y a que des fromages à pâte molle !

La veille du départ, alors que je me prends la tête pour faire entrer toutes mes affaires dans ma valise, le téléphone sonne :

– Allô, Vic ? C'est Coline ! Tu vas bien ?

– Oui, Coline ! Excuse-moi, je n'ai pas eu le temps de t'appeler après ton concert, à cause de Noël et tout ça...

– Oui, pareil pour moi ! J'ai enchaîné le concert, les courses, les repas... Je t'appelais pour te souhaiter bonne chance dans ton périple irlandais.

– Merci, c'est sympa ! Je suis justement en train de boucler ma valise. Je prends l'avion demain matin. Sinon, au fait, je voulais te remercier pour le concert ! Franchement, tu m'as scotchée ! Quelle voix ! C'était superbe !

– Ah ! Ça me touche, ce que tu me dis !

– Il y a juste un petit truc qui a gâché la fin du concert, mais rien à voir avec toi...

– Ah bon ? Dis-moi !

– Arnaud était parmi le public et – comment dire ? – je n'avais pas envie qu'il me voie, parce que je n'étais pas vraiment à mon avantage. Et bien sûr, il m'a vue.

– Mince ! Mais c'est une drôle de coïncidence, ça, qu'il soit venu à mon concert.

– Tu trouves ? Pas forcément. Il habite la ville et il est professeur de musique, alors...

– Tu ne m'avais pas dit qu'il était professeur de musique. Dans ton collège ?

– Oui, oui ! Il donne des cours de clarinette au conservatoire de musique, aussi.

– C'est pas vrai...

– Si, si ! Quoi ? Dis-moi ?

– C'est quoi, son nom de famille ?

– C'est Maréchal. Arnaud Maréchal !

– Non !

– Si ! Tu le connais ?

– Et comment ! C'est un excellent musicien et compositeur !

Mon cœur bat à tout rompre ! Le monde est si petit...

Coline reprend :

– En fait, je le connais parce qu'il a composé un opéra moderne dans lequel une de mes amies a le rôle principal. L'opéra s'appelle *Juliette* !

Je manque tomber à la renverse !

– *Juliette* ? Mais, mais... Juliette, c'est la compagne d'Arnaud !

– Ah ! Je suis sûre que non ! Juliette, c'est le titre et l'héroïne de la pièce, qui est jouée par mon amie, mariée et mère de famille ! Ça m'étonnerait qu'elle soit la compagne d'Arnaud ! Et puis j'assiste régulièrement aux répétitions. Je peux t'assurer que je ne l'ai jamais vu avec une fille !

Mais alors, ÇA CHANGE TOUT ! Ça ne veut pas dire qu'il n'a pas de copine, mais en tout cas, ce n'est pas la fameuse Juliette qui m'a fait flipper pendant des mois !

Je fais part de mes réflexions à Coline :

– Ça ne prouve pas qu'il n'a pas une femme dans sa vie !

– Oui, tu as raison, mais tu m'as dit l'autre jour que toi non plus tu ne l'avais jamais vu avec une fille. Ça serait quand même étrange qu'il soit avec quelqu'un que personne n'a jamais vu, non ?

Elle n'a pas tort, mais Vic-suspicieuse est tapie par là, et je vais avoir du mal à la déloger sans une preuve tangible ! D'autant qu'elle est talonnée par Vic-sans-confiance ! C'est dire !

Je remercie Coline qui me souhaite bon voyage et je m'apprête à aller dire au revoir – adieu – à mes parents avant de prendre l'avion.

Je me réveille avec la peur au ventre. En fait, non, j'ai eu des décharges d'adrénaline toute la nuit et j'ai super mal dormi. Mon avion s'est écrasé, a été détourné vers l'Afghanistan et a même percuté la tour Montparnasse. Ça promet ! J'ai eu beau prendre un quart de Lexomil au coucher, comme me l'a conseillé mon généraliste, ça n'a pas servi à grand-chose. J'en reprends un autre quart avec mon café, et emporte la boîte, puisqu'il m'en a prescrit un quart quand j'embarquerai, et un autre juste avant le décollage. Vincent, mon collègue de sport, m'a proposé de passer me prendre pour m'emmener à l'aéroport.

– Ben, t'as combien de sacs, Vic ?

– Tu crois que c'est trop ? J'ai ma valise, plus un sac pour mes chaussures, un pour le matériel de toilette et mon sac à main.

Il ouvre son coffre qui ne contient qu'un sac de sport.

– Remarque, moi, je ne mets quasiment que des survêtements ; alors, c'est vrai que ça prend moins de place.

C'est sûr !

– Eh ben, moi, j'ai pris le strict maximum, fais-je en posant mes sacs et valises à côté du sien.

Vincent éclate de rire en refermant le coffre.

– Le strict maximum ! Où vas-tu chercher des trucs pareils, Vic ?

J'aime bien Vincent. C'est un chouette mec ! Gentil, drôle, pas compliqué. Pendant qu'il conduit, j'imagine comme il serait bon d'être amoureuse de lui. Mais non, moi, je préfère les mecs et les situations compliqués. Histoire de ne jamais en voir le bout !

À l'aéroport, tout le monde est là, sauf Axel qui prend l'avion depuis chez ses parents, dans le Sud. Arnaud me dit bonjour, distraitement, et va parler avec Hélène et Marie qui viennent également d'arriver. J'ai le cœur qui se serre, mais je me console en me disant que Juliette n'existe pas !

Jennifer est toujours très classe, comme d'habitude, avec un tailleur-pantalon, un manteau de laine et une belle écharpe de soie rouge. Elle a deux valises qui ont l'air d'être assorties avec ses chaussures et son sac à main. Côté assortiment, moi, j'ai plutôt fait les fonds de tiroir pour retrouver des vieux sacs de voyage, et j'ai mis un jean et des baskets pour voyager, au cas où on serait forcé d'atterrir dans le désert et qu'il faudrait marcher longuement. Oui, je sais, il n'y a pas de désert entre la France et l'Irlande, mais mieux vaut prévoir.

– Bon ! Tout le monde est prêt ? On embarque ?

Et nous voici, onze professeurs à nous dandiner vers l'embarquement. Discrètement, je m'envoie mon petit bout de Lexomil dans le gosier. Je ne parviens pas à endiguer les bouffées de panique qui m'assaillent. Vincent vient me prendre le bras.

– Ça va, Vic ? T'es toute pâle !

– Non, ça va pas ! Tu ne le répètes pas, mais j'ai monstrueusement peur en avion !

– Ouh là ! Mais c'est pas grave, ça ! Tu vas rester avec tonton Vincent qui va te changer les idées et te faire rire pendant le trajet ! Qu'en penses-tu ?

J'en pense qu'il est vraiment adorable !

– OK ! Je veux bien, tonton Vincent.

Je m'accroche à son bras comme à une bouée de sauvetage. Arnaud, devant avec J-Lo, se retourne et nous jette un coup d'œil. Décidément, il n'a pas l'air bien disposé à mon égard, en ce moment.

Nous montons dans l'avion, je m'assois entre Vincent et Philippe, et, sans attendre, tellement j'ai le cœur qui palpite, je me prends mon deuxième quart de Lexomil. Au moment où je mets le médicament dans ma bouche, j'ai comme un doute : c'est un quart ou un demi, que je viens d'avaler ?

Oh ! et puis zut, comme ça, au moins, je serai détendue !

39

– Vic, Vic !

– Elle est comme ça depuis combien de temps ?

– On n'avait pas encore décollé qu'elle s'est endormie d'un coup d'un seul.

– C'est pas inquiétant ?

– Elle m'a dit qu'elle avait peur en avion. C'est peut-être une réaction à sa peur !

– Vic ! Ça va ?

– Elle respire normalement, elle a l'air d'aller bien. C'est juste qu'elle dort très profondément.

Non, je ne dors pas... Enfin, plus... Je vous entends, mais je n'arrive pas à parler ni à ouvrir les yeux. On est morts ? Au paradis ? Dans le désert de Registan ?

– Vic ! Elle a bougé !

– Tu ne crois pas qu'il faudrait appeler les urgences ?

Ah ! C'est bien ce qu'il me semblait : on a un problème... Mais je n'arrive pas à ouvrir les yeux !

– Donne-lui deux claques peut-être ?

– Ou de l'eau sur la tête !

– La pauvre ! Faites pas ça !

– Bienvenue en Irlande. Shannon Airport vous accueille avec une température de sept degrés et un léger crachin typique. Nous espérons que vous avez passé un bon voyage et nous vous disons à très bientôt. N'oubliez pas vos bagages-cabine avant de descendre de l'avion.

Shannon Airport ? Nous sommes arrivés en Irlande ? Mais alors, nous ne sommes pas morts ?

– Vic, réveille-toi, nous sommes arrivés !

– Coucou tout le monde ! Oh là là ! Je suis complètement dans le potage !

– Oui, on a remarqué. Tu nous as fait peur ! Tu n'arrivais pas à te réveiller, me fait Vincent qui tient ma main.

– Je pense que j'ai abusé du Lexomil...

– Tu as pris du Lexomil ? s'exclame J-Lo comme si j'avais sniffé de la coke.

– Oui, je..., je voulais me détendre un peu pendant le voyage, mais je crois que je me suis trompée de posologie.

– Tu n'en as pas trop pris, quand même ? s'inquiète Marie.

– Non, peut-être un quart de plus que ce que m'avait prescrit mon médecin, mais on reste dans la dose journalière. J'ai dû réagir plus fort que la moyenne des gens. Ça m'arrive souvent.

– Oui, on dirait, me fait Arnaud, qui semble s'être radouci. Allez, viens, on descend !

– C'est dommage, tu n'as rien vu du vol, reprend J-Lo, comme si elle se doutait que c'est justement pour ne rien voir que j'ai pris un anxiolytique.

Je me mets debout, sur des jambes tremblotantes. Je suis somnolente et vasouillarde. Pas terrible, les effets secondaires du Lexomil. Je ferai attention au retour de ne pas en prendre autant. Cela dit, ça m'a évité une heure trente d'angoisses incontrôlables, c'est déjà ça.

Un minibus d'Uilleann Pipes, l'association qui propose le stage, est venu nous chercher à la sortie de l'aéroport. Le ronron du moteur me fait piquer du nez, et je dois lutter pour ne pas m'endormir. Nous en avons pour une heure de trajet, et je colle ma joue contre la vitre fraîche pour tenter de raviver mes esprits. Il me semble que, par moments, je pique des microroupillons sans presque m'en rendre compte. Pourtant, les paysages sont beaux à couper le souffle. Un pays parfait pour les romantiques comme moi. Dans une espèce de brume, je vois les autres s'étonner, faire des réflexions sur ce qu'ils voient. Arnaud, d'ordinaire discret, parle sans cesse, interpelle les uns et les autres. Il est aux anges, tellement heureux de voir aboutir son projet...

D'ailleurs, il se lève de sa place et s'approche de moi, me prend la main avec un large sourire. Nous descendons du bus arrêté près des falaises qui dominent la mer. Le vent est vif, et mes cheveux indisciplinés volent en tous sens. Dans mon jodhpur en tweed vert et mon long pull de laine écrue torsadée, je ressemble à une Irlandaise pure souche. Nous arrivons au bord de la falaise. Le paysage escarpé s'étend sur plusieurs kilomètres, et la mer, deux cents mètres plus bas, frappe de ses rouleaux les pieds des parois de pierre. Arnaud plonge son regard dans mes yeux vert émeraude. Les rafales ont un goût salé. Je passe ma langue sur mes lèvres. Il s'approche, me prend par la taille, son visage tout près du mien...

– Vic ! Vi-ic ! On est arrivés !

Franchement, je n'ai pas de bol ! Chaque fois qu'il va m'arriver un truc merveilleux, il faut qu'il y en ait un qui gâche tout ! Une, en l'occurrence, puisque c'est J-Lo qui me secoue sans ménagement en me braillant dans les oreilles. Je suis toujours dans le pâté : j'espère que les effets du Lexomil vont vite s'atténuer, car je n'aimerais pas passer le reste de la semaine dans cet état second !

Je me traîne dans l'allée centrale du bus et descends les marches pour en sortir, quand je me retrouve face à une vue invraisemblable : une grande maison du dix-huitième siècle en forme de « L » est encadrée d'un côté par un grand parc arboré, de l'autre par l'océan Atlantique, en contrebas de dunes peu élevées recouvertes d'herbes hautes qui dansent dans le vent. J'ai le souffle coupé, car je ne m'attendais pas à cela. Arnaud nous avait prévenu qu'en fait de manoir, il s'agissait plutôt d'une grande maison. Mais quelle maison ! Les murs sont faits de grosses pierres grises, toutes les huisseries, peintes en vert foncé ; sur le toit, de petites tuiles presque noires ; l'une des façades est entièrement recouverte de lierre. Le manoir s'élève ainsi dans le ciel gris qui contribue à donner au lieu une atmosphère d'un incroyable romantisme.

– Ça vous plaît ? lance Arnaud d'un air joyeux.

– C'est le moins qu'on puisse dire, répond Rosemary qui, en tant que professeur d'anglais, a dû pourtant en voir d'autres.

– Superbe !

– C'est là qu'on est logés ?

– On va pouvoir aller faire des longueurs dans l'océan !

– T'es pas bien, Vincent ! T'as vu le froid qu'il fait !

– C'était une blague, les gars ! En revanche, dans le petit bois, là, je vous emmène tous les matins faire un bon jogging !

– Pourquoi pas ?

– Sans moi ! affirme J-Lo d'un air dédaigneux.

Peut-être que la course à pied n'est pas assez noble pour elle ?

– Moi, je suis partante, fais-je d'une voix encore éteinte mais déterminée.

– Ça va, Vic ? Tu te remets de tes émotions ? me demande gentiment Vincent.

– Allez, on entre nos valises. Angus va nous montrer nos chambres, intervient Arnaud.

Angus, c'est le chauffeur du bus, mais, si j'ai bien compris entre deux siestes pendant le trajet, il est aussi administrateur de l'association Uilleann Pipes, joueur de cornemuse, gardien et intendant du manoir. Il a un physique typiquement irlandais : la peau blanche avec des taches de rousseur, de grands yeux vert d'eau et des cheveux châtains tirant sur le roux. Il a un léger embonpoint, toujours le sourire, et il se dégage de lui une bonhomie qui le rend franchement sympathique. En plus, il parle un français impeccable, ce qui me dispense de me taper la honte avec mes histoires de *kitchen* et compagnie ! Après être passés dans un immense hall, nous montons à l'étage par un large escalier. Les murs sont tapissés de tentures en tissu, sur lesquelles sont exposées des toiles représentant des musiciens. Vincent m'aide à porter mes sacs tandis qu'Angus porte ceux d'Hélène, qui semble avoir fait comme moi, question strict maximum. Je suis même sûre que sa valise est plus grosse que la mienne. Et je ne parle pas de ses sacs.

Nous nous engageons dans un long couloir, où les portes se succèdent. Arnaud, Jean et Philippe sont restés à l'accueil pour régler les formalités. Vincent s'est chargé de monter les bagages et fait des allers-retours. Angus nous attribue les chambres.

La mienne, quasiment au bout du couloir, donne sur l'océan. Une coquette pièce au papier peint écru avec de minuscules roses jaune pâle. Les rideaux et le dessus-de-lit sont dans les mêmes teintes, le parquet de bois et les meubles sentent bon la cire, un fauteuil en cuir occupe un coin, près d'une tablette où est posée une lampe tulipe, et invite à la lecture ou tout simplement à la rêverie. Je vais ouvrir la fenêtre. Une odeur iodée amenée par de fines gouttelettes d'eau salée pénètre dans la chambre. Je ferme les yeux et ressens soudain un immense bien-être. J'aime ce manoir, cette chambre, cette ambiance, ce temps frais et vivifiant. J'ai attendu ce moment si longtemps. J'y suis enfin. Dans un mélange d'excitation et de peur, je me dis que ce séjour sera déterminant pour moi. En même temps, par superstition, j'essaie de ne pas trop y penser. Je me suis bien battue pour reprendre confiance, me sculpter un nouveau corps, gagner en énergie et en volonté. Maintenant, j'ai surtout envie de me laisser porter par les événements. Bon, je ne suis pas sûre que tout soit d'une telle simplicité, mais j'ai envie de souffler, aussi. Que les choses soient un peu faciles pour moi, au moins une fois dans ma vie.

Dans la chambre d'à côté, j'entends Marie qui s'installe. En face, celle de J-Lo. Je n'ai pas vu qui était dans la chambre après la mienne.

Mais j'espère...

40

Il suffit que je dise que j'aimerais que les choses me soient un peu faciles pour que les événements viennent contrecarrer mes plans ! C'est pénible, à la fin !

Après nous être installés, je profite que nous avons du temps avant le repas pour finir d'évacuer les dernières vapeurs de Lexomil. Je m'endors à peine allongée sur le lit douillet, l'édredon sur moi. Évidemment, je dors bien plus que je ne l'escomptais. Quand j'arrive pour le dîner, tout le monde est déjà installé. Il ne me reste qu'une place en bout de table, entre Rosemary, qui n'est pas ce qu'on peut appeler un boute-en-train, et... Axel, qui vient d'arriver de l'aéroport.

– V'là notre dormeuse, fait Vincent en riant.

– J'espère que tu ne vas pas dormir comme ça pendant tout le séjour ! me lance Arnaud qui a repris sa mauvaise humeur à mon égard.

Si, si, bien sûr, je suis venue ici pour faire une cure de sommeil...

– Je suis juste un peu fatiguée, c'est tout ! Ne vous inquiétez pas, je crois que maintenant j'ai mon compte de sommeil pour la semaine ! Si vous avez besoin d'un veilleur de nuit, j'suis votre homme !

C'est bien, j'arrive à en rire, mais je me promets pour les repas suivants d'arriver en avance afin de pouvoir choisir ma place.

En effet, à peine installée, Axel m'attaque sous la table en passant sa main sur ma cuisse. Il va falloir que je trouve maintenant comment lui dire de se tenir, parce que je n'ai pas envie de me battre, mais, à mon grand étonnement, alors que je repousse sa main en me tournant vers lui un peu ostensiblement, il cesse immédiatement : serait-il devenu respectueux ?

– C'est quoi, cette chose que nous mangeons, là ? demande Rosemary d'un air suspicieux.

– Ben, tu n'es pas prof d'anglais, Rosemary, par hasard ? Tu ne connais pas ce plat ? s'exclame avec bonheur J-Lo qui s'y connaît beaucoup dans l'art de se valoriser en dévalorisant les autres.

– La gastronomie irlandaise n'est pas mon domaine, répond Rosemary avec un air pincé.

– C'est un *boxty*, explique gentiment Eileen, la femme d'Angus. Une sorte de crêpe composée de pommes de terre râpées, de purée de pommes de terre, de farine et d'œufs.

Eh bien, voilà du léger, me dis-je en regardant l'espèce de grosse galette roulée arrosée d'une sauce à la crème fraîche. Mais je dois avouer que c'est succulent.

– Franchement, qui ne connaît pas le *boxty* ? fait J-Lo.

– Euh, moi, répond Vincent. Jamais entendu parler de ça ! Mais c'est très bon !

Sans l'écouter, J-Lo continue :

– Mes dernières vacances en Irlande, j'ai découvert à

Dublin la Boxty House ! Un endroit génial, pour l'ambiance, la musique et la gastronomie...

Près de moi, j'entends Rosemary qui marmonne dans son *boxty* :

– Madame Je-sais-tout commence à me gonfler.

Bienvenue au club, Rosemary.

– Ensuite, reprend Eileen avec son accent irlandais tout doux, nous vous avons préparé un *porter-cake*. C'est un cake à la bière !

– Voilà qui ne manque pas d'intérêt, constate Vincent. Avec ça, on n'aura pas trop d'un jogging demain matin pour éliminer !

Entièrement d'accord avec Vincent. Si les menus continuent d'être aussi roboratifs, il faudra courir au moins trois heures par jour ! Surtout qu'ils nous servent de la bière à profusion, et ça, pour le ventre, ça ne pardonne pas !

– Après le repas, intervient Arnaud, je vous propose d'écouter Angus et Eileen nous jouer quelques morceaux de musique au coin de la cheminée. Ça vous tente ?

– Évidemment que ça nous tente ! Nous sommes venus ici pour la musique, fait Philippe, tellement enthousiaste que je le suspecte d'avoir abusé de la Guinness.

Ce qui est mon cas aussi – j'adore la bière – et je sens mon estomac tendu comme une panse de brebis farcie.

Nous nous dirigeons tous dans le grand salon et nous installons dans les fauteuils et les canapés. Angus sort sa concertina, sorte d'accordéon hexagonal, et Eileen, son violon. Arnaud les rejoint avec une guitare. J'ignorais qu'il savait en jouer, et de le voir s'asseoir entre les deux Irlandais, baissant la tête pour accorder son instrument, me fiche un violent coup au cœur. Il est beau ! Si beau ! Je suis dingue de lui. Il relève la tête, et ses yeux croisent les miens. La bière me donne de l'audace. Je garde mon regard planté dans le sien. J'ai l'impression que ce moment dure une éternité, mais J-Lo m'attrape le bras :

– Pousse-toi un peu pour me faire de la place !

Sans attendre ma réponse, elle s'assoit sur le canapé en me coinçant contre l'accoudoir. Je suis serrée comme une sardine, ce qui n'arrange pas mon envie de faire pipi, dû probablement à un léger excès de bière. Mais il est hors de question que je me lève, car on risque de me piquer ma place et je ne serai plus en face d'Arnaud ! Tant pis. Je ferai peut-être pipi sur le canapé, mais je resterai ici !

Les trois commencent à jouer. C'est très beau et entraînant. J-Lo se trémousse à mes côtés. J'ai la vessie de plus en plus pleine. Je dois tenir, tenir ! Elle pourrait arrêter de bouger, elle ? Je n'écoute même plus la musique ! J'ai des réminiscences de l'épisode humiliant du restaurant avec les copines, où j'avais dû m'allonger pour décoincer ma braguette ! Mon envie actuelle est pire que cette fois-là. Je ferme les yeux et tente de prendre un air pénétré (par la musique), alors qu'en fait, je me fais une séance d'autohypnose pour refouler mon envie de pipi ! Rien à faire : la bière ne répond pas à la loi du subconscient ! N'y tenant plus, je me lève précipitamment et démarre en trombe, m'explose la hanche au passage en donnant un coup dans le fauteuil de Rosemary. Elle pousse un cri d'effroi (il ne lui faut pas grand-chose, notez !) qui fait stopper les musiciens, et je sors du salon en boitant dignement, consciente que tous les yeux sont pointés sur mon dos.

Voilà, je vous le disais ! Dès le premier soir, Vic-maladroite s'est liguée avec Vic-incontinente pour me pourrir le séjour !

Refaire une entrée dans la salle où la musique a repris est au-dessus de mes forces. Après être allée aux toilettes, je file dans ma chambre et je me couche : besoin de sommeil, résidus de Lexomil ou envie d'oublier, je ne sais pas, mais je m'endors presque immédiatement, bercée par le bruit de l'océan et les notes lointaines. Même pas le temps de m'inventer un petit scénario avant de m'endormir, comme j'aime pourtant le faire.

Il paraît que c'est meilleur pour la qualité du sommeil de se coucher tôt. Pas pour moi. Endormie avec les poules, quand je me réveille à une heure du matin, je suis fraîche et dispose, et je n'ai plus du tout envie de dormir ! La plaie ! Je suis rarement insomniaque, mais quand ça m'arrive chez moi, je me lève, me blottis avec un bon plaid et une bouillotte dans mon canapé et mets la télévision : les programmes de la nuit, tournois de poker ou chasse et pêche sont hautement soporifiques, et je ne manque pas de piquer du nez dès le premier brelan. Mais là, pas de télévision dans la chambre, et je vois d'un mauvais œil – rougi – les heures défiler. Ça m'énerve d'autant plus que j'imagine la tête défaite que je vais avoir demain. Je finis par me lever et ouvre la fenêtre. Il n'y a aucun éclairage, mais la lune est brillante, et le ciel, lumineux. Au loin, l'océan et son bruit incessant m'attirent : et si j'allais faire un tour ? Alors que je m'habille pour sortir, j'entends du bruit dans le couloir. Des voix, très basses, une porte qui grince, des pas. Curieuse, je regarde par le trou de ma serrure. Je ne m'attends pas à voir grand-chose, mais on ne sait jamais. Au début, je ne distingue rien. Puis, tandis que ma vue s'accoutume, je constate que la porte de J-Lo est ouverte et qu'elle est debout dans l'entrebâillement. Je tends l'oreille : je reconnais sa voix qui murmure. Malheureusement, je ne sais pas à qui elle parle, puisque l'autre voix est très basse et que la personne qui parle s'est un peu éloignée. Puis les pas se rapprochent à nouveau, plus de paroles, mais à la place le bruit caractéristique de deux personnes qui s'embrassent. C'est la meilleure, celle-là ! Du coup, je n'ose plus sortir, ni même faire de bruit. Je reste quelques instants encore derrière ma porte, puis, dès que le silence est revenu, je retourne à mon lit sur la pointe des pieds et me recouche, préoccupée : il va falloir que je surveille ça de très, très près ! Qu'est-ce que c'est encore que cette histoire : J-Lo aurait un amant parmi les professeurs ? Je passe en revue mes collègues masculins : Jérôme, l'autre prof de français ? Ça m'étonnerait : il est marié et vient tout juste d'avoir un petit garçon, Philippe a une copine, Jean est homosexuel, il ne reste que Vincent ou... Arnaud ! Non ! Pas Arnaud ! Et pourtant, en y réfléchissant bien, c'est tout à fait possible : ils sont souvent ensemble, ont des gestes familiers l'un envers l'autre, se connaissent bien et depuis longtemps... Assommée par cette révélation, je commence à me retourner dans mon lit. J'aurais dû faire attention à la direction que prenaient les pas qui s'éloignaient de la chambre de J-Lo. S'ils partaient vers la droite, ce ne pouvait être qu'Arnaud puisque sa chambre est la dernière pièce du couloir. Je me relève et colle mon oreille contre la cloison qui donne sur sa chambre. Je n'entends rien, mais les murs du manoir sont épais. Et Arnaud sait être discret.

Assaillie par Vic-pessimiste, je n'ai qu'une envie : rentrer chez moi, prendre mon Bigoudi dans mes bras et me coucher dans mon lit pour tout oublier.

Je finis par m'endormir tard, très tard. Enfin, je devrais plutôt dire très tôt...

41

– Vic, Vic ! Tu m'as demandé de te réveiller ! Tu es prête pour le jogging ?

– Oui, oui, bien sûr ! Tu me laisses juste quelques minutes pour finir de me préparer ?

– D'accord. Je t'attends en bas.

Tu parles : « quelques minutes pour finir de me préparer »... Je dormais à poings fermés quand Vincent a tambouriné à ma porte et m'a réveillée en sursaut. Il faut dire que ma fin de nuit a été courte et que je serais bien restée encore quelques heures sous la couette. Mais, malgré les événements de cette nuit, je suis bien décidée à ne pas me laisser abattre. Et c'est Vic-déterminée qui saute dans le survêtement, le tee-shirt et les baskets, et s'asperge le visage d'eau.

Oh là là ! La tête que j'ai ce matin ! Il faut dire que des nuits pareilles, ça te floute les contours du visage comme un rien ! Je me maquille un peu ou pas ? Allez, non, tant pis ! Juste une pointe de fond de teint. Bon, et un coup de crayon noir sous les yeux. Une minitouche de rouge à lèvres, estompée du bout des doigts. Juste pour me donner bonne mine !

Je sors sur les chapeaux de roue. Un bon jogging, ça va me remettre les idées en place. En bas, Vincent s'impatiente. Il a l'air en grande forme. Autour de lui, Jean, Hélène et, contre toute attente, Rosemary.

– J'ai mis une écharpe, nous explique-t-elle, parce que je suis fragile de la gorge.

– Tu es sûre que ça ne va pas te gêner pour courir, fait Vincent en la détaillant de bas en haut.

Parce qu'il n'y a pas que l'écharpe bariolée qui est inadaptée, mais aussi une espèce de pantalon boule violet, un long pull noir et des babies aux pieds.

Je sens qu'on va rire.

– Et je vous préviens, je n'ai pas trop l'habitude de faire du sport, à part du yoga : donc, là, la course, on y va mollo !

Vincent sourit :

– Chacun à son rythme, Rosemary. J'ai repéré les lieux hier après-midi, et les chemins sont bien délimités et forment des circuits. Il y en a de plus ou moins longs. Tu n'auras qu'à suivre un circuit plus court ou faire demi-tour quand tu en ressentiras le besoin. D'accord ?

– D'accord. On va faire ça.

Vincent se tourne vers moi :

– Ça va, Vic ? T'as une petite mine !

– Ça peut aller. De toute façon, je ne suis pas du matin, alors...

Nous sortons, et, bien sûr, il pleut. Un crachin minuscule, mais de ceux qui mouillent vraiment bien.

– Tu n'as rien mis pour te protéger de la pluie, Vic ?

– Non, non, j'aime courir en tee-shirt !

Tu parles ! Je n'ai juste pas eu le temps de regarder par la fenêtre l'état du ciel ! Et comme je n'ai pas les yeux en face des trous…

– Allez, c'est parti ! fait Vincent en démarrant une petite foulée.

Hélène et lui, visiblement, sont des habitués de la chose. Ils partent en tête avec une course assez soutenue. Jean et moi suivons du mieux que l'on peut, mais c'est plus laborieux. Derrière, tirant la langue à peine partie, Rosemary sautille plus qu'elle ne court. Rosemary est quelqu'un de très atypique. Je ne la voyais pas vraiment faire du jogging, et là, j'admire sa détermination. Même si je ne la comprends pas vraiment : quelle idée de vouloir, pour une première tentative, faire un jogging en Irlande, en tenue pas franchement adaptée, sous la pluie quand on est toujours enrhumé, derrière un prof de gym super entraîné. Je me retourne à plusieurs reprises pour l'encourager ; elle me fait un petit geste de la main.

– Je suis, je suis, ne vous inquiétez pas pour moi. Je m'échauffe tout doucement !

Ça, pour s'échauffer doucement, elle s'échauffe doucement !

– Viens, me dit Jean. Elle suivra bien, t'inquiète !

Courir dans ces conditions, même si la pluie continue de tomber, c'est fabuleux. Par moments, le sentier nous mène en contre-haut de l'océan, avec d'étroits chemins qui descendent vers une petite plage de sable et de gros rochers. Le parc est immense, très arboré, avec des coins si sauvages qu'on se croirait au bout du bout du monde. À un moment, nous voyons fuir un couple de chevreuils juste devant nous.

Nous gardons un rythme assez intensif pendant pas loin de quarante-cinq minutes, puis je fais signe à Jean que je vais marcher pour reprendre mon souffle et terminer le circuit. Même si j'ai fait régulièrement de la course à pied depuis septembre, je pense que cela me suffit.

– Je vais faire comme toi, me dit-il.

Tranquillement, nous rentrons au bercail en discutant de la chance que nous avons de faire ce stage dans un endroit aussi idyllique.

Au manoir, Vincent nous attend.

– Allez vite prendre une douche et passer des vêtements chauds. On se retrouve pour le petit-déjeuner.

Ce que nous faisons avec bonheur. C'est un des moments dans le sport que je préfère : immédiatement après l'effort, quand le corps se remet doucement, qu'on est envahi d'un bien-être incroyable, qu'on parfait la détente avec une bonne douche, puis qu'on s'assoit pour boire ou manger un petit truc réconfortant !

Et là, on ne peut pas nier que le *breakfast* soit réconfortant. Comme nous étions partis assez tôt, le reste de la troupe n'était pas encore levé, et nous nous retrouvons tous autour d'un buffet pantagruélique : œufs, bacon, saucisses irlandaises, boudin blanc, *brown bread*, porridge, tout cela arrosé d'*irish breakfast tea*, de café et de jus d'orange. Il est heureux que le séjour ne dure qu'une semaine, sinon, je ne me donne pas plus de la quinzaine pour reprendre tous les kilos que j'ai durement perdus !

– Ben, Vic, t'étais passée où hier soir ?

– J'étais fatiguée, Jennifer, et je suis partie me coucher tôt. Je m'excuserai auprès d'Angus et Eileen, c'était très beau, mais je ne tenais plus, et...

Arnaud, qui est comme par hasard assis à côté de J-Lo, me coupe la parole :

– Bon ! OK, OK ! Il ne faut plus tarder maintenant. Après le petit-déjeuner, tout le monde finit de se préparer rapidement et on file à l'église pour commencer les répétitions. On n'a plus beaucoup de temps avant le spectacle.

Il est en effet prévu que notre prestation pour le réveillon du jour de l'An se déroule dans la petite église du village. Quand nous y arrivons, c'est le choc : la petite église est en réalité immense. Je ne m'attendais pas du tout à cela et je constate avec effroi le nombre de places assises du public : devant combien de personnes allons-nous chanter ? J'en fais la remarque à la cantonade.

– Ouais ! Bon, c'est pas Bercy, Vic ! répond Arnaud du tac au tac.

– Évidemment, mais je ne m'attendais pas à ça non plus !

Non, mais, j'ai le droit d'émettre mon avis, tout de même !

– Eh bien, il faudra t'y faire, parce que c'est là que nous chanterons lundi soir ! Allez, placez-vous, maintenant.

Tout le monde se met en place, comme nous l'avons répété les semaines précédentes.

– C'est bien. Tout le monde est en place ? Mais... où est Rosemary ?

Rosemary... En y réfléchissant bien, je ne l'ai pas vue depuis le début du jogging dans le parc.

– Merde ! dit Vincent en s'adressant à Jean et moi. Ce matin, quand vous êtes montés vous doucher, j'ai attendu un peu, puis j'ai pensé qu'elle était rentrée avant nous et qu'elle était déjà partie s'habiller. Personne ne l'a aperçue ?

– Pas depuis ce matin. On l'a un peu semée à l'entrée du parc, quand on courait, et depuis, plus rien, explique Jean.

– Moi non plus : elle m'a fait un petit signe de la main en me disant de continuer, qu'elle allait courir à son rythme, puis on ne s'est plus occupés d'elle !

– Ben, où elle a bien pu passer ?

– Il faut retourner au manoir au plus vite, dit Vincent qui se sent responsable.

– Oui, allons-y !

Et tout le monde quitte l'église en courant, s'engouffre dans le minibus qui repart vers le manoir. Arrivés sur place, nous nous déployons dans la maison en appelant Rosemary. Personne dans sa chambre, dans les salles de bain, à la cuisine... Rien. Nous faisons même les placards à balais au cas où.

– Elle a dû avoir un malaise en forêt, dis-je, les larmes aux yeux.

– Elle a tout aussi bien pu se perdre, admet Angus. Le parc est grand.

– Elle s'est peut-être fait enlever par des indépendantistes irlandais, avance J-Lo en riant.

– Jennifer ! T'es pas drôle, s'énerve Jérôme.

– Bon, calmez-vous, tempère Hélène. Elle est partie en même temps que nous, elle nous a suivis au début, puis on l'a perdue de vue. Ça fait deux heures environ. C'est pas dramatique non plus. On va la retrouver.

– Suivez-nous pour commencer, propose Vincent. Nous allons reprendre le sentier de ce matin.

Et nous voilà tous à la queue leu leu sur le sentier principal du parc, nous égosillant à appeler Rosemary.

– C'est vrai qu'il est grand, ce parc, et il y a tout plein de petits chemins qui en partent. Elle a pu emprunter n'importe lequel d'entre eux ! constate Jean.

– Mais on est bêtes : elle a bien un portable ? Il suffit de l'appeler ! C'est aussi simple que ça, propose J-Lo comme si elle avait découvert la lune.

– Tu sais bien que Rosemary n'en a pas. Elle n'aime pas ça ! dis-je, un peu agacée.

– Ah oui, c'est vrai, souffle-t-elle. Elle ne fait jamais rien comme tout le monde, celle-là !

– Séparons-nous, suggère Vincent. Restons deux par deux pour ne pas nous perdre aussi.

Nous acquiesçons. Des binômes se forment et, sans que j'aie le temps de comprendre comment, je me retrouve... avec Arnaud. Pas croyable ! Je l'aurais voulu que ça n'aurait pas marché ! Je suis surprise qu'il n'ait pas essayé de se mettre avec Jennifer, mais tout est allé un peu vite ; il n'a pas dû avoir le temps. Sans plus attendre, nous partons tous par des chemins différents, nous enfonçant dans les bois. J'avance, un peu raide ; un silence gêné s'installe entre nous. Pour le combler, Arnaud se met à crier :

– Rosemary, Rosemary !

Je m'y mets aussi, parce qu'avec mon hyperempathie habituelle, je suis réellement inquiète pour elle. Je m'imagine tout et son contraire, mais surtout les situations les plus graves.

– Ça va, Vic ? Tu es toute pâle !

Ah, tiens ? Il me parle. Et gentiment, même.

– Oui, oui, ça va ! Je suis inquiète, c'est tout !

Et voilà. Alors qu'il se radoucit, c'est moi qui lui aboie après. On n'est vraiment jamais en phase, tous les deux. Du coin de l'œil, je le vois se renfrogner. Nous marchons un bon moment, quand Arnaud s'arrête net :

– Écoute ! chuchote-t-il.

Je m'arrête également, tendant l'oreille.

– J'entends gémir, reprend-il.

– Oui, moi aussi. Tu vois quelque chose ?

Nous scrutons les alentours, mais entre le temps gris et les arbres, on ne voit pas forcément très bien. Pour mieux entendre, nous nous mettons à parler très bas.

– J'ai l'impression que ça vient de par là.

Nous avançons vers les gémissements qui s'intensifient – la pauvre Rosemary doit terriblement souffrir – quand soudain nous découvrons, à quelques mètres de nous, adossés à un gros rocher, J-Lo et Axel en train de faire l'amour. Je pousse un grand cri :

– Aaaahhh !

Axel tourne la tête, me voit et se met à crier aussi :

– Non ! Vic ! Attends !

Attends ? Attends quoi ? Ça ne veut rien dire ! Je reste bouche bée, à dévisager Jennifer la tête pâmée sur la roche, et Axel, le pantalon au bas des pieds, le bas du corps tout de même caché par son imperméable, qui me regarde d'un air penaud. J-Lo tourne la tête vers moi et me décoche un sourire carnassier qui veut probablement dire : « Tu vois, le plus beau mec du collège, il est pour moi ! » Mais je n'ai pas le temps d'y penser davantage que je sens qu'on m'attrape et m'entraîne loin de ce spectacle navrant. Serrant très fort ma main dans la sienne, Arnaud se met à courir en riant aux éclats, et je ne tarde pas à rire avec lui. Une chose est sûre, c'est que ce n'était pas lui qui était dans la chambre de J-Lo hier soir !

Nous nous arrêtons plus loin, essoufflés, en proie à un fou rire. Arnaud reprend peu à peu son souffle.

– Vic ! C'est ce tombeur-là qui débarque le dimanche soir chez toi ?

– Comment ça ?

– Le dimanche qui a suivi le mariage d'Elsa et Robin, je suis passé... chez toi pour..., euh..., savoir si... tu allais bien. Mais au moment où j'arrivais, j'ai vu Axel entrer dans ta maison et...

– Et ?...

– Eh bien... Ça m'a... Comment dire ?... Ben, je n'ai pas voulu vous déranger...

– Mais au contraire, il aurait fallu !

Merde ! Qu'est-ce que je dis ! Il va croire que je veux l'inviter à une partie fine ! *Reprends-toi, Vic ! Reprends-toi.*

– Non, mais ce que je veux dire, Arnaud, c'est qu'Axel n'était que de passage et que..., de toute façon, il n'est que de passage... dans ma vie... et...

Arnaud se rapproche de moi et d'un geste tendre pose sa main sur ma joue. Mon cœur fait un bond.

– Vic, je...

– On a retrouvé Rosemary ! On a retrouvé Rosemary !

42

– Non, mais ça va pas, de disparaître comme ça ? On s'est fait un sang d'encre ! Ça fait des heures qu'on te cherche !

Vincent exagère un peu les choses, puisque ça ne fait tout au plus qu'une demi-heure que nous nous sommes rendu compte de la disparition de Rosemary. Mais je suis sûre qu'il a eu vraiment peur.

– Mais faut pas vous inquiéter pour moi, les amis.

– Ben, c'est raté ! Nous étions tous morts d'inquiétude ! On aurait préféré éviter ça !

Cela dit, pour ma part, je suis plutôt heureuse de la situation qui m'a permis de découvrir Axel et J-Lo. Je vais pouvoir mettre les choses au point avec Axel.

– Qu'est-ce qui t'est arrivé, alors, Rosemary ?

– Eh bien, quelques centaines de mètres après avoir commencé à courir, je me suis aperçue que cette activité n'était pas adaptée à ma nature. Trop violente, pas assez zen. On passe déjà notre vie à courir. Si c'est pour le faire aussi dans nos loisirs...

On ne peut pas dire pourtant qu'elle postulait pour le record du monde.

– Et alors ?

– J'ai arrêté net et suis allée sur la plage en contrebas du manoir où je me suis assise pour méditer sur le sable, qui est, vous en conviendrez, une activité plus constructive que de courir bêtement après rien du tout ! Au bout d'un moment, j'ai fait la connaissance d'un charmant Irlandais qui promenait son chien et qui m'a invitée à boire une bière dans le pub du village. Et voilà.

– Et voilà ! répète Vincent qui l'a un peu mauvaise.

– La prochaine fois, tu préviens, ajoute Arnaud. En plus de l'inquiétude, on a loupé une répétition à cause de ça !

Rosemary écoute à peine et regarde tout le monde d'un air ravi. Je la soupçonne d'avoir un peu forcé sur la Guinness.

Dans le grand salon à cheminée du manoir, Axel fait les cent pas. Il est tard, tout le monde a dû se coucher. Il a cherché à me parler toute l'après-midi, mais les circonstances ne l'ont pas permis. Il y a une demi-heure, il est venu frapper à ma porte pour que nous discutions. Pour ne pas faire de bruit dans les chambres, nous sommes descendus au rez-de-chaussée.

– Je te promets, Vic. C'est elle qui m'a mis le grappin dessus !

– C'est facile, ça, Axel ! Et puis je te connais ! Depuis combien de temps couches-tu avec elle ?

– En fait, Jennifer et moi, c'est de l'histoire ancienne. Nous étions ensemble il y a deux ans. Mais nous avons rompu assez vite, nos deux tempéraments n'étant pas tout à fait – comment dire ? – compatibles ! Et puis, elle s'est doutée de quelque chose entre toi et moi le soir du restaurant japonais, tu te rappelles, quand tu avais beaucoup trop bu et que je t'ai raccompagnée !

Oui, oui, je me rappelle. Abrégeons.

– Oui. Bon. Et alors ?

– Eh bien, dès le lendemain, elle m'a rappelé et... nous nous sommes... revus.

– Les bras m'en tombent ! Pendant tout le temps qu'on était ensemble, tu couchais aussi avec Jennifer ? Les soirs où tu étais chez tes soi-disant copains, tu étais chez Jennifer ? Et quand elle ne voulait pas de toi, tu rappliquais à la maison, c'est ça ?

Axel baisse les yeux.

– Ouais, bon ! T'es pas une sainte non plus, Vic ! Et Arnaud ? Ce n'est pas moi qui ai fouillé dans son casier ! Tu as fait quoi, avec Arnaud, hein ?

– Mais rien ! Rien de rien ! Je te le promets !

– Mais lui, tu l'aimes...

Je ne réponds pas. J'essaie de me mettre à sa place : même s'il a bien profité de moi, je n'ai pas été très honnête non plus avec lui. Il est temps que cela cesse.

– Axel. Toi et moi, il faut que ça s'arrête là. Je te jure que j'ai passé de chouettes moments avec toi ! Je ne regrette rien. Mais je crois que c'est mieux.

Nous marquons un temps de pause.

– Tu as raison, Vic. Ça vaut mieux ! Et puis, on pourra se voir un petit peu de temps en temps, entre le placard à balais et la crèche de Noël ?

J'éclate de rire. Lui aussi.

– Non, Axel ! J'aime mieux pas ! Même si c'était vraiment sympa !

– C’est une blague, Vic ! J’ai bien compris. Oui, t’as raison : c’était vraiment sympa !

Après cette discussion qui nous a permis de nous expliquer tranquillement, nous remontons dans les chambres. Au moment où je rentre dans la mienne, il me semble entendre un bruit dans celle d’à côté ; celle d’Arnaud, je veux dire. Je tends l’oreille. Non, rien. J’ai dû rêver. Tout le monde dort. Pour ma part, après deux nuits d’insomnie, le jogging du matin, le grand air, les émotions et le soulagement, je suis à peine couchée que je m’endors comme une souche.

– Petit-déjeuner, Vic !

J’ai eu beau mettre mon téléphone à sonner, rien à faire : je n’entends même pas la sonnerie qui fait un bruit de fantôme neurasthénique.

D’un commun accord, nous avons décidé de ne pas faire de jogging ce matin. Trop d’émotions hier avec la disparition de Rosemary, et nous devons répéter nos chants ! Très sérieusement, même !

Le petit-déjeuner est aussi copieux que la veille. J’essaie d’être raisonnable : franchement, ça fait envie, tout ça, mais il faut que j’arrive à entrer dans ma robe pour le réveillon. J’ai craqué : je me suis acheté une robe noire un peu près du corps, avec un beau décolleté, et, si je reprends un kilo, ça ne pardonnera pas !

Ma gourmandise est de toute façon canalisée par l’homme qui est assis presque en face et que je regarde à la dérobée. Une idée saugrenue me vient : pour éviter les crises de boulimie à la maison, je devrais prendre Arnaud en photo (bon, déjà, ça, c’est pas gagné), agrandir le tirage en taille réelle et l'installer à table sur une chaise en face de moi. À la place où se met d'habitude Bigoudi pour récolter les miettes. Effet coupe-faim garanti !

– Bon, tout le monde est prêt ? fait-il en regardant Rosemary avec insistance. On peut aller à l'église pour une répétition ?

– Ouiiii ! se met-on à crier tous ensemble comme des gosses.

Et nous partons en riant et papotant vers le minibus qui nous conduit à l'église.

Sur l'estrade, nous nous installons sur deux rangs, Arnaud ayant pris soin de mettre sur le rang arrière, plus loin du micro, donc, ceux qui ne chantent pas très juste, et notamment Jennifer et Jean. Je suis devant, entre Rosemary – trop petite pour être derrière – et Isabelle qui a une assez jolie voix. Après quelques essais de vocalises, nous constatons que le son se propage agréablement dans l'église. Je l'avais déjà noté en écoutant le concert de Coline : il se dégage une profondeur et une intensité qu'on ne trouve, il me semble, que dans des lieux comme celui-ci. Le seul inconvénient, c'est que l'église est très peu chauffée.

– Ça caille, fait J-Lo. On pourrait pas mettre le chauffage ?

– Faut dire que t'es habillée comme en été, répond Marie, à qui Jennifer lance une œillade assassine.

– Déjà que j'ai mal à la gorge à cause du jogging sous la pluie, ça va pas m'arranger, fait Rosemary en se raclant élégamment la gorge.

– Bon, si on chante, ça va nous réchauffer. On y va ?

Notre répertoire est varié. Nous chanterons sept pièces choisies d'un commun accord. On commencera par *Le Paradis blanc*, de Michel Berger ; puis *Respire*, de Mickey 3D (ça, c'est une idée de moi et de ma fibre écolo) ; *Comme un arbre dans la ville*, de Maxime Le Forestier ; *The Sound of Silence*, de Simon et Garfunkel, pour faire plaisir à Rosemary qui voulait au moins une chanson en anglais ; *Les Champs-Élysées*, de Joe Dassin ; *Le Jazz et la Java*, de Nougaro, et, pour finir et rendre hommage à nos hôtes, *Les Lacs du Connemara*, de Michel Sardou. Ce n'est pas un répertoire très moderne, j'en conviens, mais ce sont des chants pas trop compliqués à interpréter, selon mon professeur de musique préféré, et courants dans les chorales amateurs. Il a les bandes-son de tous ces morceaux, et le matériel audio du manoir est assez perfectionné pour donner un son de qualité, suffisamment bien dosé pour qu'on nous entende chanter tout en masquant les petites imperfections de certains d'entre nous.

À la tête qu'il fait, nous devinons bien que cette première répétition n'est pas à la hauteur des espérances d'Arnaud : J-Lo n'arrête pas de râler qu'elle a froid, Rosemary éternue sans cesse, et, au moment de la pause, je réussis à trébucher en loupant une marche, heureusement rattrapée in extremis par Axel, sous le regard inquisiteur de J-Lo et... d'Arnaud.

La fin de la séance se passe mieux, et Arnaud se détend.

– Encore deux répétitions, et ce sera le concert.

J-Lo resserre son gilet autour d'elle en tremblant. Je constate avec satisfaction qu'elle a le bout du nez rouge.

– Tu pourras demander que l'église soit chauffée pour ce soir-là ? Parce qu'on ne va pas chanter devant le public en doudoune et en *moon boots* !

Tout le monde acquiesce, parce qu'on s'est vraiment gelés.

Heureusement, en sortant de l'église, un beau ciel bleu nous accueille, et je m'arrête sur le parvis en plissant les yeux pour me réchauffer au soleil.

– Ahh ! Ça fait du bien ! lance Rosemary après s'être éclairci une énième fois la gorge.

– Oui, parce que là, fais-je à mon tour, je suis d'accord avec Jennifer : il ne fait pas chaud dans l'église.

Arnaud se penche vers moi et me chuchote à l'oreille :

– Dommage que tu n'aies pas apporté ton anorak à clous et ton bonnet, Vic !

Il ne fait plus aucun doute qu'il m'a bien vue à la sortie du concert de Coline dans ma tenue de petite frappe.

43

Entre les répétitions, quelques visites des environs – que c'est beau, l'Irlande ! – et les moments des repas qui s'éternisent, car on s'y amuse vraiment bien, une chouette complicité s'étant instaurée entre nous, le temps passe vite. Nous voilà au lundi, jour du réveillon. Le stress monte, Arnaud est sur les nerfs, Rosemary tousse et mouche de plus belle, J-Lo est exécrable et envoie bouler tout le monde, Eileen et Angus courent dans tous les sens pour la préparation du dîner de réveillon. Vincent se demande s'il a bien fait de n'apporter que des survêtements, car, pour le concert, ce n'est pas très seyant. Du coup, Jérôme lui prête un pantalon, une chemise et un pull plus habillés. Comme Vincent est très grand et athlétique, le pantalon est un peu court et serré, mais il n'y a pas d'autres possibilités. Marie fait une allergie à on ne sait quoi et se retrouve envahie de boursouflures sur les joues et le menton qui la font ressembler aux frères Bogdanov. Le médecin consulté nous affirme que ce n'est pas grave et lui donne un traitement, mais il n'est pas sûr que le gonflement se réduise avant le soir. Sans méchanceté, je suis contente – voire surprise – que ce ne soit pas arrivé à moi. Jean, qui a conscience qu'il chante toujours aussi faux, se gave de miel pour adoucir sa voix et être en mesure de chanter en douceur. Je ne suis pas sûre que J-Lo ait la même conscience que lui, car elle vocalise dans le manoir à en dérégler la météo ! D'ailleurs, il pleut depuis le matin, c'est un signe.

Je ne parle pas de moi qui tente de gérer au mieux le panel de Vic qui se bouscule au portillon : Vic-sans-confiance, Vic-maladroite, Vic-godiche, Vic-suspicieuse, Vic-qui-se-dévalorise... Sans oublier Vic-incontinente qui m'entraîne à aller faire pipi toutes les cinq minutes. Rosemary, adepte des médecines douces, propose à qui veut des gélules de valériane pour calmer l'anxiété.

– Tu es sûre que ça ne va pas m'assommer comme le Lexomil ? lui dis-je, intéressée mais prudente.

– Bah non ! Ce sont des plantes ! Tu n'as rien à craindre !

– La ciguë aussi, c'est une plante, précise Vincent au passage, et c'est pas pour ça qu'on peut en manger. Demande à Socrate !

– Non, mais Vincent, là, la valériane est une plante reconnue par la médecine pour ses effets apaisants.

– Oui, oui, je te blaguais, Rosemary. Vas-y, Vic ! Tu n'as rien à craindre, j'en ai déjà pris. Si ça ne te fait pas grand-chose, ça ne te fera pas de mal !

– Ouais, moi aussi, ajoute Philippe. Tu pourrais même manger toutes les gélules. À part avaler la boîte avec, tu n'as aucun risque !

Rassurée, j'en avale finalement une petite poignée avec un grand verre d'eau.

Quand arrive la fin de l'après-midi, je ne remarque pas de changement particulier à mon état d'énervement, mais je me dis que ça serait peut-être pire si je n'en avais pas pris.

– Il va falloir songer à vous préparer ! nous lance alors Arnaud. On se retrouve dans une demi-heure dans le hall. Ne soyez pas en retard D'accord ?

Tout le monde acquiesce, et nous montons nous habiller. J'ai bien évidemment prévu plusieurs boîtes de collants noirs, afin de m'éviter la galère de l'autre jour. D'autant que madame Narcisse n'est pas là pour me dépanner ! Je mets un tout nouveau soutien-gorge balconnet, une jolie culotte assortie (je commence à m'habituer à ne plus porter des Petit Bateau), j'enfile ma robe et mes chaussures, que j'ai prises une demi-taille plus grande que d'habitude pour ne pas avoir mal aux pieds. Comme quoi j'ai intégré dans mon équipe une nouvelle recrue : Vic-prévoyante ! J'ai même un petit châle noir en mohair parsemé de fils de lurex argentés que ma mère m'a offert avant de partir. Normalement, l'église devrait être chauffée, ce soir, mais mieux vaut prévoir.

Trois groupes chanteront à tour de rôle, environ trente minutes chacun. Deux chorales irlandaises, et nous, la chorale exotique, pour finir.

À dix-sept heures, le minibus emmène onze professeurs et un surveillant silencieux, hagards, tétanisés, malgré les gélules de valériane qui ont circulé sous le manteau.

L'église est pleine. Nos places sont réservées, sur le côté, pour assister aux deux précédentes chorales. Je ne sais pas si c'est une bonne chose, parce que leur prestation est d'une rare qualité, pour des amateurs, et ça nous fiche une de ces pressions... Arnaud est blanc comme un linge ; Vincent – que je pensais pourtant calme – est pris de tics nerveux incontrôlables ; J-Lo veut paraître tranquille, mais elle est trahie par une jambe qui tressaute sans cesse ; Marie gratte ses boursouflures, qui se sont agrémentées de quelques boutons ; Rosemary se racle la gorge aussi élégamment qu'un crapaud qui coasse et s'envoie pastille sur pastille dans le gosier – ça sent l'eucalyptus et le menthol dans toute l'église ; quant à moi, je me retiens de faire pipi, mais je sens que je ne vais pas pouvoir tenir longtemps.

Un peu avant la fin de la chorale qui précède la nôtre, j'interpelle Arnaud à voix basse :

– Arnaud, je dois aller aux toilettes !

– Maintenant ?

– Oui, c'est le stress. Ça me fait toujours ça !

– Non, mais t'es pénible, Vic ! C'est pas le moment !

– C'est ça ou je fais pipi sur l'autel ! Désolée ! Où sont les toilettes ?

– Il n'y a pas de toilettes ici : nous sommes dans une église !

Super ! Et je fais comment, moi, maintenant ?

– T'as qu'à aller à l'extérieur, derrière, me souffle Vincent.

Bonne idée ! De toute façon, je n'ai pas le choix. Heureusement, il fait nuit dehors, et l'arrière de l'église est très accessible et camouflé à la vue des indiscrets. Je slalome entre les quelques plantes et les caillasses qui traînent là. Guidée par une Vic-attentive qui m'a tout nouvellement rejointe, je suis très vigilante avec mes chaussures, mes collants, vérifie que ma robe ne s'est pas prise dedans, repositionne mon châle et me dépêche de revenir tout en faisant attention où je mets mes pieds. Mais au moment où je vais entrer à nouveau dans l'église, une ombre s'approche de moi.

– Tu ne fais jamais rien comme les autres, Vic !

Sans que j'aie le temps de répondre, Arnaud m'attrape par la taille et me donne le baiser le plus fou que j'aie jamais reçu !

44

Le pouvoir d'un baiser, d'un seul baiser, pour peu qu'il soit partagé avec la bonne personne, est incommensurable. J'ai la sensation d'une carapace qui s'envole, d'une porte qui s'ouvre afin que s'engouffre un air nouveau et frais. J'ai l'impression d'être une autre, et en même temps moi, cent pour cent moi, mosaïque de toutes les Vic, c'est moi, juste moi, celle qu'Arnaud vient d'embrasser. En faisant cela, il m'a acceptée telle que j'étais, et ça a remis en cohésion toutes les Vic que je pensais pourtant inopportunes.

Sans rien dire, Arnaud me regarde en souriant, puis m'emmène par la main jusqu'à la porte de l'église. Nous y entrons comme deux automates qui marcheraient sur un nuage. Curieusement, ma vision est floue. Je distingue à peine les gens autour de moi. J'ai des décharges d'adrénaline, mais je ne sais pas si elles sont dues au stress ou au baiser. J'ai sur le visage un sourire béat dont je n'arrive pas à me défaire, mais je m'en fiche. Arnaud me lâche la main et interpelle les autres :

– Allons rapidement nous installer.

Personne ne dit mot, et nous prenons place en regardant nos pieds de peur d'affronter le public de face. Arnaud nous fixe anxieusement. Son regard s'attarde un instant sur moi, et ce que je lis dans ses yeux me serre davantage le cœur. C'est comme si, avant, je n'avais pas su lire : toutes ces émotions, ces sentiments, je les découvre d'un coup, comme s'ils avaient toujours existé. Mais je n'ai pas le temps d'y réfléchir davantage que la musique commence et qu'Arnaud donne le signal de départ.

Nous enchaînons les chansons. J'ai beau être sur mon petit nuage, cela ne m'empêche pas d'entendre J-Lo qui donne de la voix, à l'arrière, bien plus que lors des répétitions où Arnaud la canalisait. J'espère que, depuis la salle, ils ne l'entendent pas trop, parce que franchement, c'est affreux ! Il faudra que quelqu'un ose lui dire, un jour, qu'elle chante comme une casserole. D'ailleurs, je me demande si je ne vais pas le faire !

Notre dernière chanson, *Les Lacs du Connemara*, est accompagnée par les battements de mains des spectateurs. Ils ont l'air ravis, et certains essaient de chanter avec nous. Ça donne une joyeuse cacophonie, surtout avec leur accent irlandais, mais c'est génial ! Et puis, pour le coup, on entend beaucoup moins J-Lo qui pourtant s'époumone :

Là-bas, au Connemara,
On sait tout le prix du silence.
Là-bas, au Connemara,
On dit que la vie
C'est une folie
Et que la folie,
Ça se danse.

Arnaud, avec un magnifique sourire, nous couve du regard, comme si nous étions ses élèves et avions tous réussi haut la main une audition déterminante. Je l'aime tellement que j'en ai les larmes qui coulent en reprenant le refrain de la chanson pour la troisième fois ! Nous terminons le concert dans un tonnerre d'applaudissements, heureux d'avoir vécu une telle expérience qui, pour ma part, est exacerbée par ce qui s'est passé juste avant. Nous avançons dans le public, et tout le monde se lève pour venir nous serrer la main et nous féliciter.

– C'est surréaliste, me dit Axel entre deux ovations. On n'est pas Johnny Hallyday, non plus !

– Presque ! répond Vincent.

J'éclate de rire. J-Lo s'empresse de s'interposer entre Axel et moi. Il me fait un clin d'œil. Arnaud vient vers moi et me tend la main. Je la prends et nous sortons de l'église en suivant la foule. Il est prévu que nous allions ensuite au pub boire un apéritif. Quand nous y arrivons, le pub est déjà bondé, mais une table est réservée aux « talentueux chanteurs français ». Nous nous y vautrons tous en riant, l'ambiance est chaleureuse, des crackers à l'*irish cheddar* et des *onion rings* circulent de table en table. Autant je ne me prive pas de crackers, autant j'ai encore assez de lucidité pour éviter les oignons... Je note qu'Arnaud n'en mange pas non plus.

– On prend tous un Black Velvet ? demande-t-il à la tablée.

– C'est quoi, ça ? s'inquiète J-Lo, qui est assez peu portée sur l'alcool.

– C'est un mélange à parts égales de Guinness et de

champagne. C'est surprenant, mais délicieux ! Je vous le recommande !

Tout le monde est d'accord pour goûter à l'étrange association, même Jennifer, et même moi qui n'aime pas le champagne : on est là aussi pour tester les spécialités irlandaises, tout de même (sauf les oignons, mais là, c'est stratégique). C'est mon premier séjour en Irlande, mais j'ai un coup de cœur pour ce pays fabuleux et les personnes adorables qui y vivent. Et le baiser d'Arnaud n'y est pour rien. Enfin, pour pas grand-chose. Bon, un peu quand même ! Mais ce soir, dans la chaleur du pub aux lumières d'or, j'ai envie que le temps s'arrête et que nous restions là, serrés l'un contre l'autre, main dans la main, à écouter les voix graves qui commandent des bières, d'autres qui râlent, ou rient, ou chantent, à regarder les sourires, les yeux qui pétillent, à sentir les parfums et les odeurs de whiskey et de *stout.* Arnaud se penche à mon oreille :

– Ça va, Victoire ?

Je me retourne vers lui, ses lèvres tout près des miennes, et je lui murmure que oui. Il me dépose un doux baiser. Tous les autres de la bande se mettent alors à siffler et nous huer en riant, et leurs cris se propagent dans le pub. Pour finir, c'est toute la salle qui soudain, probablement sans trop savoir pourquoi, applaudit à tout rompre, célébrant notre rencontre comme jamais je n'aurais osé le rêver.

Le retour au manoir est particulièrement gai. Il n'est pas sûr que nous ayons consommé le Black Velvet avec modération. Je note que J-Lo, contrairement à ses habitudes, a un petit coup dans le nez. Ce qui la rend bien plus sympathique que d'habitude. Et nous ne sommes pas au bout de nos peines, question boisson, puisqu'arrivés au manoir, nous découvrons la table qu'Angus et Eileen ont dressée pour nous : c'est un repas de réveillon typiquement irlandais, qui n'a rien à envier à la gastronomie française et que nous dégustons avec bonheur.

Au moment du dessert, Vincent, qui a toujours la bougeotte, se lève.

– Je vous propose que nous allions tous passer le coup de minuit sur la plage. Qu'en pensez-vous ? Il ne pleut pas...

– Ouais, l'interrompt Arnaud, et il ne fait pas trop froid...

– C'est pas tropical non plus, il faut bien se couvrir, fait Isabelle. On peut peut-être prendre quelques couvertures ?

– Et le champagne, glousse J-Lo.

– J'emporte une petite réserve d'*Irish Baileys cheesecake* et de brownies au Baileys ! lance Rosemary qui, visiblement, s'est prise de passion pour le Baileys.

– Comment on va savoir qu'il sera minuit ? s'inquiète Marie.

– On entend très bien les cloches de l'église depuis la plage, explique Angus.

Nous voilà partis, avec nos pulls, nos manteaux, des couvertures, des bouteilles et des plats de gâteaux, pour attendre les douze coups de minuit au bord de l'océan. Quand les cloches de l'église retentissent, tout le monde se saute dessus pour s'embrasser en se souhaitant mille bonheurs.

– Bonne année et bonne santé, surtout ! nous hurle Rosemary qui a troqué ses pastilles à la menthe contre les brownies au Baileys.

– Et les deux p'tits jeunes, là, on leur souhaite quoi ? Une longue vie d'amour ? braillent Vincent et Jérôme en nous pointant du doigt.

– Z'êtes jaloux, les gars ! Parce que c'est moi qui ai la plus belle femme de France et d'Irlande, dit Arnaud.

Heureusement qu'il fait noir, parce que je pique un fard terrible. Ça faisait longtemps.

– Eh ! Et moi...

– Oui, oui, toi aussi, Jennifer, tu es la plus belle femme de France et d'Irlande ! D'ailleurs, les copines, vous êtes toutes les plus belles femmes de France et d'Irlande, mais la meilleure cuisinière, c'est la mienne, rit Angus en attrapant Eileen par la taille.

– On est tous d'accord avec ça, reconnaît Jérôme qui s'est approché de Rosemary pour reprendre du cheese-cake. Et tu nous diras, Eileen, comment tu fais pour mettre du Baileys dans les gâteaux...

– Moi, le Baileys, je le préfère sans la crème, déclare Arnaud.

– Du whiskey pur, quoi !

– C'est un peu l'idée !

– J'suis complètement d'accord avec Arnaud ! lance gaiement Axel, entouré de Jennifer et d'Isabelle qui ont chacune leur tête sur ses épaules. Je me demande d'ailleurs s'il n'y aurait pas anguille sous roche entre Axel-le-tombeur et Isabelle...

– Eh ! Les amis, ça vous dit de prendre un bain

de minuit pour bien commencer la nouvelle année ? propose Vincent en se déshabillant.

– T'es fou ! Déjà que j'ai mal à la gorge, je vais attraper la grippe, fait Rosemary.

– Fais pas ta chochotte, Rosemary. Tu vas voir, ça va te requinquer ! Faut t'endurcir un peu ! Regarde-moi, j'suis rustique et je ne suis jamais malade !

Voir une équipe de professeurs de collège, censés être sérieux et raisonnables, se mettre à poil pour aller se baigner dans l'océan irlandais glacial, par une nuit de 1er janvier complètement déjantée, c'est quelque chose !

Moi, j'hésite. Malgré tous mes efforts, je ne suis pas encore la déesse au corps de rêve que j'aimerais être. On a beau être au cœur de la nuit, mes rondeurs ne passeront pas inaperçues.

– Allez, Vic, viens ! me supplie Arnaud. J'ai tellement envie de nager avec toi dans l'eau irlandaise !

Et, chose impensable, je dis oui.

45

– Vic, Vic ! T'es prête ? Ils ne vont plus tarder !

Ça fait deux fois que je change de robe. Bigoudi ne se satisfaisant plus de griffer les collants, il a fallu qu'il vienne faire ses griffes sur mes genoux, alors que je m'asseyais deux secondes pour souffler entre deux préparatifs. Du coup, il a tiré des fils de ma nouvelle robe. Je soupçonne mon chat d'être un peu jaloux. Mais aujourd'hui, en ce mois de juin ensoleillé où je fête mes trente ans, je lui pardonne de bon cœur. Arnaud entre dans la chambre.

– Tu es superbe !

– Mouais. Mais j'ai encore quelques kilos à perdre, non ?...

– On en a déjà parlé, Vic. Moi, je te trouve parfaite : une peau pleine de fraîcheur, des yeux de chat, une bouche sensuelle... et des formes..., des formes de femme, mais c'est bien ce que tu es, non ?

Il se rapproche et m'enlace :

– Et puis, cette joie de vivre qui est en toi, ton humour, ta gentillesse...

Il m'avait murmuré ces mêmes mots lors de la nuit passée sur la plage, en Irlande.

Des souvenirs remontent en cascade. Ce jour de l'An merveilleux, le concert, le pub, le bain de minuit, la nuit où Arnaud et moi, allongés sur un plaid, au bord de l'eau, comme deux adolescents amoureux, nous nous sommes tout raconté. Il me confia qu'il avait eu le coup de foudre pour moi le jour où j'étais venue avec mon frère à son cours de clarinette. Tout comme moi. Que mes maladresses l'attendrissaient ou le faisaient rire ; qu'il avait remarqué combien j'étais gentille, dans le bon sens du terme ; qu'il adorait les petites mimiques que je faisais quand je rougissais ou quand une situation m'échappait :

– Tu es si jolie, Vic... Si fraîche...

Je lui ai avoué la fouille de son casier, la peur de Juliette – ça l'a bien fait rire –, les chansons d'amour laissées sur son répondeur... Je voyais ses yeux s'arrondir.

– C'était toi, les chansons ?

– Eh oui... Je... C'était un peu nul, non ?

– J'ai trouvé ça génial, mais franchement, j'étais loin d'imaginer que ce pouvait être toi !

– Tu as pensé à qui ?

– Ben, à personne, c'est bien ce qui était énervant !

Nous nous sommes mis à rire. Il a repris :

– Et le fascicule de Mozart ?

– Un mensonge. Je n'ai jamais eu de fascicule de Mozart, ni mes parents non plus !

– T'es sacrément culottée...

– Non, même pas ! Je pense que j'ai d'un coup une idée qui m'obsède, et il faut absolument que je la mette en application. C'est souvent complètement irréfléchi. Mais au final, j'assume plutôt pas mal, comme si une part de moi faisait confiance à mon instinct.

– Eh bien, ne change pas, surtout...

Je me souviens de cette nuit magique, où nous avons

rattrapé le temps perdu, où nous avons bu chaque instant et chaque image, à jamais imprimés dans notre mémoire, où nous nous sommes endormis dans les bras l'un de l'autre sans nous apercevoir qu'il commençait à pleuvoir...

On sonne à la porte. J'ouvre. Elsa et Robin, Agathe et Hubert, Louise et Charles arrivent les premiers.

– Posez vos affaires sur mon lit et allez vous asseoir dehors. On attend les autres, fais-je en embrassant tout le monde.

Nous avons installé des tables rondes dans la grande cour devant ma maison. Nous avons même invité madame Narcisse, puisque, de toute façon, elle aurait été derrière sa fenêtre à nous espionner. Autant qu'elle soit au cœur de l'action. Arrivent ensuite Coline et son mari, puis tous nos amis qui étaient en Irlande avec nous : Philippe, Hélène, Jérôme, Jean, Marie, Isabelle, Rosemary, Jennifer, Vincent et Axel.

Pour mes trente ans, j'ai décidé d'avoir auprès de moi toutes les personnes qui me sont chères. Demain, nous les fêterons également dans ma famille, qu'Arnaud a rencontrée il y a peu ; mais aujourd'hui, j'avais vraiment envie de réunir tous mes copains, ceux de toujours, mes amies fidèles, et les personnes que j'ai rencontrées cette année, avec qui j'ai vécu des moments inoubliables en Irlande. La grande complicité qui en est née nous a fait passer une fin d'année fabuleuse au collège. Il y a bien eu quelques orages, quand J-Lo nous a fait une crise le jour où Axel et Isabelle ont décidé de porter leur relation – sérieuse – au grand jour ; quelques surprises aussi, comme quand Martin Garneville m'a offert des fleurs le dernier jour de l'année scolaire..., mais, globalement, ces six derniers mois ont été pour moi pur bonheur. Quand tout le monde est installé, Arnaud prend la parole :

– Bonjour à tous, et merci d'être là pour fêter les trente ans de Vic. Avant de commencer, nous voudrions vous annoncer quelque chose !

Un grand silence se fait, chacun se demandant de quoi il s'agit. Nous n'avons rien dit à personne. Je n'en ai même pas parlé à Elsa, Agathe et Louise. Arnaud reprend :

– Pour le célibataire endurci que je suis, c'est un sacré changement, de même que pour Vic... et je ne parle pas de Bigoudi ! Voilà : Victoire et moi avons décidé de vivre ensemble !

Tout le monde se met à parler en même temps, à nous féliciter, à nous embrasser. Elsa me prend la main et me murmure à l'oreille que je suis la meilleure...

– J'suis déçu, dit Vincent à la cantonade. Je pensais que vous alliez nous annoncer votre mariage !

– Non, non, fais-je en riant, c'est un peu prématuré ; on fait un essai d'abord.

– Dans ma jeunesse, précise madame Narcisse, on ne faisait pas d'essais. On s'aimait, on se mariait ! Perdez pas trop de temps, mes petits enfants, parce que, de toute façon, on voit bien que vous n'avez plus grand-chose à essayer, tous les deux...

Arnaud se retourne vers moi, me prend la main et me dit :

– D'autant qu'en Irlande, je connais une très belle église...

*

Remerciements

Merci à mon éditeur, Frédéric Thibaud, d'avoir cru en Victoire et (accessoirement) en moi.

Merci à Camille Carreau, illustratrice de talent, pour sa complicité, son enthousiasme et sa disponibilité.

Merci à Sophie H. et Catherine pour les petites conversations à bâtons rompus qui permettent de souffler entre deux chapitres.

Merci à mes fidèles relectrices, Alice, Aude, Brigitte, Cécile, Éliane, Évelyne, Françoise, Frédérique, Sandrine, Sophie M. et les plus impitoyables d'entre elles, Hélène et France (vous avez été sans pitié, mais je vous aime quand même).

Merci à mes *meilleures* amies, France, Frédérique, Valérie et Agnès, pour avoir vécu avec moi de grands moments d'amitié qui ont largement nourri les anecdotes de *Pulpeuse Fiction*.

Merci à mes parents pour leurs encouragements, leur confiance, leur générosité, mais surtout pour leur façon positive, pleine de beauté et d'humour de voir la vie.

Merci à mes filles et à mon mari d'avoir supporté mes longs moments d'isolement, mais aussi mes recettes de cuisine ratées, mon humeur incertaine et mes comportements extravagants quand j'avais passé la journée à écrire…

Merci à ma Fanchette, qui m'a accompagnée quotidiennement de sa douceur et de ses ronronnements, même si elle était souvent couchée sur le clavier, ce qui ne m'a pas facilité la tâche.

Enfin, un grand merci à Victoire, qui m'a donné de vrais fous rires, bêtement, comme ça, toute seule devant mon ordinateur !

Il y a toujours un lendemain...

FEDERICA BOSCO

La vie de Francesca est un vrai désastre ! Sa mère est dépressive, son patron est un tyran... et surtout, l'amour sans faille de son gentil petit ami l'énerve au plus haut point. Alors, pour échapper à tout ça, Francesca travaille jour et nuit dans une maison d'édition. Mais là aussi, les choses tournent au vinaigre. Son patron lui demande de collaborer avec Leonardo, un auteur à succès, un type égocentrique et paresseux. Objectif : lui faire écrire un chef-d'œuvre qui remportera un prestigieux prix littéraire. Rien que ça !
Mission impossible ? Pas forcément. Peu à peu, elle trouve en Leonardo un allié inespéré, et peut-être plus... Et si l'impossible Leonardo l'aidait à réinventer sa vie ?

« Une comédie à la fois légère et profonde sur la vie et l'amour. » (La Repubblica)

city-editions.com